Das Weihnachtslos

Mary & Carol Higgins Clark

Das Weihnachtslos

Aus dem Englischen von Marie Henriksen

Weltbild

Die englische Originalausgabe erschien 2008 unter dem Titel
Dashing through the snow bei Simon & Schuster/Scribner, New York.

Besuchen Sie uns im Internet:
www.weltbild.de

Übersetzung: Marie Henriksen
Projektleitung: Gerald Fiebig
Redaktion: Sandra Lode
Umschlaggestaltung: *zeichenpool
Umschlagmotiv: Timothy Laman/National Geographic/
Getty Images (Baum), Shutterstock (Weihnachtsmann)
Satz: Dirk Risch, Berlin
Druck und Bindung: GGP Media GmbH, Pößneck
Printed in the EU

ISBN 978-3-86800-269-0

2012 2011 2010 2009
Die letzte Jahreszahl gibt die aktuelle Ausgabe an.

Für Lisl Cade, unsere geliebte Freundin
und hingebungsvolle Pressefrau

Danksagung

Wieder einmal haben wir eine Geschichte zu Ende erzählt, und wieder einmal war es uns ein großes Vergnügen, von unseren Lieblingsfiguren zu erzählen: Alvirah und Willy Meehan, Regan und Jack Reilly. Und natürlich von ihren neuen Freunden in Branscombe.

Es ist uns aber auch eine Freude, all den Menschen unseren Dank auszusprechen, die uns bei diesem Abenteuer begleitet haben:

Unseren Lektoren Michael V. Korda und Roz Lippel
Unserer Pressefrau Lisl Cade
Dem Chef der Satzfirma Gypsy da Silva
Jackie Seow für den Umschlag
Und natürlich unserer Agentin Esther Newberg

Jede Menge Weihnachtsglöckchen klingeln für unsere Familien und Freunde, die uns immer wieder anfeuern, vor allen Dingen Super-Ehemann John Conheeney, Irene Clark, Agnes Newton und Nadine Petry.

Allen, die hier erwähnt wurden, und allen unseren Leserinnen und Lesern wünschen wir ein fröhliches Weihnachtsfest.

1

Donnerstag, 11. Dezember

In dem malerischen Städtchen Branscombe, mitten im »Granit-Staat« New Hampshire, wurden Lichter und Fähnchen aufgehängt, um das erste *Festival der Freude* anzukündigen, von dem viele hofften, es würde sich zu einer alljährlichen Tradition entwickeln. Es war die zweite Dezemberwoche, und die Stadt summte förmlich vor Erwartung. Freiwillige mit leuchtenden Gesichtern halfen dabei, den Hauptplatz in ein festliches Wunderland zu verwandeln. Selbst das Wetter spielte mit: Wie auf Bestellung fiel ein wenig Schnee, der Teich war fest zugefroren und wartete auf die Eislauf-Veranstaltungen, die für das Wochenende geplant waren. Schließlich wuchs praktisch jeder Einwohner von Branscombe mit Schlittschuhen an den Füßen auf.

Ein größerer Kabelfernsehsender, BUZ, hatte von dem Festival erfahren – und von seinem Zweck, den gesunden Lebensstil der Kleinstadt und die wahre Bedeutung der Weihnachtszeit zur Geltung zu bringen. Und so hatte sich die Redaktion entschlossen, ausführlich darüber zu berichten. Am Heiligabend würde eine herzerwärmende Sondersendung über die Bildschirme flimmern.

Muffy Patton, die dreißigjährige Frau des frisch gewählten Bürgermeisters, hatte das Festivalkonzept bei einer Gemeinderatssitzung im Spätsommer vorgeschlagen. »Es ist wirklich an der Zeit, etwas Besonderes für unsere Stadt zu tun. Andere Städte in New Hampshire sind für ihre Schlittenrennen und Fahrradwochen bekannt, nur Branscombe kennt kein Mensch. Das muss endlich anders werden. Wir sollten die Tatsache feiern, dass Branscombe ein einfaches Städtchen ist, in dem lauter Menschen mit guten, altmodischen Wertvorstellungen leben. Es gibt doch keinen besseren Ort für Familien!«

Ihr Mann, Bürgermeister Steve, hatte ihr voll und ganz zugestimmt. Er besaß eine Immobilienfirma, die seit drei Generationen im Familienbesitz war, und stimmte eigentlich immer zu, wenn ein Vorschlag dazu geeignet schien, den Wert des Baulandes in der Umgebung zu steigern. Seine Firma hatte Häuser im Angebot, die sich bestens als Landsitz für Leute eigneten, die in Boston lebten und arbeiteten. Und da er ein überzeugender und temperamentvoller Mann war, hatte er seiner Frau tatkräftig dabei geholfen, Begeisterung für das Festival zu wecken.

»Vielerorts ist Weihnachten einfach nicht mehr, was es einmal war«, erklärte er. »Da geht es nur noch um Einkaufsbummel und Sonderangebote. In den Läden stehen künstliche Weihnachtsbäume, schon bevor die Halloween-Kürbisse weggeräumt sind. Meine Freunde aus der Großstadt erzählen mir immer, dass sie von all dem Feiertagsstress ganz gereizt und schlecht gelaunt werden. Da wäre es doch wirklich schön, ein Wochenende voller Heimatgefühl zu veranstalten, mit Weihnachtsliedersingen auf dem Gemeindeplatz, neuen Lichtern für den Baum vor dem Rathaus und jeder Menge Spaß. Auf diese Weise können wir den Leuten zeigen, dass die Weihnachtszeit dazu da ist, fröhlich zu sein und sich zu freuen.«

»Wie sieht's mit der Verpflegung aus?«, fragte einer der Gemeinderäte pragmatisch.

»Conklin's kann das übernehmen. Zu Selbstkostenpreisen. Wir können uns glücklich schätzen, hier noch so ein familiengeführtes Lebensmittelgeschäft zu haben, es ist ja wirklich eine Institution.«

Und alle nickten und dachten daran, wie beruhigend es sich schon anfühlte, wenn man den Laden von Mr Conklin betrat. Da gab es Truthahnbraten, gebackenen Schinken, heiße Nudelsoßen und frische Schokoladenkekse – schon der Duft war ein Genuss. Ein Essen für Könige, und ein paar Gänge weiter gab es Schraubenschlüssel und Wasserschläuche für den Garten und sogar Wäscheklammern. Die Menschen in Branscombe schworen noch darauf, ihre Wäsche draußen an der frischen Luft aufzuhängen.

Als die Stadtratssitzung zu Ende gewesen war, hatte sich die Begeisterung zu einem regelrechten Fieber gesteigert. Und jetzt, drei Monate später, stand die Eröffnung unmittelbar bevor. Sie würde am Freitagnachmittag um fünf Uhr auf dem Gemeindeplatz stattfinden. Branscombes riesiger Weihnachtsbaum leuchtete schon. Alle anderen Bäume an der Hauptstraße und rund um das Bowling Green würden genau in dem Moment zu leuchten beginnen, wenn der Weihnachtsmann auf seinem Pferdeschlitten eintraf. Kerzen würden verteilt werden, und der Kirchenchor würde die Menge auf die Weihnachtslieder einstimmen, die gemeinsam gesungen werden sollten. Im Untergeschoss der Kirche würde es ein Büfett geben, gefolgt von der ersten von mehreren Vorstellungen des alten Films *Ist das Leben nicht schön* mit James Stewart.

Am Samstag würde Nora Regan Reilly auf dem Weihnachtsmarkt ihr soeben erschienenes neues Buch signieren. Ihr Schwiegersohn war ein enger College-Freund des Bürgermeisters, und sie hatte sich bereit erklärt, das Wochenende zu bleiben, um den Kindern Geschichten zu erzählen. Draußen würde es Fahrten auf Heuballen und Schlitten geben, und die Schlittschuhläufer konnten zu den alten Weihnachtsschlagern von Bing Crosby und Frank Sinatra über das Eis gleiten. Am Samstag würde es noch einmal ein Büfett geben, und die Theatergruppe würde die Weihnachtsgeschichte von Charles Dickens aufführen. Schließlich würde am Sonntagmorgen ein gemeinsames Pfannkuchenfrühstück stattfinden, wieder im Untergeschoss der Kirche.

Bisher liefen alle Vorbereitungen nach Plan.

Drüben bei Conklin's wurde praktisch rund um die Uhr für das Wochenende gearbeitet. Das Festival war wirklich eine großartige Idee, sowohl für die Stadt im Allgemeinen als auch für Conklin's Geschäfte, aber jetzt waren doch alle ein wenig erschöpft. Die Zeit von Thanksgiving, Ende November, bis Neujahr war immer sehr geschäftig, aber in diesem Jahr lief es wie verrückt. Und wegen der Fernsehübertragung rechnete man damit, dass sich auch noch viele Leute aus den Nachbarstädten einfinden würden. Die Angestellten von Conklin's mussten also darauf vorbereitet sein, in kürzester Zeit zusätzliche Speisen zur Verfügung zu stellen. Sie wussten jetzt schon, dass sie keine einzige freie Minute haben würden, um selbst an den Feierlichkeiten teilzunehmen, aber sie waren sicher, dass Mr Conklin sie mit einem höheren Weihnachtsgeld als sonst für ihre Anstrengungen belohnen würde. Allerdings war das Weihnachtsgeld sonst zu diesem Zeitpunkt schon ausgezahlt worden, und einige Angestellte murrten schon leise, weil sie es noch nicht bekommen hatten. Heute konnten sie den Geschäftsschluss um acht Uhr abends kaum erwarten.

Um zehn vor acht schloss die Hauptkassiererin Glenda gerade einige Geldkästen weg, als die Eingangstür aufflog und Rhoda, Mr Conklins anstrengende neue Frau, den Laden betrat, ihren zunehmend verlegen dreinschauenden Ehemann im Schlepptau. Der alte Conklin und Rhoda hatten sich auf einer Tanzveranstaltung für ältere Semester in Boston kennengelernt, wo er seinen Sohn übers Wochenende besucht hatte. Sie waren beide Ende fünfzig. Rhoda hatte ziemlich schnell begriffen, dass Sam nur darauf wartete, von ihr aufgegabelt zu werden. Er war erst seit Kurzem verwitwet, und ehe er sich's versah, schritt er schon durch den Mittelgang einer Kirche, in seinem besten blauen Anzug mit einer Blume im Knopfloch, und Rhoda kam ihm in einem glitzernden Cocktailkleid entgegen.

Seitdem war es in Conklins Laden nicht mehr wie früher. Rhoda versuchte, einem vierzig Jahre alten Geschäft ihren Stempel aufzudrücken, das bisher sehr gut ohne sie ausgekommen war.

Sie erklärte dem Metzger Ralph, er streiche zu viel Butter

auf seinen legendären Truthahnbraten. Sie versuchte, die fünfundsiebzigjährige Marion mit dem lieben Gesicht, die seit dem Eröffnungstag die Bäckerei führte, zu überreden, doch fertige Füllungen für ihre Kuchen und Pasteten zu verwenden – was gar nicht gut aufgenommen wurde. Tommy, ein kräftig gebauter, auf eine raue Art gut aussehender junger Mann in den Zwanzigern, der einfach traumhafte Salate und Sandwiches machte, bekam die Anweisung, weniger Belag auf seine Baguettes zu tun. Und Duncan, der Leiter der Obst- und Gemüseabteilung, war tödlich beleidigt, als sie einen angestoßenen Apfel, den er herausgenommen hatte, wieder ins Regal legte.

Ja, und dann war da noch Glenda. Glenda, die mit dem kalten, harten Bargeld umging, wusste genau, dass Rhoda sie mit Adleraugen beobachtete. Und das kränkte sie zutiefst. Sie arbeitete seit ihrem Highschoolabschluss bei Conklin's, und in diesen sechzehn Jahren hatte nie auch nur der kleinste Betrag gefehlt, solange sie darüber die Aufsicht hatte. Und so würde es auch bleiben. Als sie jetzt die neue Mrs Conklin sah, drehte sich Glenda fast der Magen um. Während sich die Angestellten halb zu Tode schufteten, war Rhoda offensichtlich beim Friseur gewesen. Die breite weiße Strähne, die sich von der Stirn bis zum Nacken durch ihr pechschwarzes Haar zog, sah aus wie frisch geölt. Irgendwann hatte Glenda im Beisein ihrer Kollegen bemerkt, dass diese Färbung so aussah wie das Fell eines Stinktiers. Und damit hatte Mrs Conklin ihren Spitznamen weg.

Rhoda schoss auf Glenda zu. »Sie werden staunen, was für eine Überraschung wir für unsere fünf Abteilungsleiter haben. Samuel und ich würden Sie, Ralph, Marion, Duncan und Tommy gern ins Büro bitten, sobald sie den Laden geschlossen haben.«

»Gut«, erwiderte Glenda und warf einen misstrauischen Blick auf die beiden schweren Einkaufstüten mit dem Logo des örtlichen Bilderrahmenhändlers, die Mr Conklin schleppte. Was wohl darin war?

Zehn Minuten später wusste sie es. Sie standen nebeneinander und hörten sich Rhodas kleine Rede an. Das *Festival der Freude* mache den Leuten die wahre Bedeutung des Weihnachtsfestes wieder bewusst, sagte sie. »Samuel und ich sind so froh, dass unsere Stadt die Menschen feiert und nicht irgendwelche käuflichen Dinge. Geistige Werte. Gute Nachbarschaft. Deshalb haben wir in diesem Jahr beschlossen, Ihnen statt einer kalten, unpersönlichen Geldgratifikation etwas anderes zu schenken.« Damit beugte sie sich zu den Tüten hinunter und reichte jedem von ihnen ein eingewickeltes Päckchen. »Machen Sie sie alle gleichzeitig auf, damit den anderen die Überraschung nicht verdorben wird.«

Es war totenstill in dem Büro, als die Angestellten von Conklin's die Bänder und das Geschenkpapier entfernten und dann das Gruppenfoto anstarrten, dass sie alle fünf gemeinsam mit der Braut und dem Bräutigam zeigte und vor einem halben Jahr im Eingang des Hotels von Branscombe aufgenommen worden war. In die Bilderrahmen waren die Worte eingraviert: »In Anerkennung ihrer langjährigen treuen Dienste. Fröhliche Weihnachten! Samuel und Rhoda Conklin.«

Glenda war entsetzt. Jeder von uns braucht das Geld und

hat fest damit gerechnet, dachte sie wütend. Duncan war so knapp bei Kasse, dass er nicht einmal gemeinsam mit den anderen ein Lotterielos gekauft hatte, wie er es sonst zu tun pflegte. Und sie hatte mit dem Bonus ihre Kreditkartenschulden begleichen wollen. Das Geld hatte sie gebraucht, um ihrem Exmann den Schaden zu ersetzen, der durch einen dummen Unfall an seinen Kleidern entstanden war. Tatsächlich hatte sie seine gesamte Garderobe in zwei Müllsäcke gepackt und in die Auffahrt gestellt, aber dann war ein Sturm aufgezogen, die Müllsäcke waren im heftigen Wind auf die Straße getrudelt und von einem Lieferwagen überrollt worden. Fünf Minuten später war Harvey gekommen, um seine Sachen zu holen, und fand sie über die ganze Straße verteilt, nass, verdreckt und zerrissen.

»Hätte ich die Sachen nicht zur vereinbarten Zeit dort abgestellt«, hatte Glenda argumentiert, »dann hätte er sich beschwert, ich würde die Scheidungsvereinbarung nicht einhalten.« Aber der Richter hatte ihr nicht geglaubt und sie dazu verdonnert, die miesen Klamotten zu ersetzen, an denen Harvey so gehangen hatte. Mit dem Weihnachtsgeld hätte sie ihn auszahlen können und wäre ihn mit all seiner Untreue endlich los gewesen. Für immer.

»Nein, nein, danken Sie uns nicht«, flötete Rhoda, während sie alle dastanden und die eingerahmten Fotos in der Hand hielten. »Komm Samuel, wir müssen uns ausschlafen, das wird ein arbeitsames Wochenende.«

Mr Conklin folgte ihr und verließ das Büro, ohne seinen Angestellten in die Augen zu blicken.

Glenda konnte sehen, dass Marion nur mit Mühe die Tränen zurückhielt. »Ich habe meinem Enkel ein hübsches

Hochzeitsgeschenk versprochen«, sagte sie. »Aber ich musste ja auch den Flug nach Kalifornien bezahlen, und jetzt weiß ich nicht, wie ich mir das noch leisten soll.«

Ralph stöhnte auf. »Judy und ich wollten diesen Winter so gern eine kleine Kreuzfahrt machen, um mal rauszukommen. Jetzt, wo die Mädchen beide auf dem College sind, reicht es einfach hinten und vorn nicht. Sogar heute Abend arbeitet Judy als Babysitter, um ein bisschen Extrageld zu verdienen.«

Tommy sah aus, als würde gleich Dampf aus seinen Ohren kommen. Glenda wusste, dass er noch bei seinen Eltern lebte, die seine finanzielle Unterstützung brauchten. Er war ein guter Skifahrer und hatte eine längst überfällige Reise mit ein paar Freunden in den Westen geplant.

Der große, schlaksige, stille Duncan, der mit seinen fast zweiunddreißig Jahren nur wenig jünger war als Glenda, griff nach seinem Mantel und zog ihn sich wütend an. Als er die Kapuze aufsetzte, fiel ihm das blonde Haar in die Stirn. Sein Gesicht war ganz rot angelaufen. Glenda hatte immer irgendwie mütterliche Gefühle für ihn gehegt. Er war so methodisch, so ordentlich, und seine Obst- und Gemüseabteilung war immer so einladend – es passte überhaupt nicht zu ihm, sichtbar aufgebracht zu sein. »Nichts wie weg«, sagte er mit zittriger Stimme.

Glenda nahm ihn am Arm. »Warte mal«, sagte sie. »Wollen wir nicht zu Salty gehen und was essen?«

Duncan sah sie an, als wäre sie verrückt geworden. »Und noch mehr Geld ausgeben, das wir nicht haben?«, fragte er, wobei seine Stimme mit jedem Wort lauter wurde. »In meinem Finanzplanungskurs haben sie betont, dass auswärts essen eine der Hauptursachen für Schulden ist. Vor allem, wenn man sich ebenso gut zu Hause was machen kann.«

»Dann geh doch nach Hause und schmier dir ein Brot mit Erdnussbutter«, schnauzte Glenda ihn an. »Was denkst du denn, wir sind doch alle wütend! Manchmal ist es einfach gut, wenn man nach einem Tiefschlag mit ein paar Freunden ausgehen und sich entspannen kann.«

Aber Duncan war schon draußen, bevor sie den Satz beendet hatte.

»Geteiltes Leid ist halbes Leid«, sagte Ralph mit einem Schulterzucken und einem schiefen Lächeln. »Also los.«

»Ich gehe auch mit!«, rief Marion. »Normalerweise rühre ich so was ja nicht an, aber heute Abend könnte ich wirklich einen ordentlichen Drink gebrauchen.«

* * *

Zwei Stunden später hatten sich Glenda, Tommy, Ralph und Marion ein wenig erholt und konnten sogar schon wieder Witze über *das Stinktier* reißen. Sie wollten Saltys Kneipe gerade verlassen, als Tommy auf den Fernseher über der Bar zeigte.

Sie sahen zu, wie der Ansager mit aufgeregter Stimme rief: »Bei der Riesenlotterie gibt es heute Abend zwei Gewinner. Zwei Gewinner, und sie werden sich einen Jackpot von 360 Millionen Dollar teilen. Und das Unglaublichste daran: Beide Lose wurden nur zehn Meilen voneinander entfernt in New Hampshire gekauft!«

Sie erstarrten. Konnten sie womöglich hoffen, dass sie

eins der beiden Gewinnlose hatten? Bei jeder Ziehung zahlten sie je einen Dollar und kauften fünf Lose. Sie spielten dieselben Zahlen auf jedem Schein und unterschiedliche Zusatzzahlen auf vieren, aber die fünfte Zusatzzahl durfte immer einer abwechselnd aussuchen.

Der Ansager las die ersten fünf Zahlen vor. »Das sind unsere!«, schrie Marion.

»Und die Zusatzzahl ist die … 32!«

Tommy und Ralph schlugen mit den Fäusten auf den Tisch. »Nein!«, riefen sie. »32 haben wir nicht.«

»Aber was ist mit der fünften Zusatzzahl?«, rief Marion. »Eigentlich war Duncan dran, aber er wollte ja diesmal nicht mitspielen.«

Glenda suchte mit zitternden Händen in ihrer Handtasche. Allmählich trat ihr der Schweiß auf die Stirn. Dann zog sie ihre Geldbörse heraus und öffnete den Reißverschluss an dem Abteil, wo sie die Lose aufbewahrte.

»Duncan hat mir eine Nummer gesagt und wollte mir gerade seinen Dollar geben, dann hat er es sich wohl anders überlegt und das Geld wieder eingesteckt. Aber ich bin so daran gewöhnt, fünf Lose zu kaufen, dass ich in der Annahmestelle einen Fünfdollarschein genommen und mir gedacht habe, ach, was soll's. Und dann habe ich wie immer fünf Lose gekauft und Duncans Zusatzzahl angekreuzt. Ich bin sicher, es war eine Dreißigerzahl.«

»Ich fasse es nicht!«, rief Marion. »Welche Zahl? Beeil dich, Glenda.« Sie war schon vollkommen heiser.

Glenda legte die Lose hin wie einen Satz Spielkarten. »Dann wollen wir mal sehen.«

Im schwachen Licht der Kerze auf dem Tisch konnte man

die Zahlen fast nicht erkennen. Marion beugte sich darüber und versuchte, die Zusatzzahl auf dem Los vor ihr zu entziffern. Dann stöhnte sie auf, dass man denken konnte, sie käme von einem anderen Stern. »Oh Gott!«, kreischte sie und sprang auf, während sie das Los schwenkte. »Wir haben gewonnen! Gewonnen!«

»Bist du *sicher,* dass es die 32 ist?«, rief Glenda.

Marions Hand zitterte so, dass das Los zu Boden segelte. Tommy griff danach und hielt es hoch. »Ja, es ist die 32!«, brüllte er. »Die 32!«

Inzwischen waren alle Gäste aufgesprungen.

»Wir vier teilen uns 180 Millionen!«, rief er, hob die winzige Marion vom Boden auf und wirbelte sie durch die Luft.

Warte nur, bis Harvey davon erfährt, dachte Glenda und umarmte Ralph.

»Kommt in meine Arme!«, rief Marion, und sie legten die Arme umeinander, lachten und weinten zur gleichen Zeit und konnten es einfach immer noch nicht fassen.

Nein, das kann nicht wahr sein, dachte Glenda. Das kann doch überhaupt nicht wahr sein. Das war's. Dieser Tag wird unser Leben verändern.

»Lokalrunde!«, rief der Wirt. »Aber ihr bezahlt!«

Die vier ließen sich zurück auf ihre Stühle sinken und sahen sich an.

»Denkt ihr auch, was ich denke?«, fragte Marion und wischte sich die Tränen ab.

Glenda nickte. »Duncan.«

»Es war seine Zahl«, sagte Ralph.

»Eben«, bestätigte Glenda. »Ich wäre im Leben nicht auf die 32 gekommen. Aber ich habe beschlossen, den zusätzlichen Dollar einzusetzen. Ihr schuldet mir jeder einen Vierteldollar.«

»Notfalls auch mit Zinsen«, versprach Tommy.

Und dann lachten sie alle, aber ihre Gesichter wurden sofort wieder ernst. »Wir müssen den Gewinn mit Duncan teilen«, sagte Glenda. »Der arme Kerl. Er wollte sich heute Abend noch nicht mal einen Hamburger gönnen. Und ohne seine Zahl hätten wir niemals gewonnen.«

»Aber wir hätten auch nicht gewonnen, wenn du nicht einen Dollar mehr bezahlt hättest«, sagte Marion. »Wir müssen dir ewig dankbar sein.«

Glenda lächelte. »Wir spielen seit Jahren zusammen, und jetzt hat es endlich, endlich geklappt. Ich würde sagen, das *Festival der Freude* beginnt schon jetzt. Ich kann es gar nicht abwarten, zu hören, was Duncan dazu sagt.« Sie zog ihr Handy aus der Tasche, schließlich war Duncans Nummer dort eingespeichert. Sie versuchte es erst bei ihm zu Hause, dann auf seinem Handy, aber er ging nicht ans Telefon. Sie hinterließ ihm eine Nachricht mit der Bitte, sofort zurückzurufen, egal wie spät es war. »Komisch«, sagte sie, als sie das Telefon wieder einsteckte. »Er hat doch gesagt, er geht gleich nach Hause. Vielleicht hat er schon gehört, dass unsere Zahlen gewonnen haben, und meint nun, wir wollen ihn nicht dabeihaben.«

»Kann auch sein, dass er meint, du hast nur mit unseren Zahlen gespielt, und wir sind draußen«, meinte Tommy.

In diesem Augenblick kam der Wirt herüber, entkorkte eine Flasche Champagner und schenkte ihnen ein. »Zeit zum Feiern«, sagte er. »Ich vermute ja mal, ihr werdet morgen früh nicht zur Arbeit gehen, oder?«

»Darauf kannst du wetten«, gab Marion zurück. »Das ist jetzt die große Chance für die neue Mrs Conklin, den Laden komplett zu schmeißen. Soll sie doch mal versuchen, ob sie so guten Kuchen backen kann wie ich. Viel Glück, Schätzchen!«

Sie ließen die Gläser klingen und nickten sich entschlossen zu bei dem Gedanken an den Gesichtsausdruck des Stinktiers, wenn sie von ihrem Glück erfahren würde.

Nur Glenda konnte die nagende Sorge über Duncan nicht aus ihrem Kopf verbannen. Er war so wütend gewesen, dass er kein Weihnachtsgeld bekommen hatte, und jetzt ging er nicht ans Telefon.

Es war ihm doch hoffentlich nichts passiert?

2

Alvirah und Willy Meehan verließen das Pierre Hotel in New York City, wo sie in den letzten Stunden an einem Wohltätigkeitsessen zugunsten einer von Alvirahs Lieblingsorganisationen teilgenommen hatten. Alvirah war so beschäftigt damit gewesen, mit allen möglichen Bekannten ein paar Worte zu wechseln, dass sie kaum etwas gegessen hatte. Willy, der am Ende beide Teller leer gefuttert hatte, wollte jetzt wirklich nach Hause. Es war fast elf Uhr, und das Essen hatte mit einem Cocktail um sechs Uhr begonnen. Selbst der Gastgeber des Abends war ein bisschen erschöpft gewesen, als er die Spendensumme verlesen und allen für ihr Kommen gedankt hatte.

Bis zu ihrer Wohnung war es eigentlich nicht weit, aber Willy winkte trotzdem ein Taxi heran. Es war kalt, und Alvirah trug Schuhe mit hohen Absätzen. Außerdem würden sie früh aufstehen müssen, um zu einem Weihnachtsfestival in New Hampshire zu fahren, gemeinsam mit ihren engen Freunden, der Privatdetektivin Regan Reilly und ihrem Mann Jack, dem Chef der Abteilung für Schwerverbrechen bei der New Yorker Polizei, sowie Regans Eltern, der Krimiautorin Nora Regan Reilly und ihrem Mann Luke, der ein Bestattungsunternehmen führte. Als Willy gerade begann, mit dem Taxifahrer zu sprechen, zupfte Alvirah ihn am Arm. Er wusste genau, was sie wollte. Sie hatte Hunger. Und gutmütig, wie er war, nannte er dem Fahrer nicht ihre eigene Adresse, 211 Central Park South, sondern die des Nachtrestaurants, das ihnen bei solchen Gelegenheiten am liebsten war: »Leo's, Ecke Fünfundvierzigste Straße und Broadway.«

Zufrieden seufzte Alvirah auf. »Ach, Willy, das ist ja so lieb von dir. Ich weiß ja, dass du schrecklich müde bist, aber ich bin wirklich halb verhungert. Ich esse nur schnell einen Teller von Leos wunderbarer Minestrone und ein überbackenes Käsesandwich, und dann werde ich süß und selig schlafen.«

Es war nicht Willys Art, jetzt zu erwähnen, dass Alvirah immer süß und selig schlief, egal was sie zuvor gegessen hatte. Aber er wusste ja, dass sie an diesem Abend kaum einen Bissen zu sich genommen hatte. Sie hatte wirklich viel gearbeitet, als sie noch Putzfrau gewesen war und er als Hausmeister undichte Rohre repariert hatte. Aber manchmal kam es ihm so vor, als arbeite sie jetzt eher noch mehr. Vor ein paar Jahren, mit Anfang sechzig, hatten sie vierzig Millionen Dollar in der Lotterie gewonnen. Inzwischen schrieb Alvirah eine Kolumne für die New Yorker Zeitung *Globe,* engagierte sich für verschiedene Wohltätigkeitsorganisationen und hatte eine Selbsthilfegruppe für Lotteriegewinner gegründet, aber vor allem hatte sie ihren siebten Sinn für die Schwierigkeiten anderer Leute perfektioniert. Wenn es nach ihm gegangen wäre, hätte Letzteres nicht unbedingt sein müssen.

Im Verlauf ihrer Arbeit als Amateurdetektivin hatte Alvirah schon eine Giftspritze abbekommen, war beinahe erstickt, und einmal hatte sie über die Reling eines Kreuzfahrtschiffes springen müssen, um einer Schießerei zu entkommen.

Ein Wunder, dass sie noch nicht unter einem posttraumatischen Stress-Syndrom leidet, dachte Willy, als das Taxi vor Leo's hielt.

»Es dauert nicht lange, Schätzchen«, versprach Alvirah, während Willy dem Fahrer das Geld gab. »Wir können uns schnell an die Theke setzen.«

Im Lokal wurden sie beinahe vom Geruch eines starken Reinigungsmittels umgehauen, das ein gelangweilter Mitarbeiter großzügig auf dem Boden verteilte. Ein Schild warnte: »Vorsicht, nasser Boden!«

»Du lieber Himmel«, stöhnte Alvirah und drehte sich zu Willy um, als sie sich gerade setzen wollten. »Ich hätte nie gedacht, dass sie dieses ätzende Zeug immer noch verwenden. Es gibt wirklich nicht viele Dinge, die mir den Appetit verderben können, aber dieser Geruch gehört unbedingt dazu. Nichts wie raus hier!«

Willy war glücklich, er wollte ohnehin am liebsten sofort nach Hause. Er konnte die Bettdecke und sein Kopfkissen förmlich rufen hören, sein großes, bequemes Bett. In diesem Augenblick kam Leo aus der Küche. Willy winkte ab. »Wir gehen wieder.«

»Was für ein Insektenvertilgungsmittel habt ihr denn da in dem Eimer, Leo?«, fragte Alvirah.

»Widerlich, nicht?«, stimmte Leo ihr zu. »Der neue Lieferant hat mir das aufgedrängt. Angeblich soll es wirklich jeden Keim abtöten, den die Wissenschaft kennt.«

»Und weißt du was, Leo, mich tötet es auch ab«, sagte Alvirah und strebte dem Ausgang zu. Aber sie war noch keine drei Schritte gegangen, als sie auf dem nassen Boden ausrutschte. Willy unternahm einen vergeblichen Versuch, sie festzuhalten, und Alvirah fing ihren Sturz an einer Stuhllehne ab, aber sie schlug dennoch mit dem Kopf auf einen der Resopaltische auf.

Eine Stunde später saßen sie in der Notaufnahme des St. Luke's Hospital und warteten auf den Gesichtschirurgen, der die Platzwunde über ihrer linken Augenbraue nähen sollte.

»Mrs Meehan, Sie sind wirklich zäh«, sagte der junge Internist, der gerade die Röntgenaufnahme betrachtet hatte. »Sie haben keine Gehirnerschütterung, und Ihr Blutdruck ist bestens. Der Chirurg müsste jede Minute kommen, und wenn er die Wunde genäht hat, sind Sie so gut wie neu.«

»Ich will erst mal seine Referenzen sehen«, sagte Alvirah und hob ihre unverletzte Augenbraue. »Wissen Sie, gerade heute Abend habe ich genug leere Gesichter gesehen, um zu wissen, dass in dieser Stadt mindestens ein grauenhaft schlechter Gesichtschirurg frei herumläuft.«

»Keine Sorge, Mrs Meehan, Dr. Freize ist wirklich eine Kapazität.«

Wohl möglich, dass Dr. Freize eine Kapazität war, aber seine Worte, die sie beruhigen sollten, regten Alvirah trotzdem auf. Als er nämlich mit dem Nähen fertig war, sagte er leise zu ihr: »Und jetzt gehen Sie schön nach Hause und gönnen sich über das Wochenende sehr viel Ruhe.«

Alvirah riss die Augen auf. »Wir fahren morgen früh nach New Hampshire, wo wir das *Festival der Freude* besuchen wollen. Das kann ich auf keinen Fall verpassen!«

»Ich verstehe Sie ja«, sagte Dr. Freize. »Aber Sie müssen auch ein klein wenig an Ihr Alter denken.«

Alvirah sträubten sich sämtliche Nackenhaare.

»Ich sage ihr immer, dass wir keine jungen Hüpfer mehr sind«, versuchte Willy einen Scherz.

»Genau«, bestätigte der Arzt. »Hören Sie auf meinen Rat, und bleiben Sie zu Hause.«

3

Wütend und traurig fuhr Duncan zu seinem winzigen gemieteten Haus in der Huckleberry Lane. Es war zwanzig Minuten von Conklin's entfernt und stand am Ende einer Sackgasse, die von Bäumen gesäumt war.

»Kein Weihnachtsgeld!«, rief er immer wieder und klammerte sich am Lenkrad seines gebraucht gekauften, elf Jahre alten Geländewagens fest. »Kein Weihnachtsgeld! Wie soll ich denn jetzt Flowers Ring bezahlen?« Schon im Juni hatte er im Schaufenster von Petties Juwelierladen einen Ring entdeckt, und obwohl er damals Flower erst ein Mal getroffen hatte, nachdem sie sich im Internet kennengelernt hatten, wusste er schon da, dass sie die Richtige für ihn war. Der Ring sah aus wie eine Blüte, mit einem kleinen Diamanten in der Mitte und weniger wertvollen Edelsteinen rundherum. Mr Pettie hatte sich widerstrebend darauf eingelassen, den Ring gegen eine kleine Anzahlung bis Weihnachten zurückzulegen.

Aber was nun? Er konnte den Ring mit seiner Kreditkarte bezahlen, aber man wusste ja, dass die Zinsen einen auffraßen, wenn man das Konto nicht bis zum Ende des Monats wieder ausglich.

Im letzten Monat hatten ein paar Investment-Experten

ein Seminar zum Thema Finanzplanung in der Stadt angeboten. Duncan, der bereits über seine Zukunft mit Flower nachdachte, hatte sich eifrig für den Kurs eingeschrieben. Und nach dem Unterricht am letzten Mittwoch hatten die beiden Experten, Edmund und Woodrow Winthrop, zwei Cousins Anfang fünfzig, ihn zur Seite genommen. »Wir haben eine sehr günstige Gelegenheit, Anteile an einer Ölfirma zu kaufen, die innerhalb eines Jahres den zehnfachen Gewinn abwerfen werden. Eine todsichere Sache«, hatte Edmund ihm zugeflüstert.

»Absolut todsicher«, hatte Woodrow bestätigt.

»Aber wir können nur noch eine Person mit ins Boot nehmen, mit einer Summe von fünftausend Dollar. Nach dem Fragebogen, den Sie ausgefüllt haben, liegen genau fünftausend Dollar auf Ihrem Sparbuch. Sie verlieren bares Geld, Duncan, wenn Sie das Geld dort liegen lassen. Wir schätzen Sie sehr. Sie sind ein schwer arbeitender, gewissenhafter junger Mann, und Sie haben es einfach verdient, eine solche Chance zu bekommen.«

»Ich … ich … also, ich weiß nicht«, stotterte Duncan.

»Ihre Sorge ist verständlich«, hatte Edmund ihn beruhigt. »Aber sehen Sie, wir beide investieren jeder selbst hunderttausend Dollar. Mehr lässt die Firma gar nicht zu.«

»Jeder hunderttausend!«, hatte Duncan gestaunt.

»Es wäre uns natürlich lieber, wenn wir mehr investieren könnten«, sagte Edmund, »aber so sind nun mal die Gesetze, Duncan. Also, wenn Sie mit einsteigen wollen, morgen ist der letzte Termin.«

Am nächsten Morgen hatte Duncan zur Öffnungszeit vor der Bank gestanden, hatte alles Geld von seinem Sparbuch aufs Girokonto gepackt und war zu dem Haus gefahren, wo die Winthrops lebten und ihr Seminar abhielten. Mit gemischten Gefühlen aus Vorfreude und Angst hatte er ihnen den Scheck überreicht. Zum ersten Mal seit vielen Jahren war er zu spät zur Arbeit gekommen.

Jetzt hatte er kein Weihnachtsgeld, keine Ersparnisse – und Flowers Ring lag immer noch im Safe bei Pettie. Sie würde Ende nächster Woche aus Kalifornien herkommen, und am Heiligen Abend wollte er ihr einen Heiratsantrag machen.

Je näher er seinem Haus kam, desto dichter wurde der Schneefall, aber er bemerkte es kaum. Als er in seine Einfahrt fuhr und den Motor abstellte, hörte er ein stotterndes Geräusch, das ihm bisher unter den verschiedenen Kreisch- und Stöhngeräuschen des Wagens noch gar nicht aufgefallen war. Noch eine Sorge mehr, dachte er, als er ausstieg, die Tür hinter sich zuwarf und eilig den glatten Weg hinaufging.

In dem kühlen Haus, in dem er den Thermostat der Heizung auf knapp achtzehn Grad eingestellt hatte, schüttelte er seinen Mantel ab und ließ ihn auf die Couch fallen. Als Erstes sah er die Notizen, die er sich in dem Seminar zur Finanzplanung gemacht hatte. Sie lagen auf dem Esstisch, wo er sie nach jedem Kursabend noch einmal durchging. Gerade gestern Abend hatten Edmund und Woodrow darüber gesprochen, wie Menschen ihr schwer verdientes Geld verschwendeten. Er konnte sich noch an jedes einzelne Wort erinnern.

»Wissen Sie eigentlich, wie viel Sie im Jahr für den Kaffee ausgeben, den Sie Tag für Tag trinken? Nehmen Sie sich eine Thermoskanne Kaffee mit in die Arbeit oder ins Auto«, hatte Edmund ihnen geraten, wobei er sein Gesicht in besorgte Falten legte. Er hatte seine Brille abgenommen und drehte sie wie zur Unterstreichung seiner Worte an einem Bügel im Kreis. »Jedes Mal, wenn Sie Ihr Haus ohne Thermoskanne verlassen, betrügen Sie sich selbst um einen Geldbetrag, der Ihnen irgendwann für Ihre Altersversorgung fehlen wird.«

Woodrow, dessen fleischiges Gesicht immer ein Lächeln zeigte, unterbrach seinen Cousin: »Entschuldige bitte, Eddie«, sagte er, »aber ich würde unseren Gästen gern eine Frage stellen.« Er deutete auf die siebzehn Bewohner von Branscombe, die an dem Seminar teilnahmen. »Wie viele von Ihnen waschen die Gefrierbeutel aus und benutzen sie ein zweites Mal?«

Niemand hatte sich gemeldet.

»Hab ich's mir doch gedacht!«, rief er, dann sah er eine Hand, die sich schüchtern hob. »Mrs Potters, ich bin wirklich stolz auf Sie.« Er stand auf, eilte auf sie zu und streckte die Hand aus, um die alte Dame zu beglückwünschen, die vor ihrer Pensionierung Lehrerin gewesen war. Als er ihre Hand zum Kuss an seine Lippen führte, strahlte sie.

»Ich wollte nur sagen«, meinte sie freundlich, »dass ich angefangen habe, Plastiktüten zu sammeln und wieder zu verwenden, aber dann habe ich festgestellt, dass das nicht immer wirklich gut funktioniert. Den Geburtstagskuchen meines verstorbenen Mannes, übrigens den letzten Geburtstagskuchen, den er jemals bekommen hat, habe ich in einen Beutel getan, in dem ich vorher Blauschimmelkäse aufbewahrt hatte, und ich kann Ihnen sagen, das war das erste

Mal, dass ich ihn habe fluchen hören.« Sie lächelte zu Woodrow hinauf, der ihre Hand hatte sinken lassen.

»Vielen Dank für diese Geschichte, Mrs Potters«, sagte er. »Aber mit gelegentlichen kleinen Ausrutschern auf unserem Weg zur finanziellen Weisheit müssen wir wohl rechnen.«

Mrs Potters nickte ihm kurz zu. »Ja, das ist wohl so.«

Woodrow eilte zurück an seinen Platz vor seinen Zuhörern. »Also, Leute, jetzt haben wir noch eine Reihe nützlicher Tipps für Sie, die Sie mit nach Hause nehmen, darüber nachdenken und nach Möglichkeit nutzen können. Kaufen Sie sich Kleidung, die Sie selbst waschen können. Jeder Weg in die Reinigung kostet einen Haufen Geld. Und um Himmels willen, was ganz wichtig ist, verschwenden Sie Ihr Geld nicht für Lotterielose. Ebenso gut können Sie auch ein Streichholz an Ihr Geld halten und es verbrennen. Gute Nacht allerseits und bis nächste Woche. Kommen Sie gut nach Hause, und denken Sie daran: Lassen Sie das Auto stehen. Wann immer möglich, gehen Sie zu Fuß. Das ist ein bisschen Extrasport, und außerdem spart es Benzinkosten.«

Duncan, der den beiden dankbar war, weil sie ihn auf die Investmentmöglichkeit hingewiesen hatten und weil er sich ein wenig wie ihr Lieblingsschüler fühlte, ging nach dem Kurs auf sie zu. »He, Jungs, ich finde ja eure Tipps wirklich gut, aber was die Lotterie angeht, kann ich euch nicht zustimmen. Ein paar Kollegen und ich kaufen uns immer zusammen ein Los. Wir geben zwei Mal die Woche jeder einen Dollar dazu. Schließlich weiß man ja nie, aber das sagen sie in der Werbung auch immer.«

Edmund und Woodrow schüttelten halb amüsiert, halb

verächtlich den Kopf. »Duncan, das sind hundertvier Dollar im Jahr, die du in etwas wirklich Erfolg versprechendes investieren könntest.«

Aber Duncan war glücklich und verliebt und freute sich darauf, seine Flower wiederzusehen. »Nur noch einmal«, sagte er. »Im Moment habe ich einfach das Gefühl, ich habe Glück. Wir spielen immer dieselben Zahlen, nur bei der Zusatzzahl wechseln wir uns ab. Morgen darf ich die Zahl aussuchen, und nächste Woche habe ich Geburtstag und werde 32, also werde ich diese Zahl spielen.«

»32, was?«, sagte Woodrow grinsend.

»32«, bestätigte Duncan. Dann sagte er langsam die übrigen Nummern auf: »5, 15, 23, 44, 52. Seit Jahren spielen wir die schon.«

»5, 15, 23, 44, 52«, wiederholte Edmund langsam. »Wahrscheinlich lauter Geburtstage, Jahrestage und Hausnummern.«

»Oder der Tag, an dem jemand einen Zahn verloren hat.« Woodrow lachte herzlich.

»Das nicht gerade«, stimmte Duncan in das Lachen ein. »Aber die Zahlen 5, 15, 23, 44 und 52 bedeuten uns allen etwas.«

»Na, egal«, sagte Woodrow. »Wir finden nach wie vor, dass ihr euer Geld verschwendet. Ich hoffe, wenn wir uns das nächste Mal sehen, kannst du uns berichten, dass du der Versuchung widerstanden hast.« Er klopfte Duncan auf den Rücken.

Jetzt, allein in seinem kleinen Haus, sehnte sich Duncan danach, mit Flower zu sprechen, beschloss aber zu warten, bis er sich etwas beruhigt hatte. Sie war so lieb und freundlich und hatte so viel Gespür für seine Gefühle, dass sie es sofort an seiner Stimme merken würde, wie sehr er sich aufgeregt hatte. Was sollte er ihr sagen? Dass er das erwartete Weihnachtsgeld nicht bekommen hatte? Dass er all seine Ersparnisse investiert hatte und deshalb jetzt kein Geld mehr für ihren Verlobungsring besaß?

Angewidert von sich selbst warf er sein Handy hin, ging in die Küche, öffnete den Kühlschrank und holte eine Flasche Bier heraus. Er nahm sie mit ins Wohnzimmer, ließ sich in seinen Fernsehsessel fallen und seufzte tief, als die Fußstütze hochfuhr und einrastete. Von diesem Platz aus hatte er die perfekte Aussicht auf das Foto von Flower, das er bei ihrer ersten Verabredung im Hafen von San Francisco gemacht hatte. Als er hereingekommen war, hatte sie dagesessen, die Hände auf dem Tisch gefaltet, und aufs Wasser hinausgeblickt. Sie hörte ihn kommen, drehte sich um und lächelte, ein kleines, freundliches Lächeln, das ihr Gesicht zum Leuchten und Duncans Herz zum Tanzen brachte.

Als sie einmal angefangen hatten, sich zu unterhalten, konnten sie gar nicht mehr aufhören. Sie hatten so viel gemeinsam, nicht zuletzt die Hippie-Eltern. Sie hatten sich Geschichten aus ihrer Kindheit erzählt, vom Mittagsschlaf auf der Demo, vom Bio-Essen und von den verschiedenen Schulen, auf denen sie gewesen waren. Flower hatte ihren Namen bekommen, weil ihre Eltern in einer Landschaftsgärtnerei arbeiteten. »Es hätte schlimmer kommen können«, hatte sie lachend gesagt. »Mein Vater arbeitete ziemlich viel mit Büschen.«

»Meine Eltern haben mich Duncan genannt, weil sie sich bei Dunkin' Donuts kennengelernt haben, wo sie in der Kaffeeschlange hintereinander standen«, hatte er ihr erzählt. Kaum zu glauben, dass seine Eltern nach all diesen wilden Wanderjahren jetzt in einer Rentnersiedlung in Florida wohnten und mit dem größten Vergnügen an Bingoabenden teilnahmen.

Sie hatten auch darüber gesprochen, wie groß ihr Bedürfnis nach Wurzeln war. Er hatte sich gefreut zu hören, dass sie ein paar Mal im Jahr mit dem Bus von San Francisco zum Lake Tahoe fuhr. Genau wie er, liebte sie den Schnee. Sie liebte auch ihre Arbeit in einer Kindertagesstätte, obwohl sie nicht gut bezahlt wurde. Aber vor allem liebte sie ihn, dachte er, schaltete den Fernseher ein und lehnte sich noch ein Stückchen weiter zurück.

Ich muss positiv denken, dachte er. Geld ist schließlich nicht alles. Wir sind gesund, es geht uns besser als 99,9 Prozent der Weltbevölkerung, also Kopf hoch, es ist doch nur ein bisschen Geld. Vielleicht gibt Mr Pettie den Ring auch heraus, wenn ich Monatsraten mit ihm vereinbare. Er weiß ja, dass ich ihm nichts schuldig bleibe.

Duncan trank sein Bier, während die letzte halbe Stunde eines Krimis lief, in dem es um eine Heiratsschwindlerin ging, die vier Männer geheiratet und ihnen ihr gesamtes Geld abgenommen hatte. Vollidioten, dachte er noch, aber da fielen ihm schon die Augen zu.

Eine Stunde später weckte ihn eine durchdringende, aufgeregte Stimme aus dem Fernseher. Als er begriff, wovon der Ansager sprach, lehnte er sich gespannt in seinem Sessel nach vorn. Zwei Lotterielose, die nur zehn Meilen voneinander entfernt in New Hampshire gekauft worden waren! Am liebsten hätte er sich die Ohren zugehalten, als der Ansager die Gewinnzahlen vorlas, aber dann tat er es doch nicht.

Als die dritte Zahl vorgelesen wurde, klopfte sein Herz schon heftig. Unsere Zahlen!, dachte er begeistert. Die nächsten zwei waren auch richtig. Das ist doch nicht möglich, dachte er. Aber als der Ansager mit breitem Lächeln die Zusatzzahl 32 verkündete, sprang Duncan wie von der Tarantel gestochen aus seinem Sessel.

»Und ich habe nicht mitgespielt!«, schrie er. »Ich habe nicht mitgespielt! Wir hätten gewinnen können!« Dann erstarrte er. Am Ende hatte Glenda seine Zusatzzahl doch noch gespielt? Aber wenn es so war und eines der beiden Gewinnlose seiner Tippgemeinschaft gehörte, dann war er nicht mit im Boot, weil er blöd genug gewesen war, auf diese beiden Winthrop-Idioten zu hören.

Das ungute Gefühl, das er zu ignorieren versuchte, seit er seine Ersparnisse in diese seltsame Ölfirma gesteckt hatte, explodierte jetzt in ihm. Plötzlich kam ihm die ganze Idee vollkommen lächerlich vor.

Er wollte sein Geld zurück, und zwar sofort!

Er schnappte sich seinen Mantel und rannte zur Tür hinaus. Die beiden Kerle haben mein Leben zerstört, dachte er wütend, als er sich ins Auto setzte, aufs Gas trat und den Zündschlüssel herumdrehte.

Keine Reaktion.

»Los jetzt!«, rief er ungeduldig und drehte den Schlüssel noch ein paar Mal hin und her. Er wollte gar nicht darüber nachdenken, dass er sich jedes beliebige Auto auf der Welt kaufen könnte, wenn er nur in der Lotterie mitgespielt hätte. Sogar einen Rolls-Royce!

»Los, *komm!*«, rief er noch einmal, und in seinen Augen glitzerten Tränen des Zorns. Schließlich schlug er mit der Faust aufs Lenkrad und stieg aus.

Blind vor Wut rannte er die dunkle Straße hinunter, ohne auf den Schnee zu achten, der ihm ins Gesicht und auf die Haare fiel. Wie ein geölter Blitz raste er zu dem Haus, das die beiden Finanzzauberer für ihren Monat in Branscombe gemietet hatten.

Zwanzig Minuten später war er schon in ihrer Auffahrt und ging zu der Seitentür, durch die die Kursteilnehmer normalerweise das Haus betraten. Die Tür führte in das Unterrichtszimmer, wo Stühle und eine Tafel standen. Er wollte gerade klingeln, als er laute Stimmen aus dem Haus hörte. Was da wohl los war? Es klang, als wäre etwas ganz und gar nicht in Ordnung.

Instinktiv griff er nach dem Türknopf. Die Tür war nicht abgeschlossen, und er konnte die lauten, fast ein wenig hysterischen Stimmen der Winthrops hören, die aus der Küche zu ihm drangen. Die Küche, das Wohnzimmer und das Esszimmer des Hauses lagen eine halbe Etage höher als der provisorische Unterrichtsraum. Dieser Teil des Hauses war durch eine Tür abgetrennt, aber Duncan schlich sich die Treppe hinauf und blieb lauschend stehen. Was er hörte, bestätigte seine schlimmsten Befürchtungen.

»Na, Edmund, wer von den Deppen in dieser Stadt würde wohl die Brooklyn Bridge kaufen, wenn wir sie ihm anbieten würden?«

Edmund lachte herzlich. »Da gibt es nur einen.« – »Duncan Donuts.«

Sie brüllten beide vor Lachen, einer schlug offenbar mit der Faust auf den Tisch.

»Ja, genau, Duncan. Der ist fast so dämlich wie der Typ in Arizona, der letztes Jahr in die Windkraftanlage in Alaska investiert hat. Wenn der wüsste …«

»Kannst du dir sein Gesicht vorstellen, wenn er herausfindet, dass wir mit seinen Zahlen gespielt und gewonnen haben?«

»Diesen Anblick möchte ich auf keinen Fall verpassen.«

Jetzt grölten sie wieder.

»Oder glaubst du, er ist unserem wohlmeinenden Rat doch nicht gefolgt und hat doch mit seiner Zusatzzahl gespielt?«

»Ach was. Ich glaube, wir haben ihn viel zu gut eingeseift. Andererseits, das zweite Gewinnlos wurde tatsächlich hier verkauft. Was, wenn seine Kollegen mit seiner Zusatzzahl gewonnen haben? Wäre das nicht der Brüller?«

Duncans Kopf fühlte sich an, als würde er gleich platzen. Das muss ein Albtraum sein, dachte er. Diese Typen sind Verbrecher, sie haben mir mein Geld gestohlen und meine Lottozahlen gleich dazu. Und das, nachdem sie mir geraten haben, auf keinen Fall mehr zu spielen. Die Tränen, die er während seines ganzen Weges durch die Stadt zurückgehalten hatte, liefen ihm jetzt über die eisigen Wangen. Ich weiß, was ich tun werde, dachte er. Ich werde das FBI anrufen. Ich werde dafür sorgen, dass diese beiden Schurken den Rest ihres Lebens in orangefarbenen Sträflingsanzügen verbringen. Anzüge, die man nicht in die Reinigung geben muss, sondern selbst waschen kann, dachte er bitter.

In diesem Moment hörte er ein Geräusch und sah, wie sich der Griff der Küchentür bewegte. Ihm war klar, dass er nicht aus diesem Haus herauskommen würde, ohne gesehen zu werden. In panischem Schrecken sprang er nach links, öffnete die Kellertür und versteckte sich dahinter. Aber als er die Tür hinter sich zuzog, rutschte er mit seinen nassen Schuhsohlen auf der obersten Stufe aus und fiel die Treppe hinunter.

Er landete hart auf dem Betonboden. Der Schmerz in seinem rechten Bein ließ ihm den Schweiß auf die Stirn treten. Ob sie ihn wohl gehört hatten? Wenn sie auf die Idee kamen, dass er gelauscht haben könnte, wäre er in echten Schwierigkeiten. Dann würde er seine geliebte Flower nie wieder sehen.

»He, Edmund, was war das für ein Geräusch?«

»Nein«, flüsterte Duncan vor sich hin.

»Ach, das ist bloß wieder die alte Heizung. Dieses Haus ist eine echte Bruchbude, das weißt du doch. Gib mir lieber noch ein Bier.«

»Findest du nicht, dass wir nachsehen sollten?«

»Ach, warum denn?«

Danke, lieber Gott, dachte Duncan, als die beiden Angeber oben mit ihrem Gespräch fortfuhren. Durch die Heizungsschlitze konnte er hören, wie sie sich über die Dummheit verschiedener Leute lustig machten, die sie betrogen hatten. Aber am meisten amüsierten sie sich darüber, dass sie ganz legal die Mega-Millionen gewonnen hatten. Mit den Zahlen von »Duncan Donuts«.

Die beiden waren gefährlich, das war ihm jetzt klar. Vor lauter Panik raste sein Herz. Er versuchte, sich zu bewegen, aber sein Bein tat so weh, dass ihm ganz schwindelig wurde.

Wie soll ich bloß jemals hier rauskommen?, dachte er. Und während er da auf dem Boden in diesem dunklen, feuchten Keller lag, schoss ihm ein vollkommen blödsinniger Gedanke durch den Kopf: Ich hätte doch Glendas Vorschlag folgen und mir ein Brot mit Erdnussbutter machen sollen.

4

Keiner der Gewinner wollte sich allzu weit von dem Los entfernen. Nicht dass sie einander nicht mochten und vertrauten, aber sie hatten die Sache genau durchgerechnet. Sie wussten genug über Lotterie-Jackpots, um sich ausrechnen zu können, wie viel ihnen bei einer Gewinnsumme von insgesamt 180 Millionen Dollar blieb. Sie hatten sich schon darauf geeinigt, sich die Summe auf einmal auszahlen zu lassen, sodass nach Abzug aller Gebühren etwa achtundachtzig Millionen übrig bleiben würden. Nach Steuern wären das dann ungefähr sechzig Millionen. Wenn man diese tatsächliche Gewinnsumme durch fünf teilte, hieß das, jeder von ihnen würde dem Stinktier mit zwölf Millionen Dollar zum Abschied zuwinken können.

»Und wenn wir den dicken Scheck abholen, lassen wir uns fotografieren und schicken ihr das Foto«, strahlte Marion.

Sie beschlossen, die Nacht gemeinsam bei Ralph zu verbringen, der ein großes Wohnzimmer mit mehreren gemütlichen Sofas und Sesseln hatte. Nicht dass sie damit rechneten, in dieser Nacht viel zu schlafen. Aber so konnten sie doch die Füße hochlegen, während sie Champagner schlürften und ihre Familien anriefen. Ralphs Frau Judy kreischte am Telefon vor Begeisterung über die Nachricht und freute sich, die siegreiche Tippgemeinschaft in ihrem Haus zu beherbergen.

»Ich koche uns eine große Kanne Kaffee!«, rief sie. »Ist ja nicht zu glauben, dass ich den ganzen Abend für lumpige dreißig Dollar bei diesen elenden Bälgern den Babysitter gespielt habe. Zwölf Millionen Dollar! Ralph, weißt du, was das bedeutet? Wir haben es endlich geschafft!«

Ralph, der breit gebaute rothaarige Metzger, der einem schon einen Schrecken einjagen konnte, wenn er mit einem großen Fleischermesser in der Hand vor einem stand, brach in Tränen aus. »Weck die Kinder, Schätzchen, ich kann es gar nicht erwarten, zu hören, was sie dazu sagen.«

»Ich liebe dich, Ralph!« Jetzt weinte Judy auch.

Tommy rief seine Eltern an, die vollkommen überwältigt waren. Wie immer schaffte es seine Mutter selbst in dieser Situation, sich Sorgen zu machen. »Reg dich bloß nicht zu sehr auf, Junge«, sagte sie. »Sonst wirst du noch krank. Vielleicht solltest du jetzt so schnell wie möglich nach Hause kommen.«

»Aber Mom, es geht mir super! Mehr als super! Ich rufe Gina an und sage ihr, sie soll für sich, Don und die Kinder Flugtickets erster Klasse buchen, damit sie herfliegen können. Wir haben ja schon seit Jahren nicht mehr alle zusammen Weihnachten gefeiert.«

»Ach, Tommy, das wäre ja himmlisch!«

Marion rief ihren Sohn in Kalifornien an. »Sag T. J., seine Großmutter macht ihm ein Hochzeitsgeschenk, das ihm die Schuhe ausziehen wird. Er sollte mal drüber nachdenken, ob er nicht lieber einen Ehevertrag abschließen will.«

Glenda erreichte ihren verwitweten Vater in Florida. »Dad, ich möchte, dass du gleich morgen früh etwas tust«, sagte sie glücklich.

»Und das wäre, mein Schatz?«, fragte ihr Vater mit schlaftrunkener Stimme, ohne sie mit einem Wort für ihren nächtlichen Anruf zu tadeln. Wie war sie nur auf die Idee gekommen, einen Idioten wie Harvey zu heiraten, wo sie doch diesen hochanständigen Vater hatte? Es würde wohl Jahre der Therapie brauchen, bis sie das begriff.

»Also, Dad, du gehst und kaufst dir so ein Motorboot, wie dein Freund Walter eins hat. Nein, du kaufst dir ein größeres.« Dann lachte sie laut.

»Glenda, Liebes, kann es wohl sein, dass du ein bisschen beschwipst bist? Ich hoffe, es ist nicht der Kummer wegen dieses furchtbaren Kerls Harvey …«

»Nein, Dad, ich habe überhaupt keinen Kummer. Und ich bin auch nicht beschwipst.« Drei Minuten brauchte Glenda, um ihren Vater zu überzeugen, dass das Undenkbare wirklich passiert war.

Als sie die Kneipe verließen, wollten einige der anderen Gäste sich gern mit ihnen fotografieren lassen.

»Jetzt sind wir sozusagen berühmt«, seufzte Marion. »Ist es denn zu fassen? Hätte ich mir doch heute meine neue rosa Bluse angezogen. Die Verkäuferin hat gesagt, die Rüschen am Kragen schmeicheln meinem Teint.«

Glenda, die die pinkfarbene Bluse schon gesehen hatte,

war sich da nicht so sicher. Sie würde mit Marion zum Shoppen gehen, damit sie zur Hochzeit ihres Enkels etwas richtig Schickes anzuziehen hätte. Sie würde selbst auch mal wieder richtig einkaufen müssen, dachte sie und erinnerte sich an die Bemerkung, die Harvey vor dem Gerichtssaal gemacht hatte.

»Ich wünsche dir wirklich das Allerbeste, Glenda«, hatte er gesagt. »Vor allem hoffe ich, dass du irgendwann jemanden triffst, der dich liebt, so wie du bist.« Und dann hatte er hässlich gelacht.

Sie wusste, was er damit sagen wollte. Sie musste abnehmen und etwas für ihr Aussehen tun, nachdem sie so viele Jahre lang mit seinen Sticheleien gelebt hatte, dass sie es irgendwann aufgegeben hatte. Aber jetzt würde sich alles ändern. Und Harvey wird sich schwarz ärgern über all die Reisen, die er jetzt nicht mit mir machen kann, dachte sie fröhlich. Sie würde mit einem genüsslichen Wellnessurlaub beginnen, wie es diese Lotteriegewinnerin Alvirah Meehan gemacht hatte, die am Wochenende gemeinsam mit ihrer Freundin Nora Regan Reilly zum Festival kommen würde. Wenn sie tatsächlich kam, würde sie es hoffentlich schaffen, sich mit ihr zu unterhalten.

Ralphs Haus war nur eine Viertelstunde entfernt. Charley, ein Chauffeur in den Sechzigern, der die einzige Stretchlimousine der Stadt besaß, hatte genau im richtigen Moment die Kneipe betreten, nachdem er einige Mitarbeiter einer Steuerberatungsfirma von ihrer Weihnachtsfeier nach Hause gefahren hatte. Im Dezember hatte er jede Menge solcher Aufträge; in seinen Anzeigen nannte er sich »der Fahrer, auf den Sie gewartet haben«. Jetzt bestand er darauf, die frischgebackenen Millionäre im großen Stil zu Ralph zu fahren.

»Lasst eure Autos stehen, es ist mir eine Ehre, euch mit der Stretchlimousine zu fahren.« Dann bemerkte er zerknirscht: »Ich hätte vor ein paar Jahren den Job bei Conklin's annehmen sollen, dann wäre ich vielleicht auch ein Mitglied eurer Tippgemeinschaft geworden. Na ja, was soll's.«

Als sie in den Wagen stiegen, sangen sie *Jingle Bells,* und sie waren noch nicht ganz damit fertig, als sie auch schon vor Ralphs Einfahrt anhielten. Die Vordertür wurde aufgerissen, und Ralphs Frau Judy kam halb rennend, halb rutschend den Weg hinuntergestürmt, riss mit Schwung die hintere Tür des Wagens auf und sprang hinein, ihrem Mann geradewegs in die Arme. »Wir sind reich!«, quietschte sie. »Nie im Leben hätte ich damit gerechnet, jemals so etwas sagen zu können, Liebling, aber es ist tatsächlich wahr: Wir sind reich! Ein Reporter hat schon drei Mal angerufen, weißt du, von dem Fernsehsender, der über das Festival berichtet. Er hat von jemandem aus der Kneipe gehört, dass ihr gewonnen habt. Jetzt wollen sie euch alle interviewen.«

»Ob wir uns wohl Bodyguards zulegen sollten wie Paris Hilton?«, fragte Marion besorgt. »Immerhin haben wir hier ein kleines Stück Papier bei uns, das ein paar Millionen wert ist.«

»Alles in Sicherheit«, sagte Glenda und klopfte auf ihre Handtasche.

In dem bescheidenen, aber gemütlich eingerichteten Haus angekommen, setzten sie sich an den Esstisch, wo Judy ihre guten Porzellantassen und -teller aufgedeckt hatte. Im

Wohnzimmer funkelte der Weihnachtsbaum, es war gut zu erkennen, wie sehr Judy es genoss, das Haus weihnachtlich zu dekorieren. Es gab kaum einen Platz im Haus, an dem nicht irgendein weihnachtlicher Schnickschnack stand oder hing. Auf der Anrichte und dem Tisch waren Kerzen angezündet.

Mit zitternden Händen schenkte Judy den Kaffee ein und hatte Mühe, ihn nicht zu verschütten. Wie in Gedanken sagte sie: »Jetzt bin ich fünfzig Jahre alt und eigentlich noch nie aus New Hampshire rausgekommen. Ralph und ich sind seit der Highschool zusammen.« Sie sah ihren Mann an. »Nach der Kreuzfahrt möchte ich nach Paris und nach Rom.« Dann blickte sie an sich herunter auf ihren abgetragenen Pullover und die alten Jeans. »Und ein paar neue Sachen hätte ich auch gern.« Sie schüttelte den Kopf. »Ich kann es immer noch nicht ganz glauben. Darf ich das Los mal sehen?«

Glenda nahm das wertvolle Stück Papier vorsichtig aus ihrem Geldbeutel und reichte es ihr. »Komm bloß nicht zu nah an die Kerzen«, warnte Marion.

Bei Kaffee und Muffins sprachen sie darüber, wie es sich wohl anfühlen würde, wenn sie morgen früh um sieben in den Laden gehen würden, um ihren Gewinnanspruch anzumelden. Und wie es sich anfühlen würde, morgen einfach nicht zur Arbeit zu erscheinen.

Marion zeigte Judy das eingerahmte Foto, das sie als Weihnachtsgeschenk bekommen hatten. »Eine Unverschämtheit«, sagte Judy, als sie die Inschrift las. »Dieses Stinktier verdient wirklich eine Lektion, und das gilt für ihn ganz genauso. Der alte Conklin wusste doch genau, dass ihr auf das Weihnachtsgeld angewiesen seid – oder besser: wart. Na, jetzt können sie das Festival ohne euch abarbeiten.«

»Ich wäre schon hingegangen und hätte geholfen, wenn diese Sache mit dem Weihnachtsgeld nicht gewesen wäre«, bemerkte Glenda.

Das Telefon klingelte, und diesmal war es der Produzent des Fernsehsenders. Sie verabredeten sich mit ihm und seinen Leuten für sieben Uhr vor dem Laden.

Ralph und Judy riefen ihre Töchter an, währenddessen versuchte Glenda noch einmal, Duncan zu erreichen. Aber sie hatte wieder kein Glück. »Ich hoffe nur, er hat das Handy einfach ausgeschaltet und ist schlafen gegangen«, sagte sie und versuchte, gelassen zu klingen.

»Ach, dem geht's bestimmt gut«, versicherte Tommy ihr. »Wenn Charley uns morgen früh abholt, können wir kurz bei ihm vorbeifahren und ihn mitnehmen. Er wird ja wach sein, weil er sich bald auf den Weg zur Arbeit machen muss. Und dann sagen wir ihm, dass wir ihn dabeihaben wollen.« Tommy lachte. »Ich kann es kaum erwarten, sein Gesicht zu sehen.«

5

Freitag, 12. Dezember

Es war schon fast zwei Uhr nachts, als Willy und die einigermaßen erschöpfte Alvirah endlich in ihrer Wohnung ankamen. Als sie ins Bett stiegen, schaltete Willy den Wecker ab, den er bereits gestellt hatte, um am nächsten Morgen früh nach New Hampshire aufzubrechen.

»Ach Mensch, ich hatte mich so auf das Festival gefreut«, seufzte Alvirah. »Es hätte bestimmt viel Spaß gemacht.« Sie warf einen traurigen Blick auf das Gepäck. »Wir hatten in letzter Zeit alle so viel zu tun, dass wir die Reillys kaum gesehen haben, und ich vermisse sie allmählich.«

»Nächstes Jahr«, versprach Willy. »Während du im Bad warst, habe ich eine E-Mail an Regan und Jack geschrieben und ihnen erklärt, was passiert ist. Ich habe ihnen geschrieben, dass es dir gut geht, dass du aber dieses Wochenende einfach nicht dabei sein kannst und dass wir später anrufen.« Während er das Licht ausmachte, sagte er noch: »Und weck mich, wenn es dir irgendwie nicht gut geht. Das war ein ganz schöner Schlag, den du da abbekommen hast.«

Aber er bekam keine Antwort mehr, denn Alvirah war

schon eingeschlafen. Nicht wirklich überraschend, dachte er noch und kuschelte sich an sie.

Als Alvirah sieben Stunden später die Augen aufschlug, fühlte sie sich blendend. Instinktiv hob sie die Hand und drückte ein paar Mal prüfend auf den Verband an ihrer Stirn. Keine große Sache, dachte sie. Willy bestand dennoch darauf, ihr das Frühstück im Bett zu servieren. Eine Viertelstunde später vertilgte sie schon mit Begeisterung die Rühreier, die er ihr gemacht hatte. Drei Kissen hatte er ihr in den Rücken gestopft, damit sie gut sitzen konnte.

Sie schluckte das letzte Stück Toast hinunter und tupfte sich dann den Mund mit der apricotfarbenen Stoffserviette ab, die er ihr gebracht hatte, passend zum Frühstückstablett. »Willy, es geht mir wirklich hervorragend«, sagte sie. »Komm, lass uns fahren.«

»Du hast gehört, was der Doktor gesagt hat«, antwortete er. »Wir fahren nächstes Jahr, bleib im Bett und erhol dich.« Er nahm das Tablett weg. »Willst du noch eine Tasse Tee?«

»Ja, warum nicht«, grollte seine Frau. »Wenn ich sonst nichts tun kann.« Sie griff nach der Fernbedienung und schaltete den Fernseher ein. »Mal sehen, was im Rest der Welt los ist.« Sie drückte die Nummer von BUZ, und sofort tauchte das gut aussehende Gesicht von Cliff Bailey auf, dem Moderator, der sie interviewt hatte, um zu erfahren, welche Fallstricke auf Lotteriegewinner warteten. Alvirah erinnerte sich noch, dass sie ihm gesagt hatte, eigentlich gäbe es keine Fallstricke, aber manche Leute drehten leider durch, wenn sie so viel Geld in die Finger bekamen.

»Und nun kommen wir zu einer ganz unglaublichen Geschichte«, sagte Bailey gerade ein wenig atemlos. »Eine Geschichte aus Branscombe in New Hampshire, wo eine Tippgemeinschaft von vier Kollegen aus dem örtlichen Lebensmittelgeschäft gestern Abend die Hälfte des 360-Millionen-Dollar-Jackpots gewonnen hat.«

»Schätzchen, willst du noch Toast?«, rief Willy aus der Küche.

»Pst!«, antwortete Alvirah, drehte die Lautstärke hoch und rief dann: »Komm doch mal her!«

Willy, der keine Ahnung hatte, was ihn erwartete, kam ins Schlafzimmer geeilt.

»Das zweite Los wurde in Red Oak gekauft, einer Stadt nur zehn Meilen von Branscombe entfernt. In der Geschichte dieser Lotterie hat der Blitz noch nie so nah beieinander eingeschlagen. Der Besitzer des zweiten Loses hat sich noch nicht gemeldet. In Branscombe jedoch schießen Sorge und Spekulationen ins Kraut. Ein fünfter Kollege, Duncan Graham, der seit Jahren mit den anderen spielt, hatte ausgerechnet gestern beschlossen, nicht mit dabei zu sein. Trotzdem wollten seine Freunde den Gewinn mit ihm teilen, denn ausgerechnet seine Zusatzzahl hat den Ausschlag gegeben. Aber Duncan ist spurlos verschwunden. Seit er gestern Abend seinen Arbeitsplatz verließ, wurde er nicht mehr gesehen. Skeptiker denken, er könnte vielleicht auf eigene Faust gespielt haben und nun im Besitz des zweiten Loses sein, sodass es ihm peinlich ist, seinen Kollegen gegenüberzutreten. Schließlich haben diese ihm sofort nach Bekanntwerden des Gewinns eine Nachricht zukommen lassen, dass sie die Gewinnsumme mit ihm teilen wollen. Hier ist ein

Foto der vier Gewinner, die sich heute früh bereits in der Annahmestelle gemeldet haben.«

Alvirah warf einen schnellen Blick auf die Gesichter der vier, die ein wenig gezwungen in die Kamera lächelten. Sie sahen eher verwirrt als begeistert aus. »Und wir sind nicht dort, das ist doch nicht zu fassen!«, rief sie. Dann warf sie ihre Bettdecke zur Seite. Willy sah sie nur an. Er wusste, dass es keinen Zweck hatte, lange zu streiten. »Ich mache noch schnell den Abwasch und das Bett, du kannst duschen gehen.«

»Ruf die Garage an, sie sollen den Wagen sofort vorfahren. Bloß gut, dass wir noch nicht alles wieder ausgepackt haben. Ich könnte diesen Arzt erwürgen! Der hat mich doch noch nie zuvor gesehen – was weiß der denn von meiner Konstitution? Auf meine alten Tage werde ich doch wohl wegen drei Stichen an der Augenbraue nicht aus den Pantinen kippen. Im Leben hätte ich wegen so einer Lappalie nicht Mrs O'Keefe angerufen und meine Putzstelle abgesagt. Die hätte mir ja auf der Stelle gekündigt! Willy, könntest du wohl Regan anrufen und ihr sagen, wir sind schon unterwegs?«

Bei diesen Worten fiel die Badezimmertür hinter ihr ins Schloss.

»Ich wusste, wir würden zu diesem Festival fahren«, murmelte Willy und begann, das Bett zu machen.

6

Regan und Jack Reilly verließen ihre Wohnung in Tribeca um sieben Uhr morgens. Sie hatten sich für das Wochenende einen großen Allradwagen gemietet und geplant, Regans Eltern und die Meehans aus ihren Wohnungen am Central Park abzuholen, sodass sie alle zusammen nach New Hampshire fahren konnten. Die enttäuschende E-Mail von Willy, dass er und Alvirah nicht würden mitfahren können, machte den großen Wagen nicht nur unnötig, er erinnerte sie auch ständig schmerzlich an die Abwesenheit ihrer Freunde.

Als sie ins Auto stieg, warf Regans Mutter, Nora Regan Reilly, die selbst zu dieser frühen Stunde wie aus dem Ei gepellt aussah, einen wehmütigen Blick auf das Haus, in dem die Meehans wohnten. Ein zufälliger Beobachter hätte sofort bemerkt, dass Regan ihr wie aus dem Gesicht geschnitten war. Sie hatten beide dieselbe helle Haut, die strahlend blauen Augen und die klassisch geschnittenen Gesichtszüge. Nur in der Haarfarbe und in der Größe unterschieden sich Mutter und Tochter. Nora war zierlich und blond, während Regan das rabenschwarze Haar ihres Vaters geerbt hatte und mit einer Größe von einem Meter siebzig auch eher nach dem Familienzweig der Reillys kam. Ihr Vater Luke war schlank, inzwischen grauhaarig und fast zwei Meter groß.

»Hoffentlich geht es Alvirah schon wieder ein bisschen besser«, sorgte sich Nora, während sie es sich im Auto bequem machte.

Luke warf die Koffer hinten in den Wagen und setzte sich dann neben sie. »Ach was«, sagte er. »Im Zweifelsfall mache ich mir mehr Sorgen um die Theke als um Alvirah.«

»Das habe ich auch gedacht, aber ich habe mich nicht getraut, es laut zu sagen, weil dann Regan auf mich losgegangen wäre«, stimmte Jack ihm zu. Seine braunen Augen blitzten, als er Luke einen Blick über die Schulter zuwarf. Jack Reilly mochte seinen Schwiegervater sehr. Der Grund für diese besondere Beziehung lag darin, dass Luke vor Jahren von einem verwirrten Verwandten eines Mannes entführt worden war, den er beerdigt hatte. Im Zusammenhang mit diesem Entführungsfall hatte Jack dann auch Regan kennengelernt. Als Chef der Abteilung für Schwerverbrechen bei der New Yorker Polizei war er in die Ermittlungen eingeschaltet worden. Er war blond und gut aussehend, eine raumfüllende Persönlichkeit und mit seinen vierunddreißig Jahren ein aufsteigender Stern am New Yorker Himmel. Er war in Boston aufs College gegangen und hatte sich gegen eine Karriere in der Investmentfirma seiner Familie entschieden, um zur Polizei zu gehen wie sein Großvater väterlicherseits. Seit sie sich kannten, betonten Jack und Regan immer, dass die Namensgleichheit reiner Zufall war: nicht verwandt und nicht verschwägert.

* * *

Zwei Stunden später, nachdem sie sich durch den üblichen Freitagmorgenverkehr gekämpft hatten, waren die vier Reillys schon ein ganzes Stück durch Connecticut gefahren, als Jacks Handy klingelte. Er zog es aus der Tasche, warf einen Blick aufs Display und reichte es an Regan weiter. »Bürgermeister Steve«, sagte er. »Sag ihm, dass ich am Steuer sitze und als braver Bürger gerade nicht telefonieren kann.«

»Braver Bürger. Genau deshalb habe ich dich geheiratet«, lächelte Regan und nahm ihm das Telefon ab. »Hallo, Steve …«, meldete sie sich und ließ dann einen wahren Sturzbach an Informationen über sich ergehen. »Du willst uns auf den Arm nehmen, oder?«, unterbrach sie ihn schließlich. »Wir hören hier die ganze Zeit Musik und Verkehrshinweise, vielleicht hätten wir doch eher einen Nachrichtensender einschalten sollen.«

Nora, die vor Neugier fast platzte, beugte sich nach vorn. Luke neben ihr lehnte sich eher in seinem Sitz zurück. »Wenn irgendjemand meine Dienste benötigt …«, brummte er.

Regan versuchte, die hektischen Gesten ihrer Mutter zu ignorieren, die gern mithören wollte. »Ja, Steve, wenn um zwölf die Pressekonferenz ist – bis dahin sollten wir wohl im Hotel sein.«

»Eine Pressekonferenz!« Nora konnte sich kaum mehr halten.

»Bleib locker, Schätzchen«, sagte Luke mit milder Stimme und hob die Augenbrauen, als er Jacks amüsierten Blick im Rückspiegel auffing.

»Ist in Ordnung, Steve, mach dir keine Sorgen. Das Festival wird ein großer Erfolg, da bin ich sicher. Wir sehen uns dann im Hotel.« Regan klappte das Handy zu und lehnte sich zurück. »Ich bin so müde, ich glaube, ich mache jetzt erst mal ein kleines Nickerchen.«

»Regan!«, rief ihre Mutter entsetzt.

Jack gab seiner Frau einen Rippenstoß. »Spuck's schon aus.«

»Na guuut, wenn ihr darauf besteht ... Ihr wisst ja, dass das Festival heute Nachmittag beginnt. Gestern Abend hat eine Gruppe von Angestellten aus dem Lebensmittelladen dort die Hälfte des 360-Millionen-Jackpots gewonnen. Aus dem Lebensmittelladen, der auch das Catering für das Festival übernommen hat.«

»Also gibt es dort jetzt keine Bologna-Sandwiches«, murmelte Luke.

»Und keinen Kartoffelsalat«, fiel Jack ein.

»Könntet ihr bitte kurz den Mund halten, damit Regan weiterreden kann?«, unterbrach Nora die beiden Männer, verzweifelt darum bemüht, nicht laut loszulachen. »Regan, los, erzähl weiter.«

»Also, kurz gesagt, es gibt da fünf Kollegen, die seit Jahren in einer Tippgemeinschaft spielen. Und ausgerechnet diesmal hat sich einer von ihnen plötzlich entschieden, auszusteigen.«

»Armer Teufel«, seufzte Luke.

»Die anderen haben aber gemeinsam beschlossen, ihn trotzdem zu beteiligen, weil es nämlich seine Zusatzzahl war, die den Ausschlag gab. Nur – seit sie sich gestern Abend nach der Arbeit getrennt haben, hat man den Mann nicht mehr gesehen. Es ist klar, dass er nach Hause gefahren ist, denn sein Auto steht noch vor dem Haus, aber er ist nicht dort, und er geht auch nicht ans Handy. Und jetzt befürchten sie, dass ihm etwas zugestoßen ist.«

»Du lieber Himmel«, überlegte Nora. »Glauben sie, er hat mitbekommen, dass sie gewonnen haben, und weil er nicht dabei war …«

Sie hielt inne, weil sie die düstere Vermutung lieber nicht laut aussprechen wollte, über die ohnehin schon alle nachdachten.

»Warte, es wird noch komplizierter«, fuhr Regan fort. »Es gibt ja noch ein zweites Gewinnlos, und das wurde nur ein paar Ortschaften weiter verkauft. Einige Leute haben den Verdacht, dass dieser Duncan möglicherweise auf eigene Faust gespielt hat, sich ein eigenes Los gekauft hat und sich nun nicht traut, das zuzugeben.«

»Na, das wäre dann aber eine vollkommen andere Geschichte«, meinte Luke. »Gerade hatte er angefangen, mir leidzutun, aber das hieße ja, er erholt sich von seinem schlechten Gewissen irgendwo an einem sonnenbeschienenen Strand, mit einer Piña Colada in der einen Hand und dem Gewinnlos in der anderen.«

»Das wäre für ihn natürlich die allerbeste Lösung«, sagte Nora, deren Krimi-Autorinnen-Hirn gerade alle Möglichkeiten durchspielte.

»Offenbar spricht die ganze Stadt gerade von nichts anderem als von dieser Lotteriegeschichte, statt sich um das Festival zu kümmern. Jetzt hat der Typ von dem Fernsehsender gerade das Interview mit Steve und Muffy abgesagt, weil er mit der anderen Sache zu beschäftigt ist.«

»Kein Interview?«, rief Luke. »Jack, kannst du da nicht eingreifen, das ist ja ein Skandal!«

»Dad, jetzt sei nicht gemein«, protestiert Regan. »Steve klingt sehr aufgebracht.«

»Er hat natürlich gehofft, dieses Festival würde seinem Ansehen in New Hampshire nützen«, erklärte Jack.

»Und das klappt ja offenbar auch ganz hervorragend«, brummte Luke.

»Soweit ich das sehe«, bemerkte Jack, »versucht Steve, sich stärker politisch zu profilieren, und Muffy sieht sich schon als die nächste Jackie Kennedy. Seinerzeit im College war Steve immer dabei, irgendetwas zu organisieren. Schon damals hatte er bei uns allen den Spitznamen ›Bürgermeister Steve‹.«

Regan hielt kurz die Luft an. »Mir ging da gerade etwas durch den Kopf. Könnt ihr euch Alvirahs Reaktion vorstellen, wenn sie erfährt, was sie verpasst?«

In diesem Augenblick klingelte ihr Handy.

»Du brauchst gar nicht auf das Display zu schauen, Regan«, lachte ihr Vater. »Jede Wette, dass unsere liebe Alvirah soeben von all den dramatischen Vorgängen in Branscombe Wind bekommen hat.«

»Jede Wette«, bestätigte Jack. »Und noch vor Sonnenuntergang werden wir unsere liebe Alvirah in die Arme schließen.«

7

Wo bin ich?, dachte Duncan, als er die Augen aufschlug. Was ist geschehen? Dann erinnerte er sich wieder: Er war die Treppe hinuntergefallen und lag auf dem kalten Betonboden im Keller des Hauses, das diese beiden Idioten bewohnten. Durch die schmutzigen Kellerfenster drang schwaches Licht, und er konnte erkennen, dass es ein wenig schneite.

Er erinnerte sich, dass er stundenlang wach gelegen hatte, hungrig, mit schmerzendem Fuß, und gezwungenermaßen den Winthrops zuhören musste, die ihr Lotterieglück feierten. Als sie endlich ins Bett gegangen waren, war er wohl auch eingedöst. Jetzt drang Kaffeeduft durch die Ritzen, und davon war er wach geworden. Durch dieselben Ritzen waren auch die Stimmen der beiden Schurken zu hören gewesen.

Duncan konnte jeden einzelnen Knochen spüren, aber vor allem tat ihm das rechte Bein weh. Er fürchtete, dass es gebrochen war. Gestern Abend, nachdem der Schock des Sturzes nachgelassen hatte, war es unmöglich gewesen, es auch nur zu bewegen.

»Möchtest du Kaffee, Eddie?«, hörte er von oben.

Jetzt geht es wieder los, dachte Duncan. Platon und Aristoteles auf dem Weg in einen neuen Tag. Ich muss hier raus, aber wie?

»Ja, das wäre gut«, erwiderte Edmund oben. »Und ein paar Aspirin. Wie viel Bier haben wir denn gestern bloß getrunken?«

»Keine Ahnung. Müssen wir das wissen? Ich weiß nicht mal mehr, wann wir ins Bett gegangen sind.«

»Mit so viel Geld, wie wir jetzt haben, sollten wir eigentlich in einem Palast wohnen und uns den Kaffee von einem Butler servieren lassen, statt ihn in diesem elenden Schuppen aus angestoßenen Bechern zu schlürfen.«

»Dauert nicht mehr lange«, rief Woodrow. »Kannst du dir vorstellen, was unser Großvater sagen würde, wenn er uns sehen könnte? Er hat immer gedacht, aus uns wird nie etwas.«

Und wie recht er damit hatte, dachte Duncan, drehte sich auf die Seite, setzte sich auf und strich sich das Haar aus der Stirn. Eine Tasse Kaffee könnte er jetzt wirklich brauchen. Sein Mund war so trocken! Noch lieber wäre ihm ein Glas frisch gepresster Orangensaft. Und Eier mit Speck. Und Bagels. Aber an Essen war jetzt gar nicht zu denken. Wenn die beiden Kerle da oben irgendwann den Weg in den Keller fanden, war er so gut wie tot.

Woodrow redete ununterbrochen weiter. »Am liebsten würde ich noch heute von hier verschwinden. Aber wenn wir das letzte Seminar nächste Woche sausen lassen, kommen die Leute womöglich darauf, ihre Aufzeichnungen zu vergleichen, und dann sehen sie, dass sie fast alle in diese Ölfirma investiert haben. Und dann … haben wir die Polizei am Hals.«

Duncan fühlte sich, als hätte man ihm eine schallende Ohrfeige verpasst. Er wusste, dass es Unsinn war, aber jetzt fühlte er sich noch einmal mehr betrogen. Er war nie der Lieblingsschüler gewesen, für den er sich gehalten hatte. Er war einfach nur blöd gewesen. Blöder, als es eigentlich erlaubt sein sollte.

»Wirklich abhauen können wir noch nicht, aber vielleicht sollten wir mal für einen Tag nach Boston fahren und ein bisschen ausspannen und feiern. Ich könnte meiner Exfrau sogar mal ein Geschenk kaufen, das wäre wirklich weihnachtlich gedacht«, sagte Edmund und brach in lautes Gelächter aus.

»Also, ich kaufe meiner Ex nichts. Ich nehme es ihr immer noch übel, dass sie mich nicht ein einziges Mal im Knast besucht hat«, entgegnete Woodrow, der allerdings nicht wirklich beleidigt klang.

»Beim ersten Mal war sie aber da«, erinnerte Edmund seinen Cousin.

»Ja, aber da hat sie die ganze Zeit nur rumgemault, das war doch kein richtiger Besuch.«

Wenn das hier so weitergeht, bringe ich mich um, dachte Duncan.

»Ach, wer denkt schon noch an diese Weiber«, sagte Edmund. »Mit so viel Geld, wie wir jetzt haben, werden uns die Frauen doch sowieso zu Füßen liegen. Aber da wir gerade von unseren zukünftigen Millionen reden: Wenn wir heute nach Boston fahren, was machen wir denn dann mit dem Los? Vielleicht sollten wir es nicht unbedingt mit uns herumtragen.«

»Bei all den Taschendieben, die da während der Weihnachtszeit herumlungern? Auf keinen Fall, wir lassen das Los hier«, erklärte Woodrow.

»Aber wo? Und was machen wir, wenn in der Zwischenzeit das Haus abbrennt?«

»Wir tun es ins Gefrierfach.«

Duncan riss die Augen auf, sein Herz klopfte heftig. Während er auf Edmunds Antwort wartete, hielt er die Luft an. Los, Edmund!, dachte er. Das Gefrierfach, ja, gute Idee!

»Ins Gefrierfach?« Edmund schien zu zweifeln. »Ich weiß nicht … vielleicht sollten wir es doch lieber mitnehmen.«

»Nein!«, stöhnte Duncan auf wie ein Zuschauer bei einer Gameshow. »Nein, Eddie, nein! Das Gefrierfach!« Am liebsten hätte er laut geschrien.

»Das ist der sicherste Ort!«, drängte Woodrow. »Wir stecken es in einen Plastikbeutel. Schließlich hat man schon von Leuten gehört, die ihr Los verloren haben, weil sie es mit sich rumgetragen haben. Kannst du dir vorstellen, wie man sich fühlt, wenn so was passiert?«

»Nein, und darüber will ich auch gar nicht nachdenken«, sagte Edmund mit hörbarem Schaudern. »Man könnte es nicht mehr mit dir aushalten.«

»Mit mir? Das sagt ja der Richtige.«

Beide lachten.

»Also gut, wir lassen es im Gefrierfach«, stimmte Edmund schließlich zu. »Schon witzig, dass wir wieder gegen unsere Bewährungsauflagen verstoßen haben, nur um einen Dollar für ein Lotterielos auszugeben. Nächste Woche, wenn wir dieses blöde Seminar hinter uns haben, kriegen wir raus, wo wir es einlösen können und wer das für uns erledigt. Wir haben ja ein Jahr Zeit.«

»Ein Jahr warten?«, schrie Woodrow entsetzt auf. »Bist du wahnsinnig geworden? Ich warte doch nicht ein Jahr lang auf das Geld! Und du nennst dich Finanzexperte? Mit jedem Tag, den wir warten, verlieren wir doch eine Riesenmenge Zinsen!«

»Kein Mensch sagt, dass wir ein Jahr warten sollen. Aber wir müssen erst mal rausfinden, wie der Hase läuft ... So, und jetzt ist es fast elf Uhr, jetzt duschen wir und machen, dass wir wegkommen. Diese Bruchbude geht mir auf die Nerven – kein Wunder, dass sie uns die für nur einen Monat vermietet haben.«

Als sie eine halbe Stunde später wieder in die Küche kamen, hatte Duncan einen Plan entwickelt, der ihm im Erfolgsfall für den Rest seines Lebens außerordentlich viel Freude bereiten würde.

»Nicht so offensichtlich, Woodrow!«, sagte Edmund mit eindeutig verärgerter Stimme. »Tu den Beutel lieber unter die Schachtel mit den Tiefkühlerbsen.«

Tiefkühlerbsen?, dachte Duncan. Meine frischen Erbsen schmecken um Längen besser.

»Ist ja gut. Unter die Erbsen, besser so? Bist du jetzt zufrieden?«

Dann hörte Duncan, wie die Tür zufiel und das Auto angelassen wurde. Jetzt sind sie weg!, dachte er. Vom Geräusch der Heizung abgesehen, war es völlig still. Er war allein in einem Haus mit einem Gewinnlos über 180 Millionen Dollar. Konnte man noch motivierter sein, um sich aufzurappeln und die Treppe hinaufzuschleppen? Er streckte die Hand nach dem Geländer aus und versuchte, sich hochzuziehen, indem er alles Gewicht auf das linke Bein verlagerte. Vorsichtig setzte er seinen rechten Fuß auf und stöhnte. Reiß dich zusammen, befahl er sich. Auf das wacklige Geländer gestützt, hüpfte er langsam auf einem Bein die Treppe hinauf, öffnete die Tür und hüpfte dann die paar Stufen bis zu der Treppe, die zur Küche führte.

Vor dem Haus fuhr ein Auto vorbei. Erschrocken hielt Duncan die Luft an, aber das Auto hielt nicht. Wenn sie jetzt zurückkommen würden!, dachte er. Ich muss mich wirklich beeilen.

Obwohl er sein gesamtes Gewicht auf das eine Bein stützen musste, schaffte er es in Rekordzeit die Treppe hinauf und durch die kleine Küche. Kein Wunder, dass das Haus unverkäuflich war. Es sah wirklich aus, als würde es jeden Augenblick in sich zusammenfallen. Na, wen kümmerte das schon, dachte er, als er bis zu dem uralten Kühlschrank gehumpelt war und das Gefrierfach öffnete. Mit zitternden Fingern griff er nach der Schachtel Tiefkühlerbsen. Die Marke war schon seit zehn Jahren nicht mehr im Handel, stellte er angeekelt fest, aber dann blickte er nur noch den Plastikbeutel mit dem Los an. Er holte ihn heraus, drehte sich um, hüpfte zu dem hölzernen Küchentisch und zog das Los aus dem Beutel. Im Bruchteil einer Sekunde überprüfte er die Gewinnzahlen – seine Zahlen – und zog dann seinen Geldbeutel hervor. Er steckte das Los ein und nahm dann aus einem anderen Teil des Geldbeutels zärtlich das Los, das er und Flower bei ihrer ersten Verabredung gemeinsam gekauft hatten. Sie machte sich nicht viel aus Losen, aber es hatte ihnen beiden Spaß gemacht, die Zahlen zusammen auszusuchen.

»Mit diesem Los haben wir nicht gewonnen«, sagte er laut. »Aber ich habe immer gewusst, dass es noch für irgendetwas gut sein würde.« Er hob es an seine Lippen, küsste es einmal, zweimal, dreimal und steckte es dann in den Plastikbeutel, den er wieder dorthin packte, wo die Winthrops ihn versteckt hatten: unter der Schachtel mit den uralten Erbsen.

In diesem Augenblick hörte er, wie ein Auto vorfuhr. Das Adrenalin schoss ihm ins Blut, es war zu spät, um in den Keller zurückzuhumpeln. Blitzschnell hüpfte er durch die Küche ins Wohnzimmer und versteckte sich hinter einem der schäbigen Sessel.

Das war's, dachte er. Wenn sie jetzt beschlossen haben, doch nicht nach Boston zu fahren und lieber zu Hause zu bleiben, dann werden sie mich hier unweigerlich entdecken.

Die Haustür ging auf. »Ist ja gut!«, schnauzte Woodrow ungeduldig. »Du hast es jetzt oft genug gesagt, nein, es war keine gute Idee, das Los hierzulassen.«

Duncan konnte hören, wie das Gefrierfach geöffnet wurde. Ihm blieb fast das Herz stehen.

»Siehst du, hier ist es!«, sagte Woodrow. »Ich stecke es jetzt in meinen Geldbeutel. Oder von mir aus steck du es in deinen Geldbeutel, ganz wie du möchtest.«

»Ich nehme es«, sagte Edmund gereizt.

Dann machten sie sich wieder auf den Weg.

Ein Wunder!, dachte Duncan. Sie haben die Zahlen nicht überprüft. Ich muss machen, dass ich hier rauskomme, nach Hause humpeln und mir überlegen, wie ich weitermache. Natürlich müssen diese Kerle angezeigt werden, aber jetzt kann ich das nicht tun, sonst verschwinden sie entweder, oder sie kommen zurück und bringen mich um. Und wenn sie verschwinden, werden sie mich den Rest meines Lebens verfolgen. Dann lande ich am Ende in einem Zeugenschutzprogramm, und dabei wollten Flower und ich doch unser gemeinsames Leben hier in Branscombe verbringen!

Als er annehmen konnte, dass die beiden nicht so schnell wiederkommen würden, zog er sich an dem Sessel hoch. Er humpelte an dem Garderobenschrank neben der Haustür vorbei, als ihm eine Idee kam: Vielleicht fand sich darin ja ein Regenschirm oder ein Spazierstock, auf den er sich stützen könnte!

Und tatsächlich, was für ein Glück, als er die Schranktür öffnete, kam ihm ein alter Besen entgegen und krachte auf den Boden. Er bückte sich danach und schraubte den Besenstiel von dem struppigen Unterteil ab. Das würde ihm ein wenig helfen.

Endlich wieder an der frischen Luft, ein Los im Wert von 180 Millionen Dollar in der Tasche, begab sich Duncan auf die ruhige Landstraße, halb hüpfend, halb humpelnd. Wenn ich bloß irgendwie nach Hause komme, dachte er. Aber nach drei Häuserblocks hörte er ein Auto, das neben ihm hielt. Nervös drehte er sich um.

Es war Enoch Hippogriff, ein wettergegerbter Alter, der regelmäßig bei ihm im Laden einkaufte. »Duncan?«, rief er ihm zu. »Was machst du denn hier? Die ganze Stadt sucht nach dir!«

Verwirrt, aber erleichtert, zog sich Duncan in Enochs Wagen. »Warum sucht ihr mich denn?«, fragte er. Vielleicht hatte ja Flower die Behörden alarmiert, weil er sie nicht angerufen hatte, bevor er zu Bett ging, wie er es sonst immer tat.

»Ach komm, erzähl mir doch nichts«, erwiderte Enoch. »Das weißt du ganz genau.«

»Nein, ehrlich, ich hab' keine Ahnung«, sagte Duncan.

Enoch Hippogriff blickte ihn schräg von der Seite an. »Du machst mir nichts vor, hm? Ich seh' es dir an der Nasenspitze an, du hast wirklich keine Ahnung. Na, du siehst vielleicht aus mit deinem Spazierstock da! Also, hör zu, Duncan, deine Kollegen haben gestern Abend in der Lotterie gewonnen.«

»Ehrlich?«, rief Duncan mit gemischten Gefühlen aus. »Dann haben sie also doch meine Zusatzzahl gespielt!«

»Na klar. Und sie wollen dich unbedingt beteiligen, auch wenn du diesmal nicht mitgemacht hast. Ich weiß ja nicht, ob ich ein so gutes Herz hätte ...«

Duncan kämpfte mit den Tränen. »Das wollen sie wirklich tun? Unglaublich! Sie sind einfach wunderbar, und sie haben mich wohl wirklich gern. Wo sind sie denn? Sie werden doch wohl nicht zur Arbeit gegangen sein ... Wenn ich nur wüsste, wo sie jetzt sind!«

»Im Branscombe Inn. Da haben die Leute, die dich suchen, ihr Hauptquartier aufgeschlagen. Warte nur, bis sie hören, dass sie die Suche abblasen können.«

»Kannst du mich da hinfahren?«, fragte Duncan in der Hoffnung, bis dahin eine Erklärung dafür zu finden, wo er letzte Nacht gewesen war.

»Klar«, sagte Enoch und gab ihm einen Klaps auf den Arm. »Kostet dich höchstens tausend Dollar.« Dann lachte er so sehr über seinen eigenen Scherz, dass er einen Hustenanfall bekam. »Also nein«, keuchte er endlich, »das wäre ja wohl das Letzte. Oder, eigentlich sollte ich dir wohl gleich noch ein bisschen mehr abknöpfen. Einige Leute meinen nämlich, du bist verschwunden, weil du in Wirklichkeit das zweite Gewinnlos hast. So ein Quatsch! So siehst du gerade aus!«

Duncan starrte auf die Straße, während Enochs alter Lieferwagen die Straße hinunterrumpelte.

Na toll, so fühlt es sich also an, wenn man in der Lotterie gewinnt, dachte er.

8

Horace Pettie und seine Assistentin Luella legten letzte Hand an die Schaufensterdekoration, die sie für das *Festival der Freude* aufgebaut hatten. Bisher liefen die vorweihnachtlichen Geschäfte im Juwelierladen eher schlecht, und die Tatsache, dass man sich in diesem Jahr in der ganzen Stadt auf ein einfaches, hausgemachtes Weihnachtsfest eingeschworen hatte, war auch nicht gerade hilfreich.

»Die Botschaft dieses Festivals ist ja gut und schön«, sagte Horace. »Aber von irgendwas muss unsereiner doch auch leben.«

»Da haben Sie vollkommen recht, Mr Pettie«, stimmte Luella ihm zu. »Aber es war eine wirklich großartige Idee von Ihnen, ein Schmuckstück zu entwerfen, das an dieses Ereignis erinnert. Glauben Sie mir, es wird weggehen wie warme Semmeln.«

»Doch, doch, ich finde es auch recht hübsch«, gab Pettie zu und hielt einen der Anhänger in die Höhe, einen kleinen goldenen Kranz aus Stechpalmenblättern, an dessen Rand die Worte »Branscombe Festival der Freude« eingraviert waren. Er hatte kein Datum oder einen Hinweis darauf anbringen wollen, dass es das erste Festival war. Es konnte ja sein, dass er nicht alles loswurde, dann konnte er vielleicht nächstes Mal die Reste verkaufen. Wenn es ein nächstes Mal gab.

Horace Pettie war ein kleiner, fast glatzköpfiger Mann von achtundsechzig Jahren. Er hatte sein ganzes Leben in Branscombe verbracht und war der einzige Juwelier am Ort. Das Geschäft hatte er von seinem Vater geerbt. Luella Cobb, eine stämmige Blondine Mitte fünfzig, arbeitete schon seit zwanzig Jahren als Verkäuferin für ihn. Sie hatte bei ihm angefangen, als ihr jüngstes Kind in die Highschool gekommen war. Die Stelle bei Pettie war ihr Traumjob, denn seit sie im Alter von vier Jahren eine Schachtel mit Spielzeugschmuck bekommen hatte, war sie nie mehr ohne ein oder zwei Schmuckstücke am Leib aus dem Haus gegangen. Ihre Begeisterung war ansteckend und machte sie zur perfekten Verkäuferin für Horace Pettie. »Schmuck muss nicht schrecklich teuer sein, nur geschmackvoll«, pflegte sie angehenden Kunden zuzuflüstern. Und dann zog sie so sicher wie das Amen in der Kirche ein noch teureres Stück hervor, um es sofort mit größter Begeisterung in der Stimme als »unglaublich« oder »großartig« zu bezeichnen. Und am Ende erklärte sie dem Kunden regelmäßig, wie absolut perfekt es zu ihm passte: »Ja, das sind Sie! Das sind ganz und gar Sie!«

Horace legte den letzten der winzigen Stechpalmenkränze auf den kleinen Schlitten im Schaufenster, bevor er gemeinsam mit Luella nach draußen auf den Gehweg ging, um die Auslage von dort zu bewundern: ein Winter-Wunderland mit Schmuckstücken, die an roten Bändern hingen.

Pettie seufzte. »Das war eine Mordsarbeit. Ich hoffe nur, die Dekoration zieht ein paar Kunden an.«

Luella stemmte die Hände in ihre üppigen Hüften, und

ein nachdenklicher Ausdruck trat auf ihr stark geschminktes Gesicht. Es war kalt hier draußen, aber sie waren so sehr daran gewöhnt, vor dem Laden zu stehen und die Schaufenster zu betrachten, dass sie es gar nicht bemerkten.

»Mr Pettie, ich habe da eine Idee«, sagte sie langsam und ein wenig aufgeregt. »Ich glaube, ich weiß, was wir noch ins Schaufenster legen können, um die Aufmerksamkeit zu erhöhen.«

»Nämlich?« Mr Pettie griff nach der Idee wie eine Maus nach dem Käse.

Sie tippte einmal kurz mit ihrem lackierten Fingernagel an die Scheibe. »Duncans Ring. Wir legen ihn auf den Schlitten.«

»Aber ich kann doch Duncans Ring nicht verkaufen!«, protestierte Horace.

»Sie sollen ihn ja auch gar nicht verkaufen«, erklärte Luella etwas ungeduldig. »Wir schreiben ein schönes großes Schild dazu: DUNCAN, KOMM HEIM, WIR VERMISSEN DICH! DEIN RING WARTET!«

Jetzt riss Horace Pettie die Augen weit auf. »Natürlich! Duncan ist *das* Stadtgespräch! Aber finden Sie das nicht ein bisschen unsensibel?«

»Überhaupt nicht!«, erklärte Luella. »Es geht doch nur um menschliches Mitgefühl. Außerdem können Sie mit Sensibilität keine Rechnungen bezahlen.« Damit drehte sie sich um und ging zurück in den Laden.

Horace marschierte hinter ihr her, wie immer erstaunt über Luellas Kreativität und Geschäftstüchtigkeit.

»Holen Sie schon mal den Ring aus dem Safe«, sagte sie.

Horace zögerte noch.

»Mr Pettie, machen Sie sich doch keine Gedanken! Jede Wette, dass es Duncan gut geht und dass er das zweite Gewinnlos in der Tasche hat. Wenn es so ist, wird er sowieso nicht zurückkommen, um den Ring zu holen.«

Horace bekam rote Ohren. »Und das, wo ich ihm das Stück monatelang zurückgelegt habe!«

»Genau«, bestätigte Luella und winkte mit der Hand. »Wenn es tatsächlich so ist, können Sie den Ring vermutlich zum doppelten Preis verkaufen. Ich würde ihn ja selbst nehmen, aber mein Mann bringt mich um, wenn ich damit nach Hause komme.«

Horace eilte ins Hinterzimmer.

»Ich schreibe schon mal das Schild, und dann werde ich ein bisschen telefonieren!«, rief Luella ihm nach. »Wenn ich Tishie Thornton erzähle, wie viel Sorgen wir uns um den armen Duncan machen, wird jede Menschenseele im Umkreis von hundert Meilen erfahren, dass sein Ring bei uns im Schaufenster liegt. Und mit ein bisschen Glück ist das Kamerateam noch vor dem Mittag da.«

9

So impulsiv war ich vermutlich in meinem ganzen Leben noch nie, dachte Flower, als sie aus dem Fenster des Busses starrte, den sie in Concord, New Hampshire bestiegen hatte. Sie hatte die Tage gezählt, bis sie zu Duncan fliegen würde, um mit ihm Weihnachten zu feiern. Sie hatten sich beide gewünscht, dass sie zum *Festival der Freude* kommen könnte, obwohl Duncan arbeiten musste, aber sie wussten, dass es unvernünftig war. Nicht lange, dann würde sie zu den Feiertagen da sein, und außerdem waren die Flüge so teuer. Doch dann hatte ihr Mrs Kane gestern aus heiterem Himmel einen Scheck über zweitausend Dollar überreicht.

»Jimmy geht so gern in die Kindertagesstätte, und das nur Ihretwegen«, hatte sie Flower zugeflüstert. Jimmy war ihr dreijähriger Sohn. »Er ist immer so schrecklich schüchtern gewesen, aber Sie haben ihn aus der Reserve gelockt. Nehmen Sie doch dieses Geschenk bitte an – ich möchte, dass Sie sich einen ganz besonderen Wunsch erfüllen.«

Flower hatte nicht lange nachdenken müssen. Das war ihre Chance, Duncan zu überraschen und beim *Festival der Freude* in Branscombe dabei zu sein. Sie hoffte, dass sie vielleicht ein bisschen bei Conklin's mithelfen könnte, sodass sie das ganze Wochenende in Duncans Nähe verbringen und seine Kollegen kennenlernen würde, von denen er immerzu erzählte.

Während der letzten paar Monate hatte er Andeutungen gemacht, er habe ihr ein ganz besonderes Weihnachtsgeschenk gekauft. Sie wagte kaum zu hoffen, dass es sich um einen Verlobungsring handeln könnte.

Flower hatte sich den Freitag freinehmen können. Bevor sie am Donnerstagabend zum Flughafen gefahren war, hatte sie Duncan angerufen, doch er war nicht ans Telefon gegangen, weder ans Handy noch zu Hause. Anders als sie hatte er noch eine Festnetznummer. Wahrscheinlich muss er länger arbeiten, hatte sie vermutet. Sie schwindelte ihn nicht gern an, aber wenn sie ihn überraschen wollte, blieb ihr nichts anderes übrig. Sie wusste, dass er sie während des Fluges nicht würde erreichen können, und sie wollte nicht, dass er sich Sorgen machte.

»Ich bin unterwegs und mache Weihnachtseinkäufe«, hatte sie ihm auf den Anrufbeantworter gesprochen. »Und jetzt ist mein Akku gleich leer. Bis ich nach Hause komme, schläfst du wahrscheinlich schon. Wir hören uns morgen.« Und dann hatte sie noch hinzugefügt: »Ich liebe dich.«

Während des Fluges war Flower viel zu aufgeregt, um ein Auge zuzumachen. Die ganze Zeit dachte sie nur daran, dass sie ihm mit jeder Sekunde näher kam und endlich sein Heimatstädtchen Branscombe sehen würde. Als sie morgens um sechs Uhr auf dem Logan Airport landete und ihr Handy wieder einschaltete, stellte sie überrascht und ein wenig enttäuscht fest, dass Duncan ihr keine Nachricht hinterlassen hatte. Normalerweise sprach er ihr immer irgendetwas auf die Mailbox, auch wenn er wusste, dass sie das Gespräch nicht annehmen konnte.

Anderthalb Stunden später, während sie auf den Bus nach New Hampshire wartete, rief sie ihn wieder an, aber er ging immer noch nicht ans Telefon. Seltsam war das schon. Na, vielleicht stand er ja gerade unter der Dusche. Sie hinterließ ihm eine Nachricht mit der Bitte um Rückruf. »Du musst mich für verrückt halten«, versuchte sie zu scherzen. »Es ist halb fünf Uhr morgens hier in Kalifornien, aber ich bin trotzdem hellwach. Ich fand es so seltsam, dass wir gestern Abend nicht miteinander gesprochen haben. Ich versuche jetzt weiterzuschlafen, aber wenn du das hier hörst, ruf mich bitte zurück und hinterlass mir eine Nachricht.« Dann schaltete sie das Telefon aus. Sie wusste, dass sie nicht mit ihm sprechen konnte, solange sie in dem Bus saß. Er hätte es sicher mitbekommen, wenn neben ihr jemand zu sprechen begann.

Dann war sie in den Bus nach Concord gestiegen und hatte dort den Bus nach Branscombe genommen. Jetzt, da sie sich Duncans Heimatstadt näherte, war ihr doch ein wenig mulmig zumute.

Noch einmal hörte sie die Mailbox ab, doch er hatte sich immer noch nicht gemeldet.

Mach dich nicht verrückt, sagte sie sich. Aber was, wenn Duncan überhaupt keinen Wert auf derartige Überraschungen legte? Er war so ordentlich und methodisch. War es wirklich eine gute Idee, einfach so aufzutauchen, wo er doch der Typ war, der bei ihrem ersten Besuch sicher alles ganz perfekt organisieren wollte?

Während der Bus durch die tief verschneite Landschaft

rollte, sagte sie sich immer wieder, dass alles gut werden würde. Dann kam endlich das Ortsschild von Branscombe. Sie würde es lieben, da war sie sich absolut sicher. Als der Bus hielt, stieg sie als Erste aus und schaltete sofort ihr Handy wieder ein. Immer noch nichts. Mit klopfendem Herzen ging sie zur Damentoilette, um sich ein wenig frisch zu machen.

Kein Wunder, dass dieser Flug der Rote-Augen-Flug genannt wurde, dachte sie betroffen, als sie sich im Spiegel betrachtete.

Sie putzte sich die Zähne, spritzte sich Wasser ins Gesicht, legte ein bisschen Make-up auf und fuhr sich mit dem Kamm durch die Haare. Sie sah nicht gerade blendend aus, aber das machte ihr nichts aus, und sie hoffte, Duncan würde es auch nichts ausmachen.

Die Adresse von Conklin's Supermarkt hatte sie aus dem Internet bekommen und sich sogar eine Wegbeschreibung ausgedruckt. Das Geschäft lag nur ein paar Häuserblocks vom Busbahnhof entfernt. Sie wandte sich nach rechts und ging Richtung Hauptstraße, wobei sie das Geräusch des harten Schnees genoss, der unter ihren Schuhen knirschte. An der Ecke blieb sie stehen. Der malerische Charme der Hauptstraße war genau so, wie sie ihn sich vorgestellt hatte. Altmodische Straßenlaternen, eine Zeile winziger Läden und kleine, geschmückte Weihnachtsbäume … die Straße sah aus wie auf einer Postkarte. Duncan hatte ihr berichtet, dass die Beleuchtung angehen würde, wenn der Weihnachtsmann durch die Stadt fuhr, um das Festival zu eröffnen. Sie wandte sich nach links und lächelte einer jungen Frau zu, die ein Baby aus dem Buggy ins Auto setzte. Das würde ich gern auch bald tun, dachte sie. Sie ging am Drugstore und an einem Immobilienbüro vorbei. Beim Juwelierladen sah sie einen Mann und eine Frau, die das Schaufenster begutachteten. Sie arbeiten wohl dort, dachte sie, denn sie trugen beide keinen Mantel. Dann eilten die beiden in den Laden. Wenn Duncan ihr tatsächlich einen Verlobungsring zu Weihnachten gekauft hatte, ob er ihn wohl dort erstanden hatte? Aber dann kam der unangenehme Gedanke zurück: Warum hatte er sie nicht angerufen?

Endlich gelangte sie zu Duncans Arbeitsstelle. Das Geschäft war ein bisschen größer, als sie erwartet hatte, aber es sah immer noch so aus wie ein großer Gemischtwarenladen aus dem 19. Jahrhundert. Die Außenwand war rot gestrichen und schwarz abgesetzt. Auf einem Schild stand »Willkommen bei Conklin's«.

Aber als Flower den Laden betrat, war die Atmosphäre alles andere als freundlich. Rechts von ihr standen lange Schlangen an den Kassen, und die Kassiererinnen schrien ständig nach jemandem, der die Preise überprüfte. Irgendwie schienen alle ziemlich wütend zu sein.

Duncan hatte ihr erklärt, dass die Produktgruppen in Lebensmittelmärkten immer in einer bestimmten Reihenfolge angeordnet waren. Nachdem Obst und Gemüse hier nicht gleich beim Eingang zu finden waren, ging sie durch die Regalreihen bis zum anderen Ende des Ladens. Ich werde nur schnell Hallo sagen und mir den Hausschlüssel holen, dachte sie ein wenig nervös. Aber als sie um die Ecke bog und zum Obststand kam, war Duncan nirgendwo zu sehen. Eine Frau mit einem weißen Streifen im schwarzen Haar schrie gerade einen Jungen an, der kaum älter als zwanzig sein konnte. Überall auf dem Boden lagen Äpfel herum; einige rollten noch in verschiedene Richtungen davon.

»Was ist denn hier los?«, kreischte die Frau.

»Ich habe die Äpfel wohl zu hoch gestapelt.«

»Ja, so sieht es aus. Heb sie auf, leg sie zurück und pack die Bananen aus! Und was ist denn mit den Weintrauben? Ich habe dir gesagt, du sollst sie besprühen, nicht ertränken!«

Ach, du lieber Himmel, dachte Flower. Das musste die Frau des Besitzers sein, die sie *das Stinktier* nannten. Aber wo war Duncan?

Irgendetwas stimmte hier nicht.

Gerade lief die Frau an Flower vorbei.

»Entschuldigen Sie bitte«, sagte Flower schnell. »Ist Duncan Graham heute nicht da?«

Die Frau warf ihr einen tödlichen Blick zu. »Heute? Sie machen wohl Witze?«, schnauzte sie Flower an. »Wo sind Sie gewesen, irgendwo im Weltall? Er hat gestern Abend mit vier anderen Clowns, die hier gearbeitet haben, ein paar Millionen im Lotto gewonnen. Der kommt nicht mehr, der undankbare Kerl.«

Und damit war sie auch schon hinter der nächsten Ecke verschwunden.

Flower fühlte sich, als hätte man ihr gerade einen Schlag in die Magengrube verpasst. Sie senkte den Kopf, weil sie merkte, wie ihr die Tränen kamen. Warum hat er mich nicht angerufen?, dachte sie hektisch. Wenn ich in der Lotterie gewonnen hätte, hätte ich ihn doch sofort angerufen, egal wie spät es gewesen wäre. Schließlich haben wir uns die ganze Zeit wegen der albernsten Kleinigkeiten angerufen. Und selbst wenn er gedacht hat, mein Akku sei leer, hätte er mir doch eine Nachricht hinterlassen können.

Dann beschlich sie eine böse Ahnung. Womöglich hatte er sie nicht angerufen, weil er dachte, jetzt, als Lottogewinner, würde er bestimmt etwas Besseres finden. Womöglich hatte ihre Mutter doch recht gehabt. Sie war eine Frau, die die meisten Dinge im Leben ziemlich entspannt sah, aber sie hatte ihre Tochter eindringlich davor gewarnt, sich allzu eilig mit einem Mann einzulassen, den sie im Internet kennengelernt hatte und der dreitausend Meilen entfernt lebte.

»Flower«, hatte ihre Mutter gesagt, »du kennst seine Freunde und seine Familie nicht, du hast ihn noch nie zu Hause besucht, ich sage dir nur eins: Sei ein bisschen vorsichtig!«

Und nun klangen ihr auch die Worte ihrer verstorbenen Großmutter in den Ohren: »Bevor du an ernste Absichten auch nur denkst, solltest du ihn mindestens ein Jahr lang kennen.«

Und sie hatte Duncan tatsächlich erst vor sieben Monaten kennengelernt.

Ich habe mich zum Narren gemacht, dachte Flower, als sie sich an den Einkaufswagen vorbeidrückte, die sich vor den Kassen stauten. Sie hatte wirklich geglaubt, ihn zu kennen.

Vorgestern Abend hatte er ihr am Telefon erzählt, dass er aus der Tippgemeinschaft aussteigen würde, weil ihm seine Finanzberater erklärt hatten, das sei Geldverschwendung. Warum hatte er sich dann doch noch anders entschieden?

Sie war froh, als sie endlich aus dem Laden war. Flower

wusste, dass jemand, der genau hinsah, erkennen konnte, dass sie geweint hatte. Sie spürte, wie entsetzlich müde sie war, als sie sich ihren Rucksack über die Schulter hängte und zum Busbahnhof zurückging. Gut möglich, dass sie jetzt stundenlang auf einen Bus zurück zum Flughafen warten musste. Eine ältere Frau sah sie mitleidig an, als sie an ihr vorbeiging. Ich wette, sie dreht sich gleich um und fragt mich, ob mir etwas fehlt, dachte Flower. Sie musste weg von dieser Hauptstraße. Sie bog in eine schmale Gasse ein, überquerte einen Parkplatz und fand sich in einer ruhigen Seitenstraße wieder.

Auf der anderen Straßenseite sah sie ein großes, weiß gestrichenes Haus mit einem Schild im Vorgarten: THE HIDEAWAY – BED AND BREAKFAST.

Das ist es, dachte sie. Genau, was ich brauche. Ich kann jetzt unmöglich wieder mit dem Bus fahren. Alles, was ich brauche, ist ein Bett. Ich will mich nur noch hinlegen und allein sein.

Sie biss sich auf die Unterlippe, wischte sich die Tränen aus den Augen und eilte über die Straße. Ein Zettel an der Haustür wies sie an, zu klingeln und dann einfach hereinzukommen. Hoffentlich sind sie nicht ausgebucht, dachte sie, als sie den Finger auf den Klingelknopf legte, die Tür öffnete und in die kleine Diele trat. Auf dem Empfangstisch stand ein elektrischer Weihnachtsmann, der sie anlächelte, sich verbeugte und mit beiden Armen winkte. Zu ihrer Linken sah sie ein Wohnzimmer mit einem großen Kamin, bequemen Sofas, einem Häkelteppich und einem riesigen Weihnachtsbaum, der mit elektrischen Kerzen, Kugeln und Lametta geschmückt war. Das einzige Geräusch war das Ticken einer großen Standuhr. Dann hörte sie Schritte, die den Flur entlanggeeilt kamen, und eine Stimme, die sagte: »Ich geh schon, Jed.«

Eine mütterlich aussehende, kräftig gebaute Frau, die grauen Haare in einem lockeren Knoten hochgesteckt, wischte sich die Hände an der Küchenschürze ab und begrüßte Flower freundlich.

»Hallo, Schätzchen, sind Sie wegen des Festivals in der Stadt?«

»Äh, ja, aber ich bleibe nur für eine Nacht.«

»Wir haben gerade noch ein Zimmer frei, hübsch und ruhig, im hinteren Teil des Hauses. Aber ich muss Sie warnen, wir haben kein Fernsehen, kein Radio und kein Internet hier.« Sie lachte. »Wollen Sie es trotzdem?«

»Mehr denn je«, sagte Flower und rang sich ein vorsichtiges Lächeln ab.

Sie gab der Frau ihre Kreditkarte und ihren Führerschein und erlebte die übliche Reaktion auf ihren Namen: »Was für ein hübscher Name. Und aus Kalifornien, wie ich sehe«, sagte die Frau und klang kein bisschen überrascht. Sie legte die Kreditkarte in eine der altmodischen Maschinen, wie sie früher überall gebräuchlich gewesen waren. »Ich heiße Betty Elkins. Das Haus gehört mir und meinem Mann Jed. Lassen Sie uns wissen, wenn wir irgendetwas tun können, damit Sie sich bei uns wohlfühlen. Einer von uns ist immer da. Um drei Uhr gibt es im Wohnzimmer Tee und hausgemachte Scones mit Sahne.« Sie hielt kurz inne. »Haben Sie tatsächlich drüben in Kalifornien von unserem Festival gehört?«

»Aber ja«, antwortete Flower und wurde wieder ganz traurig beim Gedanken an ihre Gespräche mit Duncan. Sie konnte sehen, dass Betty neugierig war und gern mehr über sie erfahren hätte, aber zum Glück kam in diesem Augenblick ein Mann herein, ganz offensichtlich der Herr des Hauses. Er hatte die Ärmel seines grauen Flanellhemds aufgekrempelt, sodass seine kräftigen Armmuskeln zu sehen waren. Er trug Hosenträger, und ein Tuch war um seinen Hals geknotet.

Betty warf ihm einen Blick zu. »Volles Haus, mein Lieber«, sagte sie fröhlich und wandte sich dann wieder Flower zu. »Darf ich Sie Flower nennen?«

»Klar.«

»Flower, das ist mein Mann Jed.«

Der grauhaarige Jed mit den buschigen Augenbrauen schüttelte ihr die Hand. »Eigentlich bin ich gekommen, um Ihr Gepäck zu tragen, aber wie ich sehe, haben Sie nur den Rucksack.«

»So ist es«, antwortete Flower, als er ihr die Tasche abnahm.

»Bring sie doch bitte zu ihrem Zimmer, Jed, ich muss nach meinen Weihnachtsplätzchen schauen. Sie müssten eigentlich fertig sein.«

Jed führte Flower die Treppe hinauf und den Flur entlang zu einem gemütlichen Zimmer mit gelb geblümten Tapeten, einem Himmelbett mit einer gelben Patchworkdecke, einem Schaukelstuhl, einem Nachttisch und einer Kommode.

»Das perfekte Zimmer für ein Mädchen mit diesem Namen«, sagte er und stellte den Rucksack auf den Schaukelstuhl. »Ich hoffe, Sie fühlen sich wohl bei uns.«

»Ganz sicher, vielen Dank.« Flower machte die Tür hinter ihm zu und schloss ab. Dann zog sie den Mantel aus, setzte sich aufs Bett und kickte ihre Schuhe von den Füßen. Noch nie im Leben hatte sie sich so fürchterlich allein gefühlt. Sie hatte wirklich geglaubt, dass Duncan sie liebte. Aber wenn er sie noch gewollt hätte, nachdem er in der Lotterie gewonnen hatte, dann hätte er sie doch inzwischen angerufen.

Sie schaltete ihr Handy aus, ließ sich in die weichen Kissen sinken und schlief sofort tief und fest ein.

10

Um Viertel vor zwölf fuhren die vier Reillys vor dem idyllischen hundert Jahre alten Branscombe Inn vor. In der Nähe des Eingangs standen schon ein halbes Dutzend Übertragungswagen verschiedener lokaler Fernsehsender.

»Sieht so aus, als ob diese Pressekonferenz wirklich ein Renner wird«, kommentierte Nora den Anblick.

»Allerdings«, stimmte Regan ihrer Mutter zu. Ihre Aufmerksamkeit war auf einen Mann in den Vierzigern mit rotem Gesicht und lichten Haaren gerichtet, der in Jeans, Stiefel und einen dicken Anorak gekleidet war und mit grimmigem Gesicht und heftigen Gesten in die Kamera eines Reporters sprach. »Seht euch den an. Ich frage mich, was er will, er kann ja wohl kaum einer der Lotteriegewinner sein.«

»Vielleicht doch … möglicherweise hat er gerade erfahren, wie hoch sein Steuersatz ist«, meinte Luke.

Jack hielt vor dem Eingang. »Ich hole schnell eine Gepäckkarre, dann können wir ausladen und reingehen. Steve und Muffy warten sicher schon auf uns.«

Die Reillys hatten die laute Eingangshalle kaum betreten, als sie ihre Gastgeber auch schon erspähten. »Was für ein schönes Paar«, murmelte Nora. »Das wird im Wahlkampf sicher helfen.«

»Na endlich!«, rief Muffy und eilte auf sie zu. Ihr schulterlanges blondes Haar hatte perfekte Strähnchen und wurde von einem rot und grün gestreiften Haarband zurückgehalten. Am Revers ihres smaragdgrünen Kostüms blitzte ein lustiger Anstecker in Form eines Weihnachtsmannschlittens.

Steve, der dunkles Haar und braune Augen hatte, folgte ihr auf dem Fuße. Er trug einen Nadelstreifenanzug, ein blütenweißes Hemd und eine Krawatte, die genauso gemustert war wie Muffys Haarband. »Hey, alter Kumpel, schön, dich zu sehen«, sagte er zu Jack und umarmte ihn freundschaftlich. Sein Lächeln machte schnell wieder einem besorgten Gesichtsausdruck Platz, aber er begrüßte auch die übrigen Reillys mit echter Freude. »Ich hoffe, ihr hattet alle eine gute Reise.«

»Das hoffe ich auch«, fügte Muffy schnell hinzu, um das Begrüßungsritual hinter sich zu bringen. »Nora«, klagte sie, »du musst uns unbedingt helfen, dieses Festival wieder in geregelte Bahnen zu lenken. Alles, woran die Leute denken, sind diese Lottogewinner. Und dieser entsetzliche Fernsehmensch Gary Walker hat nicht nur unser vereinbartes Interview abgesagt, sondern versucht jetzt auch noch, das Festival und die ganze Stadt dumm dastehen zu lassen.«

»Wir haben draußen auf dem Parkplatz einen Mann vor der Kamera beobachtet, der ziemlich aufgeregt aussah«, setzte Nora an. »Er trug einen Anorak und Jeans …«

»Ja, das ist Harvey! Seine Exfrau Glenda ist eine der Lottogewinnerinnen. Vor drei Monaten haben die beiden sich scheiden lassen«, erklärte Muffy.

»Und jetzt ist seine Ex Multimillionärin?«, fragte Jack.

»Kein Wunder, dass der Mann ein bisschen unglücklich aussieht. Vermutlich wünscht er sich jetzt, sie hätten sich in aller Stille wieder versöhnt.«

»Glenda wünscht sich das aber nicht«, sagte Steve. »Der Typ ist unmöglich.«

»Was ist mit dem armen Kerl, der vermisst wird?«, fragte Nora.

»Duncan Graham? Wir wissen immer noch nicht, was aus ihm geworden ist«, antwortete Steve. »Man hat den ganzen Morgen nach ihm gesucht. Allerdings vertritt dieser Fernsehmensch die Ansicht, Duncan habe das zweite Gewinnlos gekauft und sei damit schon längst über alle Berge. Und jetzt streiten sich die Leute auf der Straße darüber, es werden sogar schon Wetten angenommen. Die letzte Entwicklung ist, dass der Juwelier hier am Ort einen Ring ins Schaufenster gelegt hat, den Duncan sich vor einem halben Jahr auf Anzahlung zurücklegen ließ und den er vor Weihnachten abholen wollte. Die Leute vermuten, dass seine Freundin ihn aufgesammelt hat und mit ihm verschwunden ist.«

»Und das alles genau zu Beginn unseres *Festivals der Freude*«, klagte Muffy mit weit aufgerissenen Augen. »Ist doch nicht zu fassen!«

Regan vermutete, dass sie an die Theorie mit der Freundin glaubte.

»Hört mal«, sagte Steve, sah sich schnell um und senkte die Stimme ein wenig. »Heute Morgen, als die Sache mit der Lotterie bekannt wurde, sind hier so viele Reporter in die Stadt geströmt, dass ich gedacht habe, es wäre eine gute Idee, eine Pressekonferenz einzuberufen und die Sache mit den Bildern und den Interviews auf einen Schlag zu erledigen.«

Na, wahrscheinlich war es eher Muffys Idee, dachte Regan. Auf die eine oder andere Weise will diese Frau vor die Kamera; sie wird nicht zulassen, dass dieser traumhafte Partnerlook umsonst eingekauft wurde.

»Zu Beginn werde ich ein paar einführende Worte sagen«, fuhr Steve fort. »Ich werde die Lottogewinner vorstellen, und wenn sie dann Fragen stellen, werde ich die Aufmerksamkeit auf das Festival lenken und auf die Tatsache, dass wir an diesem Wochenende einige ganz wunderbare Programmpunkte haben, nicht zuletzt die Tatsache, dass Nora Regan Reilly hier ist, um eine Signierstunde zu geben.«

Die Medien werden sich trotzdem nur für die Lottogewinner interessieren, dachte Regan. Das würde ein schönes Theater geben, wenn Steve und Muffy später feststellten, dass man sie einfach aus den Nachrichtensendungen herausgeschnitten hatte.

»Also, Nora, wenn es dir nichts ausmacht, würde ich dich gern vorstellen, sobald die Fernsehreporter die Lottogewinner interviewt haben. Und dann könntest du vielleicht ein paar nette Worte über unser Festival sagen«, schlug Steve vor.

»Aber gern«, stimmte Nora pflichtschuldig zu.

Steve nickte zu einem der Angestellten am Empfang hinüber. »Diese Herrschaften sind unsere Gäste – die Reillys«, sagte er schnell. »Sorgen Sie bitte dafür, dass das Gepäck nach oben in die Zimmer gebracht wird.« Dann nahm er Muffy an der Hand, und die Reillys folgten ihm in das große Nebenzimmer an der Seite der Eingangshalle.

»Vorsicht mit den Kabeln«, warnte Steve sie, als sie eintraten. »Sie liegen hier überall herum.«

Die Möbel waren an die hintere Wand gerückt worden, stattdessen hatte man Klappstühle in Reihen aufgestellt, die jetzt fast vollständig besetzt waren. Die Kameras richteten sich auf den Tisch an der Stirnseite des Raumes, wo zwei Männer und zwei Frauen saßen. Ein fünfter Stuhl in der Mitte war noch frei.

»Unsere Gewinner«, sagte Steve.

Die vier sehen eher erschöpft als glücklich aus, dachte Regan. An den dünnen schwarzen Kabeln an ihren Jacken konnte sie erkennen, dass man ihnen bereits Mikrofone verpasst hatte. Die beiden Männer, einer in den Zwanzigern und einer mittleren Alters, flüsterten miteinander. Die ältere der beiden Frauen versuchte, die Rüschen einer pinkfarbenen Bluse herunterzudrücken, die ihr halb über das Kinn ragten. Die andere Frau jedoch, fiel Regan auf, sah richtig unglücklich aus. Sie war offenbar sehr besorgt.

Steve führte die Reillys an den Tisch und stellte sie den Lottogewinnern vor. Marion strahlte, als sie Nora die Hand schüttelte.

»Nora Regan Reilly! Ich liebe ihre Bücher. Sie müssen mal was über uns schreiben!«

Regan wandte sich an Glenda. »Sie machen sich Sorgen um ihren Freund, nicht wahr?«

»Allerdings«, antwortete Glenda.

»Ich bin Privatdetektivin«, erklärte Regan ihr. »Und mein Mann leitet die Abteilung für Schwerverbrechen bei der New Yorker Polizei. Wenn wir Ihnen irgendwie behilflich sein können ...«

Glendas Augen leuchteten auf. »Vielen Dank, wirklich. Wir haben Duncan schon den ganzen Morgen gesucht, aber dann mussten wir uns auf diese Pressekonferenz vorbereiten. Schließlich haben wir dem Bürgermeister versprochen, dass wir daran teilnehmen.«

»Wann haben Sie denn festgestellt, dass Ihr Freund verschwunden ist?«, fragte Regan und überlegte gleichzeitig, ob Glenda wohl wusste, dass ihr Exmann draußen gerade einem Reporter sein Herz ausschüttete.

»Ich habe versucht, ihn anzurufen, gleich, nachdem wir von dem Gewinn erfahren haben, aber da konnte ich ihn nicht erreichen. Heute früh um Viertel vor sieben haben wir bei seinem Haus gehalten, als wir zum Laden gefahren sind, um den Gewinn registrieren zu lassen, aber er hat uns nicht aufgemacht. Da haben wir noch gedacht, vielleicht hat er ein Bier zu viel getrunken und schläft seinen Rausch aus. Wissen Sie, gestern Abend hat man uns um unser Weihnachtsgeld betrogen, und er war ziemlich sauer, als wir Feierabend gemacht haben. Na, jedenfalls haben wir unseren Gewinnanspruch registrieren lassen, und dann sind wir noch mal zu ihm nach Hause gefahren, aber er hat immer noch nicht aufgemacht. Wir haben immer wieder geklingelt und an die Fenster geklopft. Dann hat Tommy festgestellt, dass der Zündschlüssel noch im Schloss seines Autos steckte. Am selben Schlüsselbund hing auch der Hausschlüssel, also haben wir beschlossen, hineinzugehen. Es hätte ja sein können, dass ihm etwas zugestoßen ist. Tja, es war schon ein komisches Gefühl, einfach so in sein Haus einzudringen, aber …«

»Ich hätte genau wie Sie gehandelt, wenn ich mir Sorgen

um einen Freund gemacht hätte«, versicherte Regan. »Und die Sache mit dem Zündschlüssel im Auto hätte mich wirklich alarmiert.«

»Genau so ging es mir auch.« Glenda räusperte sich. »Der Fernseher lief, das Licht war an, das Bett unberührt, und es sah auch nicht so aus, als hätte er geduscht und früh das Haus verlassen ...« Ihre Stimme versagte. »Dann haben wir versucht, sein Auto anzulassen, aber die Batterie war leer. Er muss wohl gestern Abend herausgefunden haben, dass unsere Zahlen gewonnen haben. Dann war er wahrscheinlich ziemlich frustriert, weil er nicht mitgespielt hatte, und ich vermute, er wollte noch mal los. Aber sein Auto ist nicht angesprungen. Jetzt denke ich, vielleicht ist er zu Fuß losgegangen und hatte einen Unfall oder einen Herzanfall. Das zweite Los hat er jedenfalls nicht gekauft, da bin ich mir absolut sicher«, sagte sie mit flammendem Blick. »Tommy und Ralph glauben dagegen, dass es ihm gut geht und dass er sicher zur Arbeit gegangen wäre, wenn er nicht zu Geld gekommen wäre. Und jetzt sind sie wütend auf mich, weil wir seinen Namen bei der Registrierung angegeben haben. Wenn jemals herauskommt, dass Duncan das zweite Los irgendwo eingelöst hat, dann bringen sie mich um. Ich habe schließlich von Anfang an vorgeschlagen, ihn zu beteiligen, obwohl er zu geizig war, den blöden Dollar zu bezahlen.«

Gute Güte, dachte Regan. Hoffentlich kommt Alvirah bald. Hier sitzen mindestens vier neue Mitglieder ihrer Selbsthilfegruppe für Lottogewinner.

Steve warf einen Blick auf seine Uhr. »Zwölf Uhr, wir müssen anfangen.« Er gab den Reillys ein Zeichen, sich auf die reservierten Plätze in der ersten Reihe zu setzen. Dann ging er zum Podium und zog ein zusammengefaltetes Blatt Papier aus der Tasche. Muffy stand an seiner Seite, als er mit dem Zeigefinger auf das Mikrofon tippte und zu sprechen begann.

»Herzlich willkommen zum ersten *Festival der Freude* in Branscombe. Ich bin Bürgermeister Steve Patton, und das ist meine Frau Muffy.«

»Hallo zusammen«, kicherte Muffy und beugte sich dem Mikrofon entgegen. »Ich kann Ihnen gar nicht sagen, was für eine Ehre und Freude es für mich ist, die First Lady von Branscombe zu sein. Diese Stadt ist wirklich etwas ganz, ganz Besonderes. Gerade diejenigen unter Ihnen, die nicht das Glück haben, hier zu leben, wollen wir besonders herzlich willkommen heißen. Wir hoffen, Sie bleiben alle das ganze Wochenende über da, um mit uns das *Festival der Freude* zu feiern. Wir versprechen Ihnen ein wunderbares, herzerwärmendes Erlebnis.«

»Vielen Dank, Muffy«, unterbrach Steve.

Muffy hob den Zeigefinger. »Noch eins, mein Schatz. Es gibt noch Karten für das gemeinsame Essen morgen Abend und für das Pfannkuchenfrühstück am Sonntag. Die Karte berechtigt Sie auch dazu, den Film *Ist das Leben nicht schön?* anzusehen, der im Gemeindesaal unserer Kirche gezeigt wird. Ein wunderbarer Film, ich muss immer weinen, wenn ich ihn sehe.«

Regan amüsierte sich über Steves Fähigkeit, immer noch zu lächeln, während er verzweifelt versuchte, das Mikrofon zurückzuerobern.

»Ja, ich finde ihn auch ganz wunderbar«, sagte er gerade.

»Und nun möchte ich Ihnen unsere Lottogewinner vorstellen, die gestern bewiesen haben, dass Branscombe nicht nur eine Stadt der Freude, sondern auch des Glücks ist, eine Stadt, in der die Menschen sich umeinander kümmern und einander alles Gute gönnen. Der fünfte Stuhl, den Sie hier auf dem Podium sehen, ist reserviert für Duncan Graham, den Kollegen, den die vier großzügig mit beteiligen wollen, wenn der Riesengewinn ausgezahlt wird, obwohl Duncan auf seine Finanzberater gehört und in dieser Woche nicht mitgespielt hat.« Steve lachte. »Ich wüsste gern, ob die übrigen Ratschläge dieser Typen auch so Erfolg versprechend sind.«

»Können Sie uns die Namen nennen?«, rief ein Reporter in den Saal.

»Nein, leider kennen wir sie noch nicht«, antwortete Steve. »Aber wir kümmern uns darum. Nun lassen Sie mich die vier ehemaligen Angestellten von Conklin's Lebensmittelmarkt vorstellen, der übrigens auch die Verpflegung der Festivalteilnehmer übernommen hat.«

Die Namen der vier Gewinner wurden genannt, und sie standen kurz auf und winkten. Als alle wieder saßen, wandte sich Steve an seine Zuhörer. »Nun dürfen Sie gern Fragen stellen.«

Jede Menge Hände hoben sich. Steve deutete auf eine junge Frau in der zweiten Reihe. »Ist es richtig, dass Sie die gerahmten Fotos, die Sie gestern von den Conklins zu Weihnachten geschenkt bekommen haben, vor dem Laden abgelegt haben, zusammengebunden mit einer Notiz: ›Wir kündigen‹?«, fragte die junge Frau und drehte ihr Notizbuch nervös in den Händen.

»Das ist richtig«, sagte Marion stolz. »Und es war meine Idee.«

»Finden Sie nicht, dass das keine besonders freundliche Art ist, ein *Festival der Freude* zu beginnen?«, fragte ein Reporter. »Wenn wir die Situation richtig verstehen, sind, oder besser, waren Sie besonders wichtige Mitarbeiter dieses Unternehmens. Wäre es nicht ein Zeichen von guter Zusammenarbeit und Kameradschaft gewesen, an diesem Wochenende weiterzuarbeiten, wo Conklin's doch sicher auf Ihre Arbeitskraft angewiesen ist, um die Teilnehmer des Festivals zu versorgen?«

»Es wäre ein Zeichen guter Kameradschaft gewesen, uns das Weihnachtsgeld auszuzahlen, das wir berechtigterweise erwarteten«, antwortete Ralph wütend. »An uns hätte es nicht gelegen, das kann ich Ihnen versichern. Millionäre oder nicht, wir wären heute früh dort angetreten, wenn man uns vorher fair behandelt hätte.«

Na großartig, dachte Regan. Dieses *Festival der Freude* steht ja wirklich unter einem sehr glücklichen Stern.

Ein weiterer Reporter erhob sich. »Ist es zutreffend, dass der Kollege, der noch vermisst wird, beim Juwelier Pettie schon vor sechs Monaten eine Anzahlung auf einen Ring geleistet hat? Und können Sie uns etwas darüber sagen, ob er eine Freundin hat?«

Allgemeines Kopfschütteln.

»Gut«, sagte der Reporter. »Dann muss ich direkter fragen. Glauben Sie, dass Ihr Kollege oder möglicherweise die voraussichtliche Empfängerin des Rings das zweite Gewinnlos gekauft hat?«

Ralph und Tommy sahen sich an, dann hoben sie beide

eine Hand. »Wir vermuten so etwas«, sagten sie wie aus einem Mund.

Marion starrte die beiden verwirrt an. Sie biss sich auf die Lippen und fuchtelte mit den Händen, als wüsste sie nicht, was sie davon halten sollte.

Glenda sprang auf. »Nein!«, rief sie heftig. »Er hätte uns niemals betrogen. Ich mache mir schreckliche Sorgen, dass ihm etwas zugestoßen ist.«

»Das kann man wohl sagen!«, rief in diesem Moment jemand von hinten. Ein allgemeines Raunen ging durch den Raum, als der zerzauste, unrasierte Duncan mühsam zum Mikrofon gehumpelt kam. »Ich bin entsetzt, dass irgendjemand – vor allem ihr, Tommy und Ralph – auf die Idee kommen konnte, ich hätte mir hinter dem Rücken meiner Freunde ein eigenes Los gekauft!«, schrie er in den Saal. »Ich habe das zweite Los *nicht* gekauft, das schwöre ich bei meinem Leben.« Seine Stimme zitterte, als er das Podium erreichte und sich mit dem Gesicht zur Menge drehte.

»Ich habe es immer gewusst!«, rief Glenda.

»Und was noch schlimmer ist: Der wunderbare Augenblick im Leben eines Mannes, wenn er seiner Liebsten die alles entscheidende Frage stellt – diesen wunderbaren Augenblick hat man mir zerstört! Es ekelt mich an, dass der Juwelier dieser Stadt nichts Besseres zu tun hatte, als aus niedrigem Profitstreben in meine Privatsphäre einzudringen.«

Und mit dieser dröhnenden Erklärung brach Duncan, geschwächt von Müdigkeit, Hunger und Schmerzen, in den Armen des hilflosen Bürgermeisters Steve zusammen.

11

Edmund und Woodrow waren schon eine Stunde unterwegs nach Boston und platzten immer noch fast vor Aufregung über ihr unglaubliches Glück.

Woodrow saß am Steuer des Mietwagens. »Dunkelgrau und auf jeden Fall unauffällig«, hatte er bei der Autovermietung verlangt.

Sie besaßen beide einen hochklassigen Mercedes, aber damit gaben sie natürlich nicht das Bild von solider Sparsamkeit und Beständigkeit ab, das sie ihren Kunden vermitteln wollten.

Abwechselnd fanden sie immer wieder neue Ausdrücke für ihren Gewinn.

»180 Millionen Steine«, sagte Woodrow.

»180 Millionen Ohren«, konterte Edmund.

»180 Millionen Scheinchen«, war Woodrow wieder an der Reihe.

Gelegentlich ermahnte der vorsichtige Edmund seinen Cousin, doch langsamer zu fahren. »Stell dir vor, wenn wir auf Glatteis geraten und einen Unfall haben. Wir haben jetzt viel zu verlieren, vergiss das nicht.«

»Ich habe noch nie einen Strafzettel bekommen«, erklärte Woodrow.

»Dafür sieht dein sonstiges Strafregister aber ganz schön bunt aus, mein Lieber«, bemerkte Edmund trocken.

Woodrow lachte. »Sagt ein Hase zum anderen: Hast du aber lange Ohren! Dein Strafregister ist genauso bunt wie meins. Gott sei Dank, können wir von nun an als ehrbare Bürger leben. Andererseits werde ich es schon vermissen, hier und da ein paar Leute übers Ohr zu hauen.«

»Geht mir genauso, aber das ist es nicht wert. Denk an den Richter, der gedroht hat, uns einzulochen und den Schlüssel wegzuwerfen, wenn wir uns noch ein einziges Mal erwischen lassen.«

»Es wäre mir bedeutend lieber, wir müssten nicht noch mal nach Branscombe zurück, um die letzte Seminarsitzung abzuhalten.«

»Glaubst du, mir macht das Spaß? Aber wenn wir das nicht tun, dann fangen die Leute womöglich an, ihre Aufzeichnungen zu vergleichen. Wenn wir jetzt noch durchhalten, können wir uns von jedem einzeln verabschieden und ihnen wöchentliche Berichte über die Ölquelle versprechen, bevor wir uns das Los schnappen und verschwinden.«

Woodrow schwieg einen Moment, dann sagte er: »Edmund, ich glaube, ich hab' da eine Idee.«

»Ich höre.«

»Für alle anderen Dinger, die wir gedreht haben, haben wir unsere Strafe abgesessen. Sollten wir nicht einfach dafür sorgen, dass wir wirklich eine weiße Weste haben? Den Leuten in Branscombe nächste Woche das Geld zurückzahlen? Wir brauchen es doch gar nicht mehr. Wir erzählen ihnen einfach, dass die Ölquelle doch nicht so sicher ist, wie man uns glauben machen wollte. Und wir versprechen ihnen, in Kontakt zu bleiben und gelegentlich mit Vorschlägen für sinnvolle Investitionen an sie heranzutreten. Auf diese Weise müssen wir uns keine Sorgen machen, dass wir womöglich irgendwann das FBI auf dem Hals haben.«

Edmund runzelte die Stirn. »Den Leuten das Geld zurückgeben? Das ist ja eine ganz seltsame Vorstellung.« Er schien zu schaudern. »Gegen jeden natürlichen Instinkt. Im Übrigen war es echte Schwerstarbeit, den Leuten das Geld aus der Tasche zu ziehen.«

»Aber Edmund, das sind doch jetzt Peanuts! Sechzehn von den siebzehn Kursteilnehmern haben uns Geld für den Fetteimer gegeben, den wir Ölquelle nennen. Wie viel war das insgesamt? Siebzigtausend Dollar, oder? Einer wird natürlich absolut begeistert sein, sein Geld zurückzukriegen, nämlich Duncan Donuts. Vielleicht steigt er dann ja wieder ins Lotteriegeschäft ein.«

»Ich vermute, im Moment ist er nicht gut auf uns zu sprechen«, lachte Edmund.

»Hoffentlich taucht er nicht nächste Woche zur letzten Seminarsitzung auf«, ergänzte Woodrow. »Sonst bringt er uns womöglich um.«

»Ich dachte, du wolltest ihm das Geld zurückgeben.«

»Wir können ihm ja einen Scheck zukommen lassen.«

Edmunds Augen glitzerten. »Ach Woodrow, was machen wir bloß mit dem ganzen Geld? Also, ich meine, wenn wir es haben.«

»Dann werden wir jede Menge Spaß haben.«

»Aber schon zusammen, oder?«

»Natürlich zusammen. Wir sind doch ein Siegerteam, wir gehören einfach zusammen.«

Edmund rutschte nervös auf seinem Sitz hin und her. »Und du glaubst wirklich, Tante Millie ist die Richtige, um unser Los registrieren zu lassen?«

»Absolut!«, antwortete Woodrow. »Sie ist der einzige Mensch in unserer Familie, der uns immer bedingungslos geliebt hat, egal was wir angestellt haben. Und Gott sei Dank hat sie nur uns als Erben, also wird ihr auch niemand den Floh ins Ohr setzen, das Geld zu behalten. Wir geben ihr eine Million dafür, dass sie die Reise zur Lotteriegesellschaft macht.« Er lachte. »Du kennst sie doch, sie findet das aufregend genug.«

»Ich hoffe nur, sie hat kein Strafregister, von dem niemand etwas weiß«, scherzte Edmund.

Woodrow lachte. »Kannst du dir das vorstellen? Dass Tante Millie Spielverbot hat?«

»Wenn das so ist, dann hat sie sich jedenfalls mindestens tausend Mal nicht dran gehalten. Sobald sie in Atlantic City vor diesen Spielautomaten sitzt, wird sie zum Tier. Kannst du dich noch erinnern, wie wütend sie war, als man dort angefangen hat, die einarmigen Banditen auf Computertechnik umzustellen? Sie hat immer gesagt, das Geräusch der Vierteldollars im Eimerchen ist der halbe Spaß. Klimperklimper ...«

»Manchmal denke ich, wir sind ihr ähnlicher als unseren Müttern«, sagte Woodrow nachdenklich. »Ich hoffe nur, sie macht keinen Blödsinn.« Er unterbrach sich. »Nein, das ist nicht besonders nett von mir. Ich weiß, dass wir ihr vertrauen können. Nächste Woche, wenn wir Branscombe hinter uns haben, machen wir einfach einen Überraschungsbesuch bei ihr.«

Edmund beugte sich nach vorn, um die Heizung höher zu drehen. »Es wird immer kälter da draußen«, sagte er. »Na, solange es nicht schneit ...« Dann schaltete er das Radio ein.

»Sie hören WXY in Boston. Es gibt Neuigkeiten von unserer Reporterin in Branscombe, New Hampshire. Dort hat es einen unglaublichen Lotteriegewinn gegeben. Was gibt's Neues, Ginger?«

»Ja, Bob, die Geschichte wird tatsächlich immer aufregender. Der vermisste Duncan Graham, der von seinen großzügigen Kollegen an ihrem Gewinn beteiligt wurde, obwohl er sich entschlossen hatte, diesmal nicht mitzuspielen ...«

Woodrow pfiff. »Glück gehabt, Duncan! Aber wieso wird er vermisst?« Er drehte das Radio lauter.

»... tauchte vor wenigen Momenten hier im Hotel auf, wo eine Pressekonferenz mit seinen Kollegen stattfindet. Allerdings sieht er aus, als hätte man ihn durch den Wolf gedreht. Er war wütend und regte sich ziemlich auf, weil zwei seiner Kollegen glaubten, er habe hinter ihrem Rücken das zweite Gewinnlos gekauft.«

»Hat er nicht«, sagten Woodrow und Edmund wie aus einem Mund.

»Er muss einen Unfall gehabt haben, denn er humpelte zum Podium, auf einen alten Stock gestützt, der aussah, als hätte er ihn irgendwo aus dem Müll ausgegraben. Er leugnet vehement, das zweite Gewinnlos gekauft zu haben, schien aber seltsamerweise noch viel wütender über die Tatsache, dass die ganze Stadt nun von dem Verlobungsring weiß, den er für seine Freundin gekauft hat. Am Ende ist er tatsächlich vor dem Podium in Ohnmacht gefallen.«

»In Ohnmacht?«, fragte Bob mit dem richtigen Maß an Anteilnahme in der Stimme. »Und geht es ihm inzwischen wieder besser?«

»Er wird gerade aus dem Saal getragen. Ich halte Sie auf dem Laufenden.«

»Hat er schon begriffen, dass er zu den Gewinnern gehört und dass er jetzt im Besitz von zwölf Millionen Dollar ist?«

»Schwer zu sagen.«

»Wenn nicht, wird es ja sicher eine hübsche Überraschung für ihn, sobald er aufwacht. Vielen Dank, Ginger. Und nun zum Wetter ...«

Woodrow und Edmund sahen sich an.

»Damit hat sich das Thema Duncan ja wohl erledigt«, lachte Edmund. »Er hat keinen Schaden dadurch, dass er unserem Rat gefolgt ist. Aber sag mal, diese Kollegen von ihm müssen ja verrückt sein, ihn zu beteiligen. Das käme bei uns nicht infrage.«

»Auf keinen Fall«, stimmte Woodrow ihm zu. »So etwas Verrücktes würden wir nie tun.«

»Ewig schade, dass wir gerade beschlossen haben, die Sache mit den Ölquellen aufzugeben. Wir hätten sicher noch die eine oder andere finden können, in die er investieren möchte.«

Woodrow schlug sich vor Vergnügen auf die Schenkel. »Wie recht du doch hast, Edmund. Wir hätten ihm bestimmt elf von seinen zwölf Millionen abnehmen können.« Er bremste ein wenig, da eine Straßenbaustelle vor ihnen für einen Stau sorgte.

Edmund schüttelte den Kopf. »Wo wir die ganze Zeit davon reden, lass uns doch das Los noch mal ansehen«, sagte er und zog seine Geldbörse aus der Tasche seines Jacketts. Lächelnd vor Vorfreude nahm er den Plastikbeutel heraus und griff nach dem Los.

Woodrow warf einen Seitenblick darauf. »So ein hübsches kleines Stück Papier. Und nicht weniger als 180 Millionen wert.«

»Wohl wahr«, antwortete Edmund, faltete das Los auseinander und blickte auf die Zahlen.

In diesem Moment ergriff ihn Panik – ein Gefühl, das er noch nie erlebt hatte, nicht einmal bei seiner Verurteilung zu acht Jahren Gefängnis.

Er stöhnte auf.

»Was ist denn jetzt los?«, schnauzte Woodrow.

»Diese Zahlen … ich weiß nicht … irgendwie … Ich habe gedacht, die Zusatzzahl wäre die 32!«

»Was?«, fragte Woodrow gereizt.

»Die Zusatzzahl! War das nicht die 32?«

»Ja, sicher!«

»Aber hier steht die 18.«

»Wovon redest du überhaupt, du Vollidiot?« Woodrow schrie jetzt.

Ein furchterregendes Heulen war neben ihm zu hören. »Das Datum auf diesem Los ist der 12. Juni!«, schrie er. »Das ist ein altes Los! Das ist gar nicht unser Gewinnlos! Gott im Himmel, nein!«

Woodrow riss ihm das Los aus der Hand. »Willst du mich auf den Arm nehmen?«

»Wie kannst du so was sagen? Wie kommst du darauf? Wir haben die Zahlen überprüft, bevor wir das Los ins Gefrierfach gelegt haben. Aber wir haben sie nicht überprüft, als wir es wieder herausgeholt haben. Jemand muss die Lose vertauscht haben! Du bist ein Idiot! Ich hab's gewusst, wir hätten das Los da nicht liegen lassen dürfen. Ich hab's gewusst! Das war eine verdammte Schnapsidee, es ist alles deine Schuld!«

»Aber wer kann denn in der Zwischenzeit im Haus gewesen sein? Wir haben doch alles abgeschlossen. Und wir waren auch gar nicht lange weg!«

»Mensch, Woodrow, erinnerst du dich noch an gestern Abend, als wir dieses komische Geräusch aus dem Keller gehört haben, aber zu faul waren, nachzusehen? Wir haben einfach weitergefeiert und gedacht, es wäre die alte Heizung«, überlegte Edmund.

Woodrow traten die Augen beinahe aus den Höhlen. »Dieser seltsame Krach, ja. Ich wollte nachsehen, aber du hast gesagt, ich solle mir keine Gedanken machen.« Er zeigte mit dem Finger auf das Radio. »Gerade haben sie gesagt, dass Duncan letzte Nacht vermisst wurde. Jetzt ist er bei der Pressekonferenz wieder aufgetaucht, und er humpelt. Und diese blöde Seitentür für unsere Schüler – die war doch nie abgeschlossen!« Er sah Edmund wieder an. »Ich wette, er ist gekommen, um uns zur Rede zu stellen, weil er gesehen hat, dass seine Zahlen gewonnen haben. Und dann muss er gehört haben, wie wir gefeiert haben. Der Kerl hat uns belauscht! Aber dann hat er ja auch gehört, wie wir über den Betrug mit den Ölquellen gesprochen haben!«

»Natürlich, das muss er gewesen sein!«, schrie Edmund. »Wer denn sonst?«

Mit pochenden Schläfen, das Gesicht dunkelrot, überfuhr Woodrow mit Höchstgeschwindigkeit den Grünstreifen in der Mitte der Straße und legte eine absolut verbotene Wende hin. »Wir holen uns das Los zurück!«

»Aber was machen wir, wenn Duncan uns schon bei der Polizei angezeigt hat?«

»Das ist mir sch…egal!«, explodierte Woodrow.

Edmund sackte in seinem Sitz zusammen. »Dass du immer noch deinen Führerschein hast, wundert mich wirklich.«

12

In den Wolken über New Hampshire blickte Willy aus dem Fenster der zweimotorigen Maschine, die er und Alvirah am Westchester Airport gechartert hatten. Damit hätte ich nun wirklich nicht gerechnet, dachte er und sah über den Mittelgang zu seiner Frau hinüber, die glücklich vor sich hin lächelte. Sie streckte ihre Hand nach ihm aus.

»Als wir von dem Unfall auf dem Highway gehört haben, war es da etwa keine gute Idee von mir, das Lufttaxi anzurufen?«

»Teure Idee«, antwortete Willy. »Wir sparen uns ein paar Stunden Fahrzeit, aber es kostet uns dreitausend Dollar.«

»Aber die Fahrt wäre doch viel zu anstrengend für dich gewesen.«

»Alvirah, ich fahre gern!«

Ein wenig theatralisch tastete sie nach ihrem Kopfverband. »Als ich noch ein Kind war, bekam ich immer was von meiner Mutter geschenkt, wenn ich mir wehgetan hatte. Als ich mir auf der Rutsche den Arm gebrochen hatte, hat sie mir eine neue Puppe mit zwei Kleidern gekauft. Danach ging es mir viel, viel besser. Und sie hat nicht mal geschimpft, weil ich mich so dumm angestellt hatte. Ja, siehst du, und dieser Flug ist mein Geschenk für mich selbst, damit ich schnell wieder gesund werde. Außerdem dürfen wir uns wohl ab und zu mal selbst ein bisschen verwöhnen.«

»Ja, da hast du schon recht, Alvirah.«

»Und außerdem mache ich mir Gedanken über diese Lottogewinner. Sie sehen aus, als hätten sie meine Hilfe dringend nötig. Wenn wir mit dem Auto gefahren wären, könnten wir vor dem späten Abend nicht dort sein.«

Jetzt war es Viertel nach zwölf am Mittag, und sie begannen bereits mit dem Landeanflug auf den kleinen Flugplatz, zehn Meilen von Branscombe entfernt.

Alvirah aß die letzte kleine Salzbrezel auf. »Schmecken nicht besonders«, flüsterte sie Willy zu, während sie die Tüte zusammenknüllte. »Aber ich hatte so einen Hunger!«

Der Pilot hatte per Funk einen Wagen bestellt, der sie nach Branscombe bringen würde. Bei ihrer Landung stand die weiße Stretchlimousine bereits wartend auf dem Rollfeld.

»Ich bin Charley«, sagte der Fahrer und packte ihre Reisetaschen in den Kofferraum. »Willkommen zum *Festival der Freude*.«

»Ist der Vermisste inzwischen aufgetaucht?«, fragte Alvirah neugierig.

»Oh, Sie wissen schon davon?«

»Sie weiß alles«, erklärte Willy.

Charley schlug den Kofferraumdeckel zu. »Ja, tatsächlich ist er gerade humpelnd bei der Pressekonferenz aufgetaucht, hat erklärt, er habe das zweite Gewinnlos nicht gekauft, und dann ist er umgekippt. Ich denke, inzwischen geht es ihm wieder besser, aber irgendwie muss der Kerl eine wilde Nacht hinter sich haben.«

Alvirah riss die Augen auf. »Und was glauben Sie? Hat er das zweite Los?«

»Keine Ahnung. Übrigens bin ich gerade an dem Laden vorbeigefahren, wo es gekauft wurde.«

»Wo?«

»Ein kleiner Laden ein Stück die Straße runter.«

»Die Salzbrezeln machen Durst, ich würde sagen, wir halten dort kurz und holen uns eine Flasche Wasser.«

»Keine Sorge, ich habe jede Menge Wasser im Wagen, falls meine Fahrgäste Durst bekommen«, erklärte Charley und hielt ihr die Tür auf.

Alvirah schauderte, als sie auf den Rücksitz kletterte. »Wissen Sie was? Mir ist so kalt, ich glaube, ich brauche erst mal eine Tasse schönen heißen Kaffee.«

»Kein Problem, da vorn ist ein Café, wo es ausgezeichneten …«, setzte Charley an.

»Geben Sie sich keine Mühe, junger Mann«, unterbrach ihn Willy. »Sie werden meine Frau nicht davon abhalten, sich diesen Laden anzusehen, wo das Los verkauft wurde.«

»Ja dann«, sagte Charley trocken und schloss die Tür hinter ihnen.

13

Einen Krankenwagen!«, rief Bürgermeister Steve, ließ Duncan zu Boden gleiten und öffnete seinen Anorak.

»Ich weiß, was zu tun ist!«, rief Muffy. »Ich habe eine Ausbildung in Erster Hilfe!« Sie kniete sich neben Duncan auf den Boden, griff nach seinem Handgelenk und fühlte seinen Puls.

»Sein Herz schlägt noch!«, verkündete sie dramatisch.

Regan und Jack waren sofort von ihren Stühlen aufgesprungen. »Muffy, Sie sollten nachsehen, ob er eine Karte mit medizinischen Warnhinweisen in seiner Geldbörse hat«, riet Regan ihr.

Duncan riss die Augen auf. »Alles in Ordnung!«, erklärte er. »Keine medizinischen Probleme, es geht mir blendend.« Während er versuchte, sich aufzusetzen, klickten sämtliche Kameras. »Bitte! Es geht mir gut. Mein Bein tut weh, aber das ist auch schon alles.«

Glenda eilte zu ihm, während die Fotografen und Kameraleute sich um die besten Plätze schlugen. »Bitte zurücktreten!«, drängte sie und sah Steve an. »Wir müssen ihn hier rausbringen.«

Jack und Steve halfen Duncan auf einen Stuhl, hoben ihn hoch und trugen ihn aus dem Saal. Der Hotelmanager zeigte ihnen ein Gästezimmer ein paar Meter den Flur hinunter. »Wenn der Krankenwagen kommt, schicke ich die Leute dorthin«, erklärte er.

»Es geht mir gut«, wiederholte Duncan. »Kann sein, dass mein Bein geröntgt werden muss. Und ich habe Hunger und Durst und möchte bitte meine Freundin anrufen. Glenda, kann ich kurz dein Handy haben? Ich habe meins zu Hause vergessen.« Inzwischen hatten Jack und Steve den Stuhl hingestellt und Duncan aufs Bett gelegt.

»Hier ist es, Duncan. Wie ist denn ihre Nummer?«

Duncan ratterte die Nummer herunter, riss Glenda das Telefon aus der Hand und hielt es an sein Ohr. »Die Mailbox«, sagte er frustriert und enttäuscht. Dann sprach er mit leiser Stimme weiter. »Flower, ich liebe dich. Ich muss dringend mit dir sprechen. Ich habe mein Handy nicht bei mir, aber …«

»Sie kann bei mir anrufen«, sagte Glenda schnell und gab ihm ihre Nummer. Duncan wiederholte sie. »Ich werde jetzt versuchen, dich in der Arbeit zu erreichen. Ich muss dich wirklich dringend sprechen.« Dann legte er auf. »Glenda, kann ich das über die Vermittlung versuchen? Das kostet allerdings eine Gebühr.«

Glenda lächelte. »Hast du schon vergessen, dass ich jetzt Multimillionärin bin? Und du bist genauso reich wie ich.«

»Muss ein gutes Gefühl sein«, bemerkte Bürgermeister Steve und reichte Duncan ein Glas Wasser.

»Doch, ich habe es mitbekommen. Es gibt auf der ganzen Welt keine bessere Freundin als dich, Glenda«, sagte Duncan demütig. Dann schüttete er das Wasser hinunter. »Nirgendwo.«

»So viel ist sicher«, lachte Jack. »Ich bezweifle, dass ich jemals jemanden finden werde, der bereit ist, mehrere Millionen mit mir zu teilen.«

Duncan hatte den Kindergarten erreicht, in dem Flower arbeitete. Als ihm ihr Chef sagte, dass sie einen Tag freigenommen hat, verzog er das Gesicht. »Tatsächlich? Davon hat sie mir gar nichts gesagt! Na gut, ich warte auf ihren Rückruf.«

Als Nächstes hörte er die Nachrichten auf seinem Anrufbeantworter zu Hause ab. »Sie konnte letzte Nacht nicht schlafen«, lächelte er selig. »Hoffentlich ruft sie bald zurück.« Zuletzt rief er seine Eltern an und hinterließ eine Nachricht, bevor er Glenda das Handy zurückgab. Er sah Jack und Steve an. »Vielen Dank, Jungs. Lasst euch bloß nicht aufhalten, ich bin hier gut aufgehoben, bis der Krankenwagen kommt.«

»Wie ist das mit dem Bein passiert?«, fragte Jack.

»Ich bin gefallen«, antwortete Duncan schnell. »Aber das wird schon wieder. Noch mal vielen Dank für die Hilfe. Wenn es Ihnen nichts ausmacht, würde ich gern mit Glenda etwas unter vier Augen besprechen.«

»Ich fahre mit ins Krankenhaus«, erklärte Glenda bestimmt. »Ich lasse dich jetzt nicht allein.«

»Ich kann gar nicht glauben, dass Tommy und Ralph denken …« Duncan sah sehr besorgt aus.

»Wir gehen jetzt und lassen Sie in Ruhe«, erklärte Jack und ging mit Steve hinaus in die Hotelhalle, wo die anderen Reillys warteten.

* * *

»Glenda«, flüsterte Duncan, als sie allein waren. »Ich muss dir was sagen!«

Glenda sah ihn erschrocken an. »Duncan, bitte sag jetzt nicht, du hast das zweite Los doch gekauft.«

»Nein, habe ich nicht. Aber es kann sein, dass ich in Lebensgefahr schwebe.«

»Wie bitte?«

Schnell erzählte ihr Duncan, was ihm am Abend zuvor passiert war. »Und jetzt sieh dir das hier an«, sagte er heiser, griff in die Seitentasche seines Anoraks und zog den Geldbeutel heraus.

Glenda war stumm vor Staunen, als sie ihm das Los aus der Hand nahm und die Zahlen überprüfte. »Das hast du ihnen aus dem Gefrierfach geklaut?«

»Ja! Ich kann es niemals einlösen, aber ich will auch nicht, dass sie es haben. Mir geht es nur darum, dass die zwei verhaftet werden, weil sie unschuldigen Leuten ihr sauer verdientes Geld abgeluchst haben. Wenn ich das Los einlöse, wissen sie nach kurzer Zeit, dass ich es gestohlen habe, und dann kann ich keine Nacht mehr schlafen, ohne fürchten zu müssen, dass sie bei mir einbrechen und mich umbringen. Außerdem würden ja alle denken, ich habe versucht, euch übers Ohr zu hauen, selbst wenn wir den Gewinn teilen.«

»Wenn du den beiden Kerlen unsere Zahlen nicht verraten hättest, hätten wir jetzt das ganze Geld«, sagte sie trocken.

»Es tut mir so leid! Aber vergiss bitte nicht, dass es meine Zusatzzahl war, die gewonnen hat.«

»Ich hab's doch gar nicht so gemeint.«

»Weißt du, Glenda, je mehr ich darüber nachdenke, desto mehr glaube ich, die beiden sind nicht nur einfach Betrüger. Die sind richtig gefährlich.« Draußen konnte man den Krankenwagen hören. »Was soll ich denn jetzt bloß machen?«

Glenda deutete mit dem Kinn Richtung Flur. »Weißt du, wer der Typ ist, der dich gerade zusammen mit dem Bürgermeister hier reingetragen hat? Er ist der Chef der Abteilung für Schwerverbrechen bei der New Yorker Polizei, und seine Frau ist Privatdetektivin. Bevor du hier aufgetaucht bist, hatte sie uns gerade angeboten, uns bei der Suche nach dir zu helfen. Vielleicht solltest du mal mit den beiden reden.«

»Und du meinst, sie erzählen niemandem von dem Los und sorgen dafür, dass die beiden Kerle verhaftet werden?«

»Ja, das meine ich.«

Muffy, die Spezialistin für Erste Hilfe, kam mit einem Frühstückstablett ins Zimmer gestürmt, ein Kamerateam dicht hinter sich. »Duncan, unsere wunderbaren Sanitäter kommen gleich, aber ich finde, Sie sollten erst ein paar Bissen von dieser köstlichen hausgemachten Waffel essen.«

Glenda hatte das Los instinktiv in ihrer Hand versteckt. Jetzt sah sie Duncan fragend an. Mit einem Blick auf ihre Hand sagte er: »Glenda, ich denke, du solltest diese Sache weiterverfolgen und dann mit meinem Handy zu mir ins Krankenhaus kommen.«

»Weiterverfolgen?«, fragte Muffy fröhlich, doch in diesem Moment kamen zwei Männer in weißen Uniformen mit einer Rollbahre ins Zimmer.

14

Charley fuhr mit seiner Stretchlimousine an der einsamen Zapfsäule vor Ethans Laden vor. Im Schaufenster prangte bereits ein Plakat: HIER WURDE EIN MEGA-LOS IM WERT VON 180 MIO. DOLLAR VERKAUFT!

Alvirah war schon im Laden, bevor Charley auch nur ausgestiegen war, um ihr die Tür zu öffnen. Willy folgte ihr. Ein Kameramann und ein junger Reporter kamen ihnen entgegengeeilt.

»Jonathan Tuttle von BUZ«, sagte der Reporter aufgeregt. »Ich wette, Sie beide haben das zweite Gewinnlos. Wie Sie hier in der Limousine vorfahren ...«

»Nein, ich fürchte, da muss ich Sie enttäuschen, junger Mann«, antwortete Alvirah. Während der Kameramann das Licht wieder ausschaltete und der Reporter das Mikrofon sinken ließ, sagte sie leichthin: »Allerdings haben wir durchaus schon im Lotto gewonnen. Vierzig Millionen, vor ein paar Jahren.«

»Mach die Kamera wieder an«, befahl Tuttle und betrachtete Alvirah und Willy mit ganz neuem Interesse.

»He, Moment mal, haben wir nicht auf unserem Sender mal ein Interview mit Ihnen gebracht?«

»Doch, das stimmt. Ich bin Alvirah Meehan, und das hier

ist mein Mann Willy. Ihr Moderator Cliff Bailey ruft immer mal wieder bei mir an, wenn irgendwelche neuen Lottogewinner Schlagzeilen machen.«

»Natürlich!«, sagte Tuttle. »Und was machen Sie jetzt hier?«

»Wir sind gerade mit dem Flugzeug angekommen und wollen nach Branscombe zum *Festival der Freude*.«

»Wir werden ausführlich über das Festival berichten.«

»Ja, das habe ich heute früh schon gesehen.«

»Haben Sie denn auch mitbekommen, dass zwei Mega-Gewinnlose hier in der Gegend verkauft worden sind? Eins hier in Red Oak, das andere in Branscombe.«

»Ja, das haben wir auch gehört. Ich hoffe, dass ich die Gewinner in Branscombe kennenlerne und ihnen persönlich gratulieren kann.«

»Haben Sie einen guten Rat für diese Leute?«

»Sie sollen ihre Telefone ausstecken«, brummte Willy.

Alvirah lachte. »Er meint, dass sie ohnehin von allen möglichen und unmöglichen Leuten Ratschläge bekommen werden. Die verrücktesten Ideen, wie sie das Geld ausgeben könnten.«

»Ja, das kann ich mir gut vorstellen«, erwiderte Tuttle. »Vielen Dank, Mrs Meehan.«

Alvirah sah sich in dem Laden um. An der hinteren Wand hing ein Weihnachtsmann aus Pappe mit seinem Rentierschlitten, der gerade auf einem Dach landete. An einem künstlichen Weihnachtsbaum auf einem Ecktisch hing leuchtend roter Schmuck. Und die Abteilung mit den Milcherzeugnissen wurde von blinkenden Lichtern eingerahmt.

Ein rüstiger Achtzigjähriger mit kariertem Hemd und roter Fliege stand hinter der Theke an der Kasse. »Was kann ich für euch tun, liebe Leute?«

»Wir hätten gern zwei große Becher schwarzen Kaffee zum Mitnehmen«, sagte Alvirah.

»Kommt sofort.«

»Sie sind Ethan?«, fragte sie.

»Aber sicher.«

»Wie aufregend, dass Sie eins von den Gewinnlosen verkauft haben«, fuhr Alvirah fort, während er den Kaffee einschenkte.

»Aber ehrlich! Es ist das erste Mal, dass mir so etwas passiert. Ich kriege auch eine nette kleine Provision dafür, dass ich das Los verkauft habe. Ist doch mal was anderes. Aber bevor Sie mir jetzt Fragen stellen, beantworte ich einfach die Fragen, die mir schon den ganzen Morgen am Telefon und auch sonst gestellt worden sind: Nein, ich weiß nicht, wer das Los gekauft hat, und nein, ich habe hier keine Überwachungskamera, kann also auch keine Aufzeichnungen anbieten. Was den Typen angeht, der angeblich das Los gekauft haben soll – ich habe wirklich keine Ahnung. Ich weiß nicht, wie er aussieht, ich habe noch nicht einmal ein Foto von ihm zu sehen gekriegt. Und selbst wenn, ich würde ihn nicht erkennen, wenn er nicht gerade ein Stammkunde ist.«

Alvirah nickte. »Womit alle meine Fragen beantwortet wären.«

Ethan lachte und setzte mit Nachdruck die Deckel auf die Pappbecher mit dem Kaffee. »Vielleicht liegt es ja am Alter, aber die vielen Leute, die hier rein- und rausrennen, verschwimmen irgendwann in meinem Gedächtnis. Gestern war es, als brauchte jeder, der hier tankte, unbedingt auch noch ein Los. Richtig hektisch war es hier.«

»Bei einem solchen Jackpot muss man damit wohl rechnen«, sagte Willy. »Dann beginnen die Leute zu träumen. Und ich meine, schließlich hat der Gewinn unser Leben ziemlich verändert. Alvirah, brauchst du noch etwas außer dem Kaffee?«

»Irgendwas zum Knabbern«, antwortete Alvirah und sah sich auf der Theke um, auf der jede Menge Päckchen mit Weingummi, Bonbons und Donuts ausgebreitet lagen. An einem Korb mit weihnachtlichen Süßigkeiten blieb ihr Blick hängen. Jedes Teil war einzeln in rot und grün gestreifte Folie eingepackt.

»Taugen die was?«, fragte sie Ethan.

»Sollten sie wohl, bei dem Preis. Ein Dollar das Stück. Ich hab sie erst gestern reingekriegt.« Er zuckte mit den Schultern. »Ich hab' selbst ein paar gegessen, und ich finde sie köstlich. Aber die meisten Leute, die noch einen Dollar übrig hatten, haben eher ein Los gekauft als diese Dinger.«

»Ein Dutzend bitte«, sagte Willy und sah Alvirah an. »Als Genesungsgeschenk für dich.«

15

Flower wurde mit einem Ruck wach. Sie hatte geträumt, dass sie an einem Felsvorsprung hing und versuchte, sich hochzuziehen. Ihre Finger rutschten ab, und sie versuchte, um Hilfe zu rufen, aber es kam kein Ton heraus. Schnell schlug sie die Augen auf und sah das fremde geblümte Tapetenmuster über sich. Wo war sie? Sie war immer noch verängstigt von ihrem Traum und froh, aufgewacht zu sein. Dann fiel ihr die schreckliche Wahrheit wieder ein. Plötzlich wusste sie, wo sie war und warum sie hier war.

Mit schwerem Herzen sah sie auf ihre Uhr. Zehn nach eins. Sie hatte nur ein paar Stunden geschlafen, aber jetzt hatte sie Hunger, und irgendwo in ihrem Hinterkopf lauerten böse Kopfschmerzen. Betty und Jed hatten gesagt, sie solle sich melden, wenn sie irgendetwas brauche. Vielleicht konnte sie ein Sandwich und eine Tasse Tee bekommen. Dann würde sie bei der Fluggesellschaft anrufen und schauen, ob sie für den Abend noch einen Rückflug bekam. Ihr Handy lag auf der Kommode, aber sie hatte keine Lust, es anzuschalten. Selbst wenn Duncan inzwischen eine Nachricht hinterlassen hatte – sie hatte wirklich kein Bedürfnis, sich seine lahmen Entschuldigungen anzuhören, von wegen »Lass uns Freunde bleiben« oder so.

Sie ging in das kleine Bad und spritzte sich Wasser ins Gesicht. Unter anderen Umständen hätte sie jetzt nichts gegen ein schönes heißes Bad in der Wanne mit den Löwenfüßen gehabt. Sie musste an ihre Mutter denken, die sich im Bad rekelte, während Seegrasblätter um sie herumschwebten.

»Es gibt nichts Tröstlicheres, Flower«, sagte ihre Mutter immer und atmete das Aroma der Lavendelkerzen ein, die unweigerlich zu ihrem Baderitual gehörten. »Ich verstehe überhaupt nicht, warum du das nicht liebst.«

Aber Flower hatte sich von klein auf sehr gern mit heißem Wasser und einfacher Seife begnügt. Wie Nana, die immer gesagt hatte, Seegras gehöre an den Strand und nicht in den Abfluss. Sie seufzte. Sechs Jahre war das jetzt her, und sie vermisste Nana immer noch so sehr.

Genug schmerzliche Erinnerungen, beschloss sie jetzt. Etwas zu essen, eine schnelle Dusche, und dann nichts wie raus hier.

Als sie das Zimmer verließ, war auf dem Korridor nichts zu hören außer dem Quietschen der Dielen unter ihren Füßen. Betty hatte gesagt, alle Zimmer seien belegt. Aber im Moment war offenbar niemand im Haus. Sie ging die Treppe hinunter.

Unten an der Rezeption und auch im Wohnzimmer sah sie niemanden. Aber es schwebte der verführerische Duft von frisch Gebackenem in der Luft: Schokoladenkuchen! Betty war offenbar eine Meisterbäckerin.

Flower ging weiter den Flur hinunter und klopfte an die Küchentür.

»Huhu! Wer auch immer du sein magst, komm nur herein!«, rief Betty von drinnen.

»Ich bin's«, antwortete Flower, drückte die Schwingtür auf und betrat die große, altmodische Küche. Ganz hinten flackerte ein kräftiges Feuer im Herd, und davor standen zwei einladende Sessel. Funkelnde Kupfertöpfe und -pfannen hingen von der Decke herab. An den großen Fenstern zu beiden Seiten der Hintertür hingen karierte Gardinen, und durch die Fenster konnte Flower ein kleines rotes Gebäude sehen, das aussah wie ein alter Viehstall.

Betty beugte sich über den Backofen und warf einen Blick auf den Zahnstocher in ihrer Hand. Sie war hoch konzentriert. »Bin sofort da, Flower«, sagte sie fröhlich. »Aber ich will, dass mein Kuchen perfekt aus dem Ofen kommt, weißt du? Eine Minute länger, und er wird schon ein ganz kleines bisschen trocken. Das richtige Timing ist einfach alles.« Sie zog das Backblech aus dem Ofen und stellte es auf ein Gitter neben dem Herd.

»Wenn er so gut schmeckt, wie er duftet, ist er mit Sicherheit perfekt«, sagte Flower leise.

Betty drehte sich zu ihr um und hatte ein breites Lächeln im Gesicht. »Ich bin ja selbst meine beste Kundin«, sagte sie und wischte ihre großen Hände an der Schürze ab. »Deshalb werde ich wohl nie so richtig dünn sein. Hey, ich bin ja überrascht, dich schon wieder hier zu sehen! Als du vorhin an der Tür standest, hast du so müde ausgesehen, dass ich dachte, du verschläfst bestimmt den ganzen Tag.«

»Das habe ich auch gedacht, aber ich glaube, der Hunger hat mich geweckt. Ob ich wohl eine Kleinigkeit zu essen kriegen könnte?«

»Aber selbstverständlich, Schätzchen! Jed und ich haben gerade frische Gemüsesuppe zum Mittagessen gehabt, willst du einen Teller davon mit einem schönen warmen Stück Weißbrot?«

»Wunderbar!«

»Gut. Möchtest du hier essen oder willst du es vielleicht lieber mit nach oben auf dein Zimmer nehmen?«

Bettys Freundlichkeit bewirkte, dass Flower sich weniger allein fühlte. »Wenn ich nicht im Weg bin, wäre es mir am liebsten hier.«

»Aber du bist mir überhaupt nicht im Weg, Schätzchen, ich finde es herrlich, wenn unsere Gäste in die Küche kommen und ein bisschen plaudern. Du siehst ganz schön erschöpft aus, setz dich doch!« Sie deutete auf den alten Holztisch.

Fünf Minuten später nahm Flower voller Dankbarkeit den ersten Löffel von ihrer Suppe, und Betty hatte sich mit einer Tasse Tee ihr gegenüber gesetzt.

»Köstlich«, sagte Flower leise.

»Ich freue mich immer, wenn Menschen mein Essen mögen«, erwiderte Betty liebenswürdig und nahm einen Schluck Tee. »Na, jetzt geht ja endlich das *Festival der Freude* los, von dem seit Monaten die Rede ist. Ein paar von den Fernsehleuten wohnen hier bei mir. Willst du heute Abend zu dem Fest mit den Kerzen gehen?«

Jetzt war es um Flowers Selbstbeherrschung geschehen, und sie brach in Tränen aus.

»Na, ich habe mir ja fast schon so was gedacht«, sagte Betty mitleidig und mit mütterlichem Wohlwollen im Blick. »Es geht um einen Mann, nicht wahr?«

»Ja«, antwortete Flower und wischte sich die Tränen ab. Jetzt begann auch noch ihre Nase zu laufen.

Betty griff in ihre Tasche und holte ein Päckchen Papiertaschentücher heraus. »Na na, meine Liebe«, sagte sie tröstend und reichte Flower gleich die ganze Packung.

»Tut mir leid«, schniefte Flower, tupfte sich die Augen trocken und schnäuzte sich.

»Aber was denn. Du bist so ein nettes, hübsches Mädchen. Wer auch immer es sein mag, der dich zum Weinen bringt, er ist es mit Sicherheit nicht wert.« Sie langte über den Tisch und legte ihre Hand auf Flowers. »Wenn es dir hilft, kannst du gern darüber reden.«

Flower nickte und legte ihren Löffel hin. »Mein Freund, oder sollte ich vielleicht besser sagen, Exfreund, wohnt in Branscombe. Ich bin mit dem Flugzeug gekommen, um ihn zu überraschen, für das Wochenende. Und als ich heute Morgen in den Supermarkt gegangen bin, wo er arbeitet, habe ich erfahren, dass er gemeinsam mit ein paar Kollegen in ... in ... in der Lotterie gewonnen hat.« Sie weinte jetzt noch heftiger und schluchzte so, dass sie kaum noch Luft bekam. »Und er hat nicht mal angerufen, um es mir zu erzählen! Seit letztem Juni haben wir jeden Tag mindestens zwei Mal telefoniert, auf jeden Fall immer am Abend. Aber ausgerechnet gestern hat er nicht angerufen. Ich weiß schon, was das zu bedeuten hat: Jetzt, wo er Geld hat, will er nichts mehr mit mir zu tun haben.«

»Aber um Himmels willen!«, rief Betty aus. »Das klingt ja abscheulich!« Sie beugte sich vor. »Das heißt, einige von den Angestellten bei Conklin's haben tatsächlich in der Lotterie gewonnen?«

Flower schluckte. »Ja.«

»Und wie heißt dein Freund?«

»Duncan Graham. Er leitet die Gemüseabteilung.« – »Duncan? Na, das überrascht mich jetzt aber wirklich. Ich habe ihn für einen reizenden jungen Mann gehalten.«

Flowers Tränen liefen schon wieder, und jetzt begann sie zu schluchzen.

»Tut mir leid«, sagte Betty, stand auf, ging um den Tisch und zog Flowers Kopf an ihren ausladenden Busen. »Wie dumm von mir. Wenn er dich wirklich so behandelt hat, wie du erzählst, dann solltest du froh sein, dass du ihn los bist. Mit wem hast du im Laden gesprochen?«

»Ich glaube … ich glaube, das war Mr Conklins Frau. Sie war nicht besonders freundlich.«

»Eine schreckliche Person, wirklich unangenehm.« Beruhigend tätschelte Betty Flower den Kopf.

»Jetzt will ich nur noch nach Hause«, weinte Flower. »Ich nehme den Bus nach Boston.«

»Bist du sicher, dass du nicht noch über Nacht bleiben willst? Du kannst mit mir und Jed zu Abend essen, und dann bist du morgen früh wieder besser in Form.«

»Ich weiß nicht«, sagte Flower unsicher. »Ich habe das Gefühl, je eher ich hier wegkomme, desto besser.« Sie sah Betty in die Augen. »Es ist nämlich so, dass Duncan ein Geldanlageseminar bei zwei Typen belegt hat, die letzten Monat nach Branscombe gekommen sind. Er hat mir erzählt, dass sie ihm vom Lottospielen abgeraten haben, und es klang so, als stimmte er ihnen vollkommen zu. Offenbar hat er aber doch nicht auf sie gehört. Ich wünschte, er hätte es getan.«

»Nein, falsch!«, rief Betty. »So hat er jedenfalls frühzeitig gezeigt, was er wirklich für ein Mensch ist. Sei froh, dass das so gelaufen ist, Schätzchen. Selbst wenn er alles Geld der Welt hätte, wäre er nicht gut genug für dich.«

»Na, die beiden Anlageberater kommen ihm jetzt jedenfalls sehr gelegen, sie können ihm sagen, was er mit dem ganzen Geld anfangen soll«, sagte Flower und klang vollkommen verloren. »Hast du vielleicht von ihnen gehört? Woodrow und Edmund Winthrop, sie sind Cousins.«

»Nein, nie gehört«, sagte Betty wie aus der Pistole geschossen. »Und selbst wenn, hätte es mich nicht interessiert. Geld ruiniert den Menschen. Wie heißt es doch so schön: Das Glück kann man nicht kaufen. Du wirst jetzt schön zurück nach Kalifornien gehen und einen wunderbaren Mann finden, da bin ich ganz sicher. Jed und ich kommen zu deiner Hochzeit.«

»Ich habe noch nie jemanden getroffen, der so nett ist wie du«, schluchzte Flower und versuchte ein Lächeln.

Ein lautes Klopfen ließ sie beide zusammenzucken. »Wer das wohl sein mag?«, murmelte Betty, ließ Flower los und eilte zur Tür. Als sie sah, wer geklopft hatte, schrak sie zusammen. »Das ist jetzt kein guter Moment für einen Besuch«, sagte sie mit festem Ton, die Hand noch auf der Türklinke. Sie versuchte, die Tür zu schließen. Von ihrem Platz aus konnte Flower nicht sehen, wer der unwillkommene Besucher war.

»Was soll das denn, Betty?«, fragte eine ärgerliche Männerstimme. »Wir haben ein Riesenproblem und müssen uns bei dir verstecken, denn es kann gut sein, dass die Polizei unsere Bude durchsucht.«

»Du immer mit deinen blöden Witzen«, sagte Betty nervös und versuchte immer noch, die Tür zuzuschieben.

Flower sprang auf. »Hör zu, Betty, Woodrow und ich haben dir geholfen, als du mit Jed untertauchen musstest«, hörte man jetzt die Stimme eines zweiten Mannes. Er sprach leise, aber sehr wütend. »Und wo treibt sich der Kerl jetzt rum? Schleicht er wieder mal im Haus rum und zieht Schlüsselkopien von den armen Irren, die hier ein Zimmer genommen haben, um irgendwann ihre Wohnungen leerzuräumen?«

Im nächsten Moment stolperte Betty rückwärts, weil die Tür aufgeschoben wurde und die zwei Männer in die Küche stürmten. Ich muss hier raus!, dachte Flower, aber da hatten die beiden Eindringlinge sie auch schon entdeckt und sahen sie erschrocken an. Betty fuhr zu ihr herum, und jetzt sah ihr eben noch freundliches Gesicht ganz furchterregend aus. Flower drehte sich um und versuchte, aus der Küche zu flüchten, aber bevor sie die Tür erreicht hatte, legte sich ein kräftiger Arm um ihre Taille, eine Hand wurde ihr auf den Mund gepresst, und sie spürte, wie sie herumgewirbelt wurde.

»Und was machen wir jetzt?«, fragte Betty Woodrow und Edmund mit bitterem Tonfall, während sie mit ihrer Hand weiterhin Flower den Mund zuhielt.

16

Die Reillys sahen zu, wie Duncan aus dem Zimmer gefahren wurde. Die anderen Lottogewinner hatten sich inzwischen auf dem Flur versammelt.

»Alles Gute, Duncan«, sagte Marion und berührte kurz seine Hand. »Sieh zu, dass du bis Montag wieder auf den Beinen bist, damit du gemeinsam mit uns zur Lottozentrale fahren und das Ticket einlösen kannst. Charley fährt uns, wir werden das gebührend feiern.«

»Danke, Marion«, sagte Duncan mit schwacher Stimme.

Tommy und Ralph klopften ihm schweigend auf die Schulter. Sie sind immer noch nicht überzeugt, dachte Glenda. Was sie wohl denken würden, wenn sie wüssten, dass ich das andere Gewinnlos in der Hosentasche habe? Nicht zu glauben, dass ich jetzt beide Lose bei mir trage.

Der Hoteldirektor kam zu ihnen. »Wir decken gerade den Tisch in einem unserer Nebenräume. Seien Sie doch bitte unsere Gäste, entspannen Sie sich ein wenig, und genießen Sie die Zeit zusammen.«

»Klingt großartig!«, sagte Marion. »Das ist jetzt gerade die Zeit, zu der wir bei Conklin's unsere Mittagspause gemacht haben.« Sie wandte sich an Nora. »Kommen Sie doch mit, bitte.«

»Aber gern«, antwortete Nora und ging neben Marion her.

Glenda legte die Hand auf Regans Arm, während sie den Flur hinuntergingen. »Kann ich Sie bitte einen Augenblick sprechen? Es ist sehr wichtig.«

Regan nickte und blieb stehen. Jack ging mit dem Bürgermeister und mit Luke vor ihnen. Muffy hatte die Trage mit Duncan nach draußen begleitet, die Kameras immer dicht hinter ihr. »Sicher. Was gibt es denn?«

Glenda sah sich schnell um, um sicherzugehen, dass ihnen niemand zuhörte. »Duncan ist in echten Schwierigkeiten.«

Regan hörte zu, was Glenda zu erzählen hatte. »Duncan ist da ein ziemliches Risiko eingegangen, als er das Los mitgenommen hat. Aber er will wirklich nur, dass die beiden für das bestraft werden, was sie so vielen Leuten angetan haben. Wir müssen die beiden Kerle so schnell wie möglich hinter Gitter bringen.«

»Aber dazu brauchen wir Beweise«, erklärte Regan. »Hat Duncan irgendetwas Schriftliches über diese Geldanlage, die sie ihm aufgeschwatzt haben?«

»Keine Ahnung. Aber ich habe ihm versprochen, dass ich zu ihm nach Hause gehe, um sein Handy zu holen. Heute früh habe ich nur gesehen, dass seine Aufzeichnungen aus dem Geldanlageseminar auf dem Esstisch lagen.«

»Na, immerhin«, sagte Regan. »Ich hole nur schnell Jack, und dann fahren wir sofort zu Duncan nach Hause.«

»Was für ein Glück, dass Sie hier sind, Regan. Vielen Dank! Aber was für eine Ausrede haben wir denn, wenn wir jetzt verschwinden? Wir sollen doch zum Mittagessen hier bleiben.«

»Sie wollen Duncan sein Handy bringen. Er hatte noch keine Möglichkeit, mit seiner Verlobten zu sprechen, und er ist sehr besorgt. Es kann sein, dass er noch Stunden im Krankenhaus zubringen muss, und deshalb hat er Sie gebeten, seinen Verlobungsring abzuholen, bevor der Juwelierladen schließt.« Regan hielt kurz inne. »Ich frage das nicht gern, Glenda, aber haben Sie eigentlich mitbekommen, dass Ihr Ex draußen vor der Tür Interviews gibt?«

»Nein, aber es überrascht mich auch nicht«, erwiderte Glenda mit stoischer Ruhe.

Regan lächelte. »Tatsächlich ist es jetzt ganz gut, denn er sah ziemlich wütend aus, und das verschafft Jack und mir den bestmöglichen Vorwand, Sie zu begleiten. Sie sollten ihm wirklich nicht allein begegnen.«

Glenda lächelte. »Großartig! Wenn Harvey wüsste, dass er mir einen Gefallen tut, indem er in die Mikrofone plärrt, würde er tot umfallen.«

Sie gingen zusammen in den Nebenraum, wo ihre Gruppe gerade dabei war, sich an den Tisch zu setzen. Regan sprach leise mit Jack, während Glenda den anderen erklärte, was sie vorhatten. Inzwischen waren auch noch Tommys Eltern zu ihnen gestoßen, und auch Ralphs Frau Judy war gekommen.

»Schade, dass ihr wegmüsst«, sagte Marion. »Aber ich verstehe das schon. Armer Duncan. Glenda, sollen wir nicht vielleicht alle zusammen zur Bank gehen und das Los übers Wochenende in ein Schließfach tun?«

»Das könnt ihr machen«, sagte Glenda und fügte mit einem Seitenblick auf Tommy und Ralph hinzu: »Ich habe vollstes Vertrauen zu euch.«

»Bist du dir da auch wirklich sicher?«, scherzte Ralph. »Glenda, was ist denn nun letzte Nacht mit Duncan passiert? Warum ist er verletzt?«

»Er ist gestürzt«, sagte Glenda. »Wie ihr euch vielleicht vorstellen könnt, war er ziemlich aufgeregt, als er von dem Gewinn gehört hat und wusste, dass er ja nicht mitgespielt hatte. Sein Auto ist nicht angesprungen, und da ist er losgegangen und gestürzt. Er hat ja nicht im Traum damit gerechnet, dass wir so großzügig sein würden, das Geld mit ihm zu teilen. Ihr habt doch bestimmt von dem armen Kerl gehört, der jahrelang mit seinen Kollegen in einer Tippgemeinschaft gespielt hat und einmal krank war, sodass er seinen Anteil am Einsatz nicht bezahlen konnte. Und sie haben gewonnen und haben ihn nicht beteiligt.«

»So eine Gemeinheit!«, rief Marion und fügte hinzu: »Wohin wollte Duncan denn? Lebt seine Freundin hier in der Stadt?«

»Nein, in Kalifornien.«

»Ach, ich kann es gar nicht erwarten, sie kennenzulernen«, sagte Marion aufgeregt. »Vielleicht lebt sie ja in der Nähe meines Enkels. Wie heißt sie denn?«

»Flower.«

»So, so«, sagte Marion. »Na, hoffentlich gefällt ihr der Ring.«

»Da bin ich sicher. Regan und Jack Reilly waren jedenfalls so nett und haben mir angeboten, mich zu begleiten. Sie haben Harvey draußen gesehen, und er sah ziemlich wütend aus. Marion, du hast ja schon gesagt, dass wir vielleicht Bodyguards brauchen«, scherzte sie. »Ich habe jetzt zwei davon.«

Zwei Kellner betraten den Raum, die Notizblöcke in der Hand, um die Bestellungen entgegenzunehmen.

»Na, dann los mit euch«, flötete Marion. »Aber vergiss nicht, uns das Los dazulassen.«

Und zwar das richtige, dachte Glenda ironisch, während der gesamte Raum ihr zusah, wie sie das Gewinnlos aus der Geldbörse zog und Ralph reichte. Sie konnte Duncans Los in ihrer rechten Hosentasche fast spüren. Wenn das so weitergeht, kriege ich noch einen Herzinfarkt, dachte sie.

Regan spürte förmlich, wie ihre Mutter die Antennen ausfuhr. Sie weiß, dass etwas los ist, aber jetzt muss sie warten, auch wenn sie daran fast stirbt, dachte sie.

»Ich fahre den Wagen vor, ihr zwei wartet drinnen«, sagte Jack, als sie zu dritt den Raum verließen und in die Hotelhalle gingen. »Glenda, wenn Ihr Ex immer noch da draußen ist, können wir ihn auf diese Weise vielleicht umgehen.«

»Regan! Jack! Da seid ihr ja!« Alvirahs Stimme schallte durch die ganze Halle. Gerade hatten sie und Willy eingecheckt.

»Hallo, Alvirah!«, rief Regan und winkte. »Das ging ja schnell!«

»Ist das Alvirah Meehan?«, flüsterte Glenda Regan zu.

»Ja, das ist sie«, antwortete Regan. »Und das bedeutet, jetzt haben wir ein Problem. Meine arme Mutter hat sich schon gefragt, warum wir ausgerechnet unmittelbar vor dem Mittagessen verschwinden. Sie würde ihre rechte Hand dafür hergeben, wenn sie herauszufinden könnte, was los ist. Aber hier herauszuschleichen, ohne dass Alvirah uns auf die

Schliche kommt, wird eine echte Herausforderung. Sie will bestimmt mitkommen.«

Glenda zögerte einen Moment. »Ich habe von den Fällen gelesen, die sie gelöst hat. Und sie war immer so nett zu allen Lottogewinnern, die in Schwierigkeiten geraten sind. Ich habe volles Vertrauen zu ihr, und ich bin mir sicher, Duncan würde das auch so sehen. Also, wenn sie uns begleiten will, dann ist es mir recht.«

»Natürlich will sie das«, sagte Regan. »Ich kenne doch Alvirah.«

17

Sam Conklin stürmte in sein kleines Büro im hinteren Teil des Ladens und schlug die Tür hinter sich zu. Genau in diesem Augenblick klingelte das Telefon. Richard war dran, sein einziger Sohn. Früher hatte Sam gehofft, er würde in das Familienunternehmen einsteigen und sein Nachfolger werden. Aber der Lockruf von Schminke, Bühnenluft und Applaus war zu stark gewesen, und so war Richard inzwischen, im Alter von zweiundvierzig Jahren, ein erfolgreicher Schauspieler. Gerade hatte er ein neunmonatiges Engagement in Boston abgeschlossen und würde bald in seine New Yorker Wohnung zurückkehren.

»Was ist denn eigentlich bei euch los, Dad? Überall in den Nachrichten erzählen sie von den Lottogewinnern, die bei Conklin's gearbeitet haben. Die müssen die Geschichte irgendwie falsch verstanden haben, dass du dieses Jahr kein Weihnachtsgeld auszahlst. Das kann doch wohl nicht wahr sein, oder? Du hast deinen Leuten immer ein Weihnachtsgeld gezahlt, und sogar ein ziemlich großzügiges.«

Sam ließ sich auf den Schreibtischstuhl sinken und stützte den Kopf in die Hand.

»Doch, es stimmt«, gab er kleinlaut zu. »Rhoda hat mir das eingeredet.«

»Komisch, das überrascht mich überhaupt nicht«, bemerkte Richard leise. »Diese Frau ist unerträglich.«

»Wie recht du doch hast«, stimmte sein Vater ihm widerstrebend zu.

»Was du da sagst, ist Musik in meinen Ohren.« Jetzt klang Richard schon wieder fröhlicher. »Seit dem ersten Tag gab es nichts als Schwierigkeiten mit ihr. Wenn ich nur daran denke, wie lieb Mom war …«

»Ich weiß, ich weiß«, unterbrach ihn Sam. »Heute früh, das war ein echter Albtraum für den guten Ruf unseres Geschäfts. Seit vierzig Jahren schufte ich in diesem Laden, und wie du schon sagtest, ich war immer großzügig zu meinen Angestellten. Ich schäme mich so, dass ich mich habe überreden lassen, ihnen diese albernen Hochzeitsfotos zu schenken. Die Leute haben ihren Bonus wirklich verdient. Du hättest ihre Gesichter gestern Abend sehen sollen! Das vergesse ich im Leben nicht, diese Dummheit werde ich mir nie verzeihen!«

»Na, Dad, jetzt bleib aber mal auf dem Teppich, so wild wird es doch nicht sein.«

»Nein, verstehst du, Richard, ständig werde ich angerufen, weil jemand ein Interview mit mir machen will. Und alle nennen mich geizig und kleinlich. Ich schäme mich ja schon, durch den Laden zu gehen! Meine ältesten Stammkunden sind wütend auf mich, das sehe ich ihnen an. Abgesehen davon läuft im Laden natürlich ohne meine wichtigsten Leute überhaupt nichts richtig. Und wir sollen doch das Catering für das Festival machen!«

»Ich muss erst am Montag in New York sein, ich steige jetzt ins Auto und fahre los. Schließlich habe ich früher oft genug in deinem Laden mitgearbeitet, ich habe das bestimmt noch nicht verlernt.«

»Ach Richard, ich habe ein furchtbar schlechtes Gewissen, dass ich dir das aufhalse. Du brauchst doch deine freien Tage.«

»Vergiss es, Dad, in ein paar Stunden bin ich bei dir.«

Sam hatte einen dicken Kloß im Hals. Wie schön das sein würde, endlich ein freundliches Gesicht zu sehen! »Ich danke dir, mein Sohn«, sagte er. »Du weißt gar nicht, wie viel mir das bedeutet.«

Ein wenig erleichtert legte er den Hörer auf. Jetzt eine Tasse Kaffee, dachte er, und dann gehe ich wieder raus zum Spießrutenlaufen. Er ging zu der Kaffeekanne, die immer in seinem Büro stand, und griff gerade nach seinem Becher, als die Tür aufgerissen wurde. Ohne sich umdrehen zu müssen, wusste er, wer das war. Jeder andere hätte geklopft, jeder außer seiner liebenden Ehefrau. Sam machte sich auf die nächste Salve gefasst.

»So, jetzt habe ich diesen Typen aus der Gemüseabteilung rausgeschmissen!«, sagte Rhoda wütend. »Er tut ja überhaupt nichts!«

Sam drehte sich um.

»Du hast ihn entlassen? Heute, wo wir jede Hilfe brauchen können? Ich wette zehn zu eins, dass er schon draußen vor der Tür steht und ein Interview gibt.«

»Er war unhöflich zu mir, als ich versucht habe, ihm zu zeigen, wie man Tomaten aufstapelt. Und dann hat er doch tatsächlich gesagt, es sei wirklich kein Wunder, dass mich alle *das Stinktier* nennen.«

Sam riss die Augen auf. *»Das Stinktier?«*

»*Das Stinktier.* Hinter meinem Rücken nennen sie mich *das Stinktier.*«

Das ist genial, dachte Sam und starrte auf den weißen Streifen in Rhodas pechschwarzem Haar. Wer sich das ausgedacht hat, ist ein absolutes Genie. Er amüsierte sich, auch wenn ihm die Sache ein wenig peinlich war. Die Leute hier im Ort mussten ihn für einen absoluten Vollidioten halten, dass er diese Frau geheiratet hatte.

»Du kannst den Jungen nicht einfach entlassen«, sagte er wütend. »Zach gibt sich wirklich Mühe, und er ist ein guter Kerl. Ich gehe raus und sehe, ob ich ihn noch erwische.«

»Du fällst mir in den Rücken?«, fragte Rhoda entsetzt. »Nach allem, was ich für diesen Laden heute schon getan habe?«

Sam zeigte mit dem Finger auf sie. »Jetzt will ich dir mal was sagen. Ich würde keinen Handschlag Hilfe von dir brauchen, wenn du mir nicht diese blödsinnige Sache mit den Hochzeitsfotos für unsere fünf Abteilungsleiter aufgeschwatzt hättest. Bis du hier aufgetaucht bist, waren wir wie eine einzige große Familie, und sie hätten heute früh hier pünktlich wie immer auf der Matte gestanden, Millionäre hin oder her. Sie hätten uns selbstverständlich geholfen, erst einmal dieses Festival gut über die Bühne zu bringen, und wir hätten eine Menge Geld verdient und viel für unser Ansehen in dieser Stadt getan.«

»Wie kannst du nur so etwas sagen?«, fragte Rhoda mit wütendem Blick.

»Wie kannst *du* dich nur so benehmen?«

»Ich packe jetzt meine Sachen und fahre übers Wochenende nach Boston. Was für ein Glück, dass meine Wohnung noch nicht verkauft ist.« Sie rauschte an ihm vorbei in den Laden. »Viel Spaß beim Festival!«, kreischte sie über ihre Schulter hinweg.

»Keine Sorge!«, rief er ihr nach, und die Kunden blieben mit ihren Einkaufswagen stehen, um ihm zuzuhören. »Und tu mir einen Gefallen!«, fügte er einer Eingebung folgend noch hinzu. »Sag dem Makler, du willst deine blöde Wohnung doch behalten! Und komm bitte nie, niemals wieder nach Branscombe zurück!«

Die Kunden brachen in stehende Ovationen aus.

18

Und da ist er die ganze Nacht gewesen? Im Keller, auf dem Fußboden liegend, und musste sich anhören, wie die beiden Kerle sich über ihn und über alle ihre anderen Opfer lustig machten?«, rief Alvirah, während sie, Regan, Jack und Glenda zu Duncans Haus fuhren.

»Genau«, bestätigte Glenda.

»Na, dann freut es mich umso mehr, dass er ihnen das Los abgeluchst hat. Und er hat es Ihnen gegeben, damit Sie darauf aufpassen?«

»Er wusste nicht, was er sonst tun sollte. Ich glaube, er steht noch ein bisschen unter Schock.«

»Das glaube ich allerdings auch«, murmelte Alvirah. »Kann ich es mal sehen?«

»Sicher. Ich fürchte mich mit diesem Ding in der Tasche ohnehin zu Tode. Ständig fühle ich nach, ob es noch da ist.« Glenda zog es hervor. »Hier ist es.«

Fast ein wenig ehrfürchtig nahm Alvirah das Los in die Hand, studierte es gründlich, schüttelte dann den Kopf und beugte sich vor. »Sieh es dir selbst mal an, Regan. Ich glaube nicht, dass du jemals wieder etwas ähnlich Wertvolles in die Finger bekommst.«

Jack hatte genau zugehört. »Wissen Sie, Glenda«, sagte

er, »Duncan will natürlich nicht, dass die beiden Kerle das Geld bekommen. Aber wir werden das Los der Polizei übergeben müssen. Ich kann Ihnen versichern, wenn die beiden wirklich Leute um ihr Geld betrogen haben, dann werden sie keinen Cent von ihrem Gewinn bekommen, bis alle ihre Opfer ausbezahlt worden sind.«

»Duncan will nicht, dass sie das Geld bekommen, aber vor allem will er, dass sie hinter Gitter gebracht werden.« Glenda zögerte kurz. »Kann er Schwierigkeiten kriegen, weil er das Los gestohlen hat?«, fragte sie besorgt. »Gilt so was als Diebstahl?«

»Darüber würde ich mir keine Sorgen machen. Die beiden werden wohl kaum in die Lage kommen, ihn zu verklagen.«

Je weiter sie aus der Stadt herauskamen, desto ländlicher wurde die Gegend. Die Häuser standen weiter auseinander, und es schien, als hätte man überall schon die Weihnachtsdekoration angebracht. Ein Bauernhaus hatte einen echten Schlitten und einen lebensgroßen Weihnachtsmann auf dem Dach.

»Jetzt sind wir gleich da«, sagte Glenda. »Die nächste Straße rechts. Dann kommen ein paar Kurven, und Duncans Haus liegt ganz am Ende der Straße.«

Einen Augenblick später murmelte sie: »Oh, seht mal, da parkt jemand vor dem Haus.«

Als sie sich näherten, setzte ein Kleinbus von BUZ zurück und fuhr an ihnen vorbei. »Sie machen schon die Aufnahmen für ihren Bericht über die Reichen und Berühmten. ›So hat der Lottogewinner vorher gewohnt‹, das kennen wir ja«, kommentierte Alvirah.

»Warten Sie nur, bis Sie *mein* Haus sehen«, bemerkte Glenda, als Jack vor Duncans Haus einparkte. »Ich ziehe nur schnell den Zündschlüssel von Duncans Auto ab. Heute früh habe ich ihn einfach da gelassen, weil ich nicht wusste, was ich sonst damit anfangen sollte.«

Als sie das Haus betraten, hörten sie das Telefon klingeln. »Da sollte ich wohl mal rangehen«, sagte Glenda und eilte hin. »Hallo?«

»Hallo«, säuselte eine Frauenstimme. »Könnte ich wohl mit Mr Duncan Graham sprechen?«

»Nein, er ist leider nicht da. Kann ich ihm etwas ausrichten?«

»Ja, gern. Wir sammeln Spenden für die Organisation ›Menschen gegen Regierungen aller Art‹. Und wir würden gern einen Termin mit ihm vereinbaren, um mit ihm über Möglichkeiten seines Engagements …«

Glenda legte den Hörer auf. »Eine Verrückte, die Duncan das Geld aus der Tasche ziehen will, bevor er es überhaupt hat«, sagte sie.

»Machen Sie sich auf was gefasst«, riet ihr Alvirah. »Sie werden viele solcher Leute am Telefon haben, jedenfalls in der nächsten Zeit. Sie tauchen einfach auf, massenweise. Ich sage immer, die kommen vom Mars.«

Glenda deutete auf den Stapel Papier auf dem kleinen Esstisch. »Sehen Sie, Regan, das sind die Aufzeichnungen aus dem Investmentseminar, von dem ich erzählt habe.«

»Oh, da sollten wir schnell einen Blick hineinwerfen, ob irgendwo von der Ölquellensache die Rede ist.«

Sie teilten sich den Papierstapel auf und blätterten ihn durch.

»Klingt, als wären die beiden echte Genies«, sagte Alvirah und hielt ein Blatt in die Höhe. »Schalten Sie das Licht aus, wenn Sie das Zimmer verlassen. Entscheiden Sic sich, was Sie aus dem Kühlschrank nehmen wollen, bevor Sie die Tür öffnen. Eine offen stehende Kühlschranktür ist eine gigantische Geldverschwendung.« Sie ließ das Blatt wieder sinken. »Für diese Art von Ratschlägen hat er tatsächlich Geld bezahlt?«

»Also, ich weiß nie, was ich essen will, bevor ich in den Kühlschrank schaue. Ich muss doch erst mal sehen, was mich lockt«, bemerkte Jack.

»Aber von einer Ölquelle ist nirgendwo etwas zu finden«, murrte Alvirah. »Außer vielleicht, wenn es mit unsichtbarer Tinte aufgeschrieben wurde.«

»Nein, nichts«, bestätigte Regan. »Aber es muss doch eine Quittung über die fünftausend Dollar geben!«

»Wenn wir keinen Beweis für den Betrug finden, sind uns die Hände gebunden«, sagte Jack.

»Ich glaube, Duncan hat nichts dagegen, wenn ich mich ein wenig umsehe«, dachte Glenda laut. »Er hat mich ja schließlich gebeten, ihm zu helfen.«

»Ihr glaubt wahrscheinlich, ich mache Witze, aber schaut doch mal unter der Matratze nach«, schlug Alvirah vor.

»Sie machen tatsächlich Witze.« Glenda sah sie fragend an. »Oder doch nicht?«

»Nein, wirklich nicht. Vor meinem Lottogewinn hatte ich fünf regelmäßige Putzstellen. Bei zweien bewahrten die Leute Geld und wichtige Papiere unter der Matratze auf. Eine dritte hielt das für einen guten Ort für ihr Tagebuch. Und ich bin stolz, sagen zu können, dass ich nie ein Wort gelesen habe.« Alvirah hielt inne. »Dabei war die Versuchung wirklich groß, die Dame war schon eine besondere Nummer.«

Glenda eilte ins Schlafzimmer. Sekunden später hörte man ihre triumphierende Stimme: »Alvirah! Es ist ja nicht zu glauben! Sie hatten recht!« Mit schnellen Schritten kam sie ins Wohnzimmer zurück, in der Hand einen großen Briefumschlag mit dem Logo einer sprudelnden Ölquelle, den sie Jack reichte.

»Nicht zu fassen«, murmelte Jack. »Diese Typen sind sich doch für nichts zu schade. Na, mal sehen, was wir da haben.« Er zog ein Dokument aus dem Umschlag, das er vorsichtig an den Kanten festhielt. »Vielleicht gibt es Fingerabdrücke darauf«, erklärte er, während die anderen mit ihm gemeinsam lasen.

»Sie haben sich wirklich Mühe gegeben, es offiziell aussehen zu lassen, aber ich kann euch jetzt schon sagen, das Siegel ist ein einziger Witz«, seufzte Alvirah. »Einige der Leute aus meiner Selbsthilfegruppe, die Betrügern aufgesessen sind, konnten ganz ähnliche Schreiben vorweisen.«

»Ich rufe mal bei mir im Büro an, damit sie die Firma überprüfen«, sagte Jack. »Sobald wir eine Mitteilung haben, dass sie nicht sauber ist, können wir uns an die hiesige Bezirks-Staatsanwaltschaft wenden, damit sie einen Haftbefehl ausstellt.«

»Armer Duncan«, sagte Glenda. »Er hat sein Geld wirklich sauer verdient. Es ist doch traurig – da fällt so jemand dann Betrügern in die Hände, und alles, was davon übrig bleibt, ist ein solches Mickymaus-Zertifikat.«

»Na ja, die zwölf Millionen sollten ihn wohl ein wenig

fröhlicher stimmen, Glenda«, lächelte Jack und griff nach seinem Handy.

Regan wandte sich Glenda zu. »Duncan darf heute Nacht nicht allein hierbleiben. Und dasselbe gilt für Sie.«

»Solange Harvey hier durch die Stadt tobt, habe ich auch keine große Lust dazu«, betonte Glenda. »Ich werde eine Tasche für Duncan packen, es ist wohl wirklich besser, wir bleiben mit Ihnen allen im Hotel.«

»Gute Idee. Also, wo sollten wir nach seinem Handy suchen?«

»Wahrscheinlich liegt es irgendwo in der Nähe des Sessels.«

»Ich gehe nachsehen.« Alvirah war schon beim Sessel. »Nicht auf der Sitzfläche, nicht auf der Armlehne, na, da haben wir es ja, es war halb in die Seitenritze gerutscht.« Als sie es gerade in die Hand nahm, begann es zu klingeln. Sie sah auf das Display. »Mom und Dad, wie niedlich.«

»Lassen Sie mich drangehen«, sagte Glenda. »Duncan hat seinen Eltern eine Nachricht auf den Anrufbeantworter gesprochen, als wir auf den Krankenwagen gewartet haben.« Sie nahm den Anruf entgegen. »Hallo, hier spricht Duncans Freundin Glenda«, meldete sie sich und wartete. »Doch, doch, es geht ihm gut, Mrs Graham, keine Sorge. Ja, es stimmt, er hat tatsächlich zwölf Millionen Dollar gewonnen. … Sie haben heute lange geschlafen? … Ja, sicher … Nein, ich glaube nicht, dass sie ein Flugzeug chartern sollten, um herzukommen … Im Moment ist er im Krankenhaus und lässt sein Bein untersuchen. Ich bringe ihm das Handy dorthin, dann kann er sie so bald wie möglich anrufen. … Ja … Auf wiederhören.«

Sie ließ das Handy in ihre Handtasche gleiten. »Duncans Eltern sind echte Nachteulen, sie sind gerade erst aufgewacht. Und dann hören sie eine solche Nachricht auf dem Anrufbeantworter …«

»Sie haben keine Ahnung, was hier los ist«, bemerkte Alvirah.

»Stimmt allerdings«, bestätigte Regan. »Aber so sind ihnen auch jede Menge Sorgen erspart geblieben.«

Während Glenda Duncans Sachen packte, betrachteten Alvirah und Regan die gerahmten Fotos auf dem Kaminsims. Auf einem war eine junge Frau mit schulterlangen braunen Haaren zu sehen.

»Das muss Flower sein«, meinte Regan. »Wenn Duncan im Hotel übernachtet, freut er sich sicher, ein Foto von ihr dort zu haben.«

Eine Viertelstunde später fuhren sie die überfüllte Hauptstraße hinunter Richtung Krankenhaus.

»In ein paar Stunden beginnt ja nun endlich das Festival«, sagte Glenda. »Was ist denn da vorn los? Ach nein, es ist doch nicht zu glauben!«

Ein Reporter mit einem Kameramann sprach zu einer Menschenmenge, die sich vor dem Schaufenster von Petties Juwelierladen versammelt hatte. »Jetzt glotzen sie alle Duncans Verlobungsring an. Halten Sie doch mal kurz an«, sagte Glenda aufgeregt. »Regan, was für eine gute Idee, den anderen zu sagen, ich müsse den Ring abholen und könne deshalb nicht am Mittagessen teilnehmen. Denn genau das werde ich jetzt tun: den Ring abholen. Jack, da drüben ist ein freier Parkplatz, können Sie da anhalten?«

»Aber sicher.«

»Glauben Sie denn, der Juwelier gibt Ihnen den Ring?« Regan war skeptisch. »Er bekommt im Moment jede Menge Aufmerksamkeit, und ich denke, das war doch wohl seine Absicht.«

»Er wird gut daran tun, ihn mir zu geben, das kann ich Ihnen sagen.«

»Wir gehen mit«, bot Jack an. »Dann gibt der Juwelier den Ring sicher heraus.«

Er parkte den Wagen, und sie stiegen alle aus.

Als sie an dem Reporter vorbeikamen, hörten sie ihn sagen: »Und jetzt möchte ich, dass alle die Hand heben, die der Ansicht sind, Duncan sollte seiner Freundin einen schöneren Ring kaufen.«

Glenda warf ihm einen verächtlichen Blick zu und eilte mit Jack und Regan in den Laden. Bevor sie ihnen folgte, schaute Alvirah noch kurz ins Schaufenster. Dann blieb sie stocksteif stehen, murmelte eine Entschuldigung und schlängelte sich durch die Menge, um besser sehen zu können. Mit weit aufgerissenen Augen starrte sie den Ring an, der einen Diamanten in der Mitte trug und rundherum wie Blütenblätter angeordnete Steine. Schließlich knöpfte sie ihren Mantel ein Stück auf, griff hinein und schaltete das verborgene Mikrofon in der Sonnenblumenbrosche ein, die sie am Morgen an ihrem Kragen befestigt hatte. Wann immer sie ihre Ermittlungen aufnahm, benutzte sie die Aufzeichnungen von Gesprächen als Gedächtnisstütze.

Als sie den Laden betrat, griff der Juwelier gerade ins Schaufenster, um den Ring herauszuholen. Er sah nicht glücklich aus, und das besserte sich kaum, als aus der Menschenmenge vor dem Laden Protestrufe laut wurden.

»Er ist nicht begeistert, aber er gibt uns den Ring mit«, erklärte Regan Alvirah.

»Viel mehr würde mich interessieren, woher er ihn hat«, flüsterte Alvirah ihr zu. »Denn wenn ich nicht vollkommen den Verstand verloren habe – und das ist, so weit ich weiß, noch nicht der Fall –, dann wurde dieser Ring vor ein paar Jahren gestohlen, als Kitty Whelan, die beste Freundin von Mrs O'Keefe, meiner Freitagsputzstelle, damals tot in ihrer Wohnung aufgefunden wurde. Ja, ich erinnere mich noch ganz genau an diese Geschichte …«

19

Aber Betty, was machst du denn da?«, fragte Edmund verzweifelt. »Bist du verrückt geworden?«

»Nicht so verrückt, dass ich die Ohren dieses Mädchens nicht sehen würde«, antwortete Betty ihm wütend und hielt die strampelnde Flower mit ihren kräftigen Armen fest. Sie blickte hinunter. »Flower, darf ich dir die Finanzberater deines Freundes vorstellen? Echte Genies, alle beide.«

»Wovon redest du überhaupt?«, fragte Woodrow.

»Ihr Freund hat gestern Abend im Lotto gewonnen.«

»Und wie heißt er?«

»Duncan.«

»Duncan!« Beide Männer riefen den Namen wie aus einem Mund.

»Ja, genau. Was für ein Glück für ihn, dass er nicht auf euch zwei gehört hat.«

»Aber er *hat* auf uns gehört«, protestierte Edmund. »Er hat nicht mitgespielt. Seine Freunde haben nur beschlossen, ihn an dem Gewinn zu beteiligen.«

»Wir haben allerdings selbst nicht auf unseren Rat gehört«, fuhr Woodrow fort. »Wir haben das zweite Gewinnlos gekauft, aber wir vermuten, dass Duncan es uns gestohlen hat.«

»Wie bitte? Wie habt ihr das denn geschafft?« Bettys Stimme triefte vor Hohn.

Edmund versuchte eine gestammelte Erklärung. »Ja, weißt du, irgendjemand ist letzte Nacht in unserem Haus gewesen. Wir haben ein Geräusch gehört, als ob auf der Kellertreppe etwas umfällt, aber wir waren blöd genug, nicht nachzusehen. Derjenige, der da unten war, hat aber jedes Wort mit angehört, das wir gesprochen haben, und er hat sicher auch mitgekriegt, dass wir unser Los im Gefrierschrank versteckt haben. Wir sind inzwischen ziemlich sicher, dass es Duncan war.«

»Warum gerade er?«

»Wir haben im Radio gehört, dass er die ganze Nacht verschwunden war. Vor einer Stunde muss er plötzlich wieder aufgetaucht sein, humpelnd und vollkommen fertig.« Edmund machte eine kurze Pause, bevor er weiterredete. »Und wir haben die Zahlen gespielt, die er uns gesagt hatte.«

So verängstigt Flower auch war, in diesem Moment durchfuhr sie eine Welle des Glücks. Jetzt war sie sicher, dass Duncan sie doch nicht hatte verlassen wollen. Wie konnte ich nur an meinem Duncan Donuts zweifeln?, dachte sie voller Reue.

»Aber jetzt ist die Sache ja ganz einfach«, sagte Woodrow. »Duncan gibt uns unser Los zurück, dann kriegt er sein Mädchen wieder.«

»Er hat sie verlassen«, zischte Betty. »Seit er im Lotto gewonnen hat, hat er sie nicht mehr angerufen. Er wird wohl kaum …«

Flower, die vor lauter Glück wieder zu Kräften gekommen war, versuchte, Betty in die Hand zu beißen.

»Aufhören!«, sagte Betty laut. »Sonst gibt es Dresche.« Sie sah die beiden Cousins eindringlich an. »Wenn ihr das Los tatsächlich wiederkriegt, teilt ihr das Geld mit Jed und mir. Zu gleichen Teilen.«

»Findest du das nicht ein bisschen übertrieben, Betty?«, stöhnte Edmund.

»Übertrieben? Das findest du übertrieben? Jed und ich können hier nicht bleiben! Und wir können übrigens auch mit ihr hier nicht den ganzen Tag rumstehen«, sagte sie ungeduldig. »Ich habe das Haus voller Gäste. Einige von ihnen werden bald zum Tee kommen.«

»Ja, da bin ich sicher«, antwortete Woodrow sarkastisch. »Deine Scones sind ja wirklich eine Offenbarung, das weiß die ganze Stadt.«

Betty sah ihn an, als wollte sie ihn umbringen. »Schnapp dir eins von den Geschirrtüchern. Und in der Schublade neben dem Backofen findest du Schnur.«

Was haben die drei wohl mit mir vor?, fragte sich Flower voller Angst.

Vor allem Betty. Sie war geradezu bösartig. Flower spürte, wie der Griff lockerer wurde, aber bevor sie auch nur den Versuch unternehmen konnte, zu schreien, hatte Woodrow ihr ein Geschirrtuch in den Mund gesteckt und band es fest. Edmund fesselte ihr mit der Schnur die Füße. Betty drehte ihr die Arme nach hinten und hielt sie fest, bis Edmund so weit war, ihr auch die Handgelenke zusammenzubinden. Er schnürte sie regelrecht zusammen.

»Ab in den Schuppen mit ihr«, befahl Betty. »Woodrow, nimm das Tischtuch aus der anderen Schublade mit, damit können wir sie zudecken.«

Woodrow gehorchte. »Ich trage sie«, bot er an, das Tischtuch in der Hand.

»Nein, nein, ihr habt schon genug Unheil angerichtet, indem ihr einfach hier aufgetaucht seid. Am Ende lässt du sie noch auf den Kopf fallen.« Mit einer raschen Bewegung warf Betty sich Flower über die Schulter und wartete ungeduldig, bis Woodrow das Tischtuch ausgeschüttelt und ihre Gefangene damit bedeckt hatte. »Jed kriegt einen Tobsuchtsanfall, wenn er das sieht«, murmelte Betty. »Los, raus mit euch.«

Flower hätte am liebsten um sich getreten, aber sie wusste, es hatte keinen Sinn. Als sie das Haus verließen, spürte sie die kalte Luft.

Edmund lief voraus und öffnete die Tür zum Schuppen. Drinnen angekommen, ließ Betty Flower in einen alten Liegestuhl fallen und zog das Tischtuch weg.

Als sich ihre Augen an die Dunkelheit gewöhnt hatten, konnte Flower die Umgebung erkennen: Eine Werkbank mit rostigen Farbdosen stand in der hinteren Ecke, an den Wänden hingen mehrere Schaufeln und Harken, eine Schneefräse mit plattem Reifen stand einige Zentimeter neben ihren Füßen. Sie keuchte auf, als sich eine Lücke in der Wand öffnete und Jed auftauchte, der freundliche Besitzer des Bed and Breakfast, der ihr vor Kurzem noch die Tasche aufs Zimmer getragen hatte. Hinter ihm konnte sie einen großen Computermonitor und ein ordentliches Arbeitszimmer mit Hightech-Ausstattung erkennen.

Jed schien sehr wütend zu sein, denn er schnauzte: »Ich wusste, es gibt jede Menge Ärger, als ihr in diese Stadt gekommen seid.«

»Deine Frau ist schuld mit ihrer elenden Unhöflichkeit!«, brüllte Edmund zornschnaubend zurück. »Hätte sie uns einfach reingelassen, wie es jeder anständige Mensch getan hätte …«

»Geh mal kurz aus dem Weg, Jed«, befahl Betty. »Wir müssen sie in deinem Büro verstecken.«

»Wie bitte?«, protestierte Jed. »Sie darf auf keinen Fall sehen, was hier drin ist!«

»Das macht jetzt nichts mehr«, sagte Betty ruhig. »Solange diese kleine Blume blüht, sind wir sowieso nicht sicher.«

20

»Sie haben sich das Schienbein gebrochen, gleich beim Knöchel«, sagte Dr. Rusch, ein älterer Arzt mit grau meliertem Haar und einer randlosen Brille, und hielt die Röntgenbilder in die Höhe. »Wie haben Sie das denn fertiggebracht?«

»Ich bin eine Treppe runtergefallen«, erklärte Duncan.

»Und Sie haben ziemlich viel Glück gehabt, dass Sie nicht noch mehr Schaden angerichtet haben, als Sie auf diesem Bein herumgehumpelt sind«, erklärte der Arzt und tätschelte Duncan den Arm. »Sechs Wochen Gips, mein Lieber«, lächelte er. »Aber ich denke, Sie müssen sich wegen Ihres Arbeitsplatzes ja keine Sorgen mehr machen.«

»Nein, wohl nicht«, gab Duncan schwach zurück.

»Tut es jetzt weh?«

»Ziemlich.«

»Ich gebe Ihnen was gegen die Schmerzen. Allerdings kann es sein, dass es Sie ein bisschen müde macht.«

»Herr Doktor, ich habe mein Handy noch nicht hier. Es ist mir wirklich unangenehm, aber würde es Ihnen was ausmachen, mir Ihres zu leihen? Ich muss kurz mit meiner Freundin sprechen.«

Das hatten wir noch nicht, dachte der Arzt amüsiert. Dass

sich ein Patient mein Handy ausleiht, das ist noch nicht vorgekommen. »Duncan, leider dürfen Sie hier drin kein Handy benutzen. Aber was halten Sie davon: Sie geben mir die Nummer ihrer Freundin, und ich sage der Empfangsdame Bescheid, dass sie anruft und Ihre Nachricht überbringt.«

Duncan versuchte, nicht allzu enttäuscht zu klingen, als er sagte: »Wenn sie ihr nur sagen würde, dass ich später anrufe. Das reicht schon, vielen Dank.«

Nach zehn Minuten kam der Arzt zurück in das Abteil in der Notaufnahme. »Sie muss eine sehr begehrte junge Dame sein, ihre Mailbox ist voll.«

Da stimmt etwas nicht, dachte Duncan. Das kann doch gar nicht sein.

Eine Krankenschwester trat an sein Bett, reichte ihm eine Tablette und ein Glas Wasser. »Nehmen Sie das, dann geht es Ihnen bald ein bisschen besser. Es wird ein Weilchen dauern, bis wir den Gips machen können, wir haben noch ein paar Skifahrer, die vor Ihnen dran sind. Am besten halten Sie ein Schläfchen.«

Duncan nahm die Tablette, lehnte sich zurück und schloss die Augen, aber das Gefühl drohenden Unheils hinderte ihn daran, sich zu entspannen und einzuschlafen. Er meinte immer wieder, Flowers Stimme zu hören. »Ich habe Angst, Duncan«, flüsterte diese Stimme. »Ich habe solche Angst. Bitte, hilf mir doch!«

21

Horace Pettie warf das Schild mit der Aufschrift »Wir vermissen dich« in den hinteren Teil des Ladens und ließ den Ring auf ein Samtkissen fallen, das auf der Theke lag. »Sechs Monate lang habe ich diesen Ring für Duncan zurückgelegt, gegen eine Anzahlung von fünfzig Dollar«, berichtete er säuerlich. »Das hätte wohl kaum irgendein anderer Juwelier getan, jedenfalls keiner, den ich kenne. Dann habe ich den Ring im Fenster ausgestellt, was mir immerhin geholfen hat, ein paar von meinen Festival-Anhängern zu verkaufen. Und jetzt kommt Duncan daher und regt sich auf, weil sich ein paar Leute diesen Ring anschauen? Ja, geht's noch?«

»Also wirklich«, bestätigte Luella rasch, während sie eine rote Schleife um ein Geschenkpäckchen band und es der einzigen Kundin überreichte, die gerade im Laden war. »Ich arbeite jetzt seit zwanzig Jahren für Mr Pettie, und ich habe ihn immer nur als herzensguten Menschen kennengelernt. Er ist immer so nett zu allen hier in Branscombe. Aber so ist es nun mal, keine gute Tat bleibt ungestraft. Ist es nicht so, Mrs Graney?«

Die spröde Frau in den Siebzigern nickte. »Mmm hmmm, ich denke, Duncan Graham kümmert sich um niemanden mehr, jetzt wo er zwölf Millionen Dollar in der Tasche hat. Fröhliche Weihnachten allerseits«, zwitscherte sie und verließ den Laden.

Alvirah sah ihr nach, bis die Tür hinter ihr ins Schloss fiel. »Jetzt können wir uns in Ruhe unterhalten. Ich hoffe, Sie sehen mir meine Neugier nach, Sir, aber ich muss wissen, woher Sie diesen Ring haben.«

Horace Pettie sah sie überrascht an. »Warum fragen Sie?«

»Weil er möglicherweise gestohlen wurde«, antwortete Alvirah und überprüfte heimlich noch einmal, ob ihr Mikrofon eingeschaltet war.

Pettie verzog die Lippen zu einem schmalen Strich. »Wenn Sie damit andeuten wollen, dass ich ihn auf illegalem Wege erworben habe, irren Sie sich gewaltig. Ich glaube, ich muss Sie bitten, mein Geschäft auf der Stelle zu verlassen.«

»Nein, nein, ich beschuldige Sie in keinster Weise, und selbstverständlich hatte ich auch nicht die Absicht, Sie zu beunruhigen«, erwiderte Alvirah hastig. »Aber es ist nun einmal so, dass dieser Ring aus der Wohnung einer Frau verschwunden ist, die vor acht Jahren in New York City unter ungeklärten Umständen ums Leben kam.«

»Wie bitte?« Glenda riss die Augen auf.

Jack deutete auf die Theke. »Dieser Ring, Alvirah?«

Alvirah nickte. »Dieser Ring. Da bin ich vollkommen sicher.«

Die Armbänder an Luellas Handgelenk klingelten, als sie mit der Hand auf die Theke schlug. »Wie können Sie sicher sein, dass es sich um dasselbe Stück handelt?«, fragte sie wütend.

»Die Besitzerin, Kitty Whelan, war eine leidenschaftliche Hobbygärtnerin. Ihr Mann hat den Ring für sie zu ihrem fünfzigsten Jahrestag anfertigen lassen: mit einem Diamanten in der Mitte und mit Blütenblättern in den Farben ihrer Lieblingsblumen.« Alvirah zeigte mit dem Finger darauf. »Da könnt ihr es sehen: weiß für die Lilien, rot für die Rosen, gelb für die Osterglocken und lila für die Stiefmütterchen. Kitty liebte diesen Ring über alles. Nach dem Tod ihres Mannes hat sie ihn jeden Tag getragen. Ich habe damals bei einer Frau geputzt, Bridget O'Keefe, die eine sehr gute Freundin von Kitty war. Das war meine Freitagsputzstelle, und vor ihrem Herzinfarkt kam Kitty oft dort vorbei, sodass ich den Ring immer wieder gesehen habe. Sie hat gern ein bisschen damit angegeben, dass er ein Einzelstück war, nur für sie angefertigt. Aber als Kitty dann von ihrem Neffen tot am Fuß ihrer Treppe gefunden wurde, da trug sie den Ring nicht, und er hat ihn auch nicht gefunden, als er das Haus ausräumte.«

»Vielleicht hatte sie ein spezielles Versteck, wo sie den Ring aufbewahrte, wenn sie ihn nicht trug«, sagte Luella. »Sie haben doch sicher selbst schon oft genug von Schmuckstücken gehört, die an den seltsamsten Stellen auftauchten, oder? Manchmal erst nach vielen Jahren.«

»Vollkommen richtig«, bestätigte Alvirah. »Aber die Geschichte geht ja noch weiter. Kittys Neffe hat nämlich festgestellt, dass ihr Sparbuch praktisch vollständig leer geräumt worden war, und zwar vermutlich von einer Frau, die in den letzten Monaten vor Kittys Tod bei ihr gearbeitet hat. Daraus ergab sich natürlich die Frage, ob ihr Treppensturz tatsächlich ein Unfall gewesen war. Aber die Frau war inzwischen spurlos verschwunden, und sie ist auch nie wieder aufgetaucht.«

»Solche Geschichten finde ich einfach entsetzlich«, seufzte Luella. »In der Stadt, in der meine Schwester wohnt, wurde eine Frau von einer angeblichen …« Sie deutete mit den Fingern Anführungszeichen an. »›Nachbarschaftshelferin‹ ausgeraubt. Es stellte sich heraus, dass die ›Helferin‹ sämtliche Einkäufe für ihre eigene Familie und für ihre Freunde über die Kreditkarte der alten Dame erledigte. Tausende von Dollar, alles für Lebensmittel. Dabei wog die alte Dame selbst nicht mal fünfzig Kilo! Warum die Bank nicht auf die Riesensummen aufmerksam geworden ist, ist mir ein Rätsel. Irgendwann gab es dann aber doch einen misstrauischen Bankangestellten, der wusste, dass die alte Frau nicht nur im Krankenhaus lag, sondern auch noch allergisch gegen Meeresfrüchte war. Der hat dann Alarm geschlagen. Als die Kundin fünfzehn Hummer und drei Kästen Bier auf ihrer Rechnung hatte, hatte er genug und hat sich an seinen Vorgesetzten gewandt. Der Freund der ›Helferin‹ hatte Geburtstag, und sie plante eine Party für ihn und seine nichtsnutzigen Freunde.« Luella ließ die Hände fallen. »Eine Affenschande!«

Ja, und eine Schande, dass ich für diese Geschichte gerade wertvollen Platz auf meinem Band geopfert habe, dachte Alvirah. »Sie verstehen also, was ich meine?«

»Aber sicher«, antwortete Pettie, offensichtlich erleichtert, dass er nicht beschuldigt wurde, etwas Illegales getan zu haben. Jetzt schien er das Drama um Duncans Verlobungsring geradezu zu genießen. »Ich verstehe Sie vollkommen. Tatsächlich kenne ich eine ganz ähnliche Geschichte, die einer Cousine meiner Frau passiert ist …« Die Ladentür ging auf, und eine neue Kundin kam herein. Pettie unterbrach sich augenblicklich. »Aber damit will ich Sie jetzt nicht langweilen«, sagte er eilig. »Um Ihre Frage zu beantworten, ich habe den Ring einem Mann aus Branscombe abgekauft, der ihn auf der Straße gefunden hat. Er hat sein ganzes Leben in Branscombe verbracht, und sein Name ist Rufus Blackstone. Er hat ihn mir in Kommission gegeben, und ich kann Ihnen versichern, er war nicht so entgegenkommend wie ich zu Duncan. Nichts von wegen Anzahlung oder so! Ein alter Geizkragen, geldgierig bis zum Gehtnichtmehr. Warten Sie, ich gehe nach hinten und suche Ihnen die Telefonnummer raus. Glenda, sagten Sie, Sie bezahlen mit Ihrer Kreditkarte?«

»Das erledige ich«, sagte Alvirah. »Der Ring muss zurück zu Kittys Neffe, und außerdem hat Kitty in ihrem Testament erklärt, dass Mrs O'Keefe ihn bekommen soll, wenn sie als Erste sterben würde. Das war ihr sehr wichtig.«

»Armer Duncan«, sagte Glenda. »Ich bin sicher, er wird nicht darauf bestehen, aber er hat mir erzählt, der Ring wäre das perfekte Geschenk für seine Freundin, weil sie doch Flower heißt.«

»Ich kann ihm eine Kopie davon machen, mit echten Steinen«, bot Pettie an und strahlte. »Das wäre doch großartig!«

»Ich werd's ihm ausrichten«, gab Glenda trocken zurück.

Pettie eilte mit Alvirahs Kreditkarte davon. Luella begann gerade ihre Verkaufsarie mit drei kichernden Teenagern, die alle die Cheerleader-Jacken der örtlichen Highschool trugen. »Ihr solltet alle einen von diesen Anhängern tragen. Sie passen so gut zu euch! Und es gibt doch kein besseres Andenken an das Festival!«

»Kaum«, stimmte Regan ihr zu. »Sag mal, Alvirah, hast du diese Frau, die bei Kitty gearbeitet hat, jemals gesehen?«

»Nur einmal ganz kurz. Da stieg sie mit Kitty aus einem Taxi, gerade als ich wegging. Jetzt wünschte ich natürlich, ich hätte damals genauer hingesehen, aber ich hatte gerade zwei große Mülltüten in der Hand. Mrs O'Keefe war nämlich ganz groß darin, Müll zu produzieren.«

Pettie kam mit einer kleinen Geschenktüte, einer Karte und einer Rechnung für Alvirah. »Könnten Sie mir bitte da unterschreiben, Mrs Meehan?«, bat er.

»Sicher.«

»Und hier habe ich die Telefonnummer von Rufus Blackstone. Ich habe gerade bei ihm angerufen, aber er ist nicht zu Hause und hat auch keinen Anrufbeantworter. Ich dachte, vielleicht ist es nicht schlecht, wenn ich ihm Ihren Anruf ankündige, und ihm auch gleich mitteile, dass er sich bei mir den Scheck abholen kann. Wenn ich Zeit habe, versuche ich es noch mal.«

»Vielen Dank«, sagte Alvirah. »Wir erwischen ihn schon. Ich wüsste einfach zu gern, wo dieser Ring die letzten acht Jahre gewesen ist.«

»Was Duncan wohl dazu sagen wird?«, fragte Glenda, als sie zur Tür gingen.

»Nicht vergessen, ich kann ihm in kürzester Zeit einen wunderschönen neuen Ring machen!«, rief Pettie hinter ihnen her.

Die Menschenmenge vor dem Schaufenster hatte sich inzwischen aufgelöst.

22

Nachdem sie sich vergewissert hatten, dass Flower sicher gefesselt, geknebelt und bewegungsunfähig war, verließen Betty, Jed, Woodrow und Edmund das geheime Büro und gingen zurück ins Haus.

Woodrow ging zum Backofen, wo der frisch gebackene Kuchen auf einem Gitter abkühlte. Er brach ein Stück ab und stopfte es sich in den Mund. »Gar nicht so übel«, brummte er mit vollem Mund.

Betty griff nach dem Backblech. »Lass bloß deine Finger von meinem Kuchen!«, schnauzte sie ihn an.

»Ich habe heute erst ein paar Schokoladenbonbons gegessen«, beschwerte sich Woodrow. »Wir waren auf dem Weg zu einem netten Mittagessen in Boston, als wir herausgefunden haben, dass wir die Opfer eines schrecklichen Verbrechens geworden sind.«

»Jed, gib den beiden was zu essen«, befahl Betty. »Und dann macht euch gefälligst unsichtbar. Gleich kommen hier die Leute zum Tee. Ich sorge jetzt dafür, dass Flowers Sachen aus ihrem Zimmer verschwinden.«

»Unsichtbar? Wohin sollen wir denn gehen?«, fragte Edmund. »Bloß nicht in den Schuppen! Da ist es so kalt!«

»Es gibt nur einen Ort, wo ihr bleiben könnt, und das ist

der Keller. Ich kann euch hier nicht gebrauchen, wenn jemand durch die Schwingtür kommt.«

»Der Keller?«, klagte Woodrow. »Du machst wohl Witze.«

»Ihr seid nicht gerade meine Ehrengäste«, schnauzte Betty zurück. »Ich bin gleich wieder da.«

An der Rezeption zog sie Flowers Kreditkartenbeleg aus der Schublade und zerriss ihn in kleine Fetzen. Gut, dass Jed die Karte noch nicht belastet hat, dachte sie. Aber dann kam ihr ein fürchterlicher Gedanke. Hatte Flower womöglich mit irgendjemandem gesprochen, nachdem sie bei ihnen eingecheckt hatte?

Betty eilte hinauf in Flowers Zimmer. Das Handy lag auf dem Bett. Betty schaltete es ein, hielt den Atem an und sah sich die zuletzt gewählten Nummern an. Der letzte Anruf war am frühen Morgen getätigt worden. Betty atmete langsam aus und drückte dann auf »Eingegangene Anrufe«. Es gab aber keine, und das hieß, Flower hatte keinen Anruf entgegengenommen, seitdem sie hier eingecheckt hatte. Es waren einige Mitteilungen auf der Mailbox, aber dafür brauchte sie Flowers Passwort. Das kriege ich schon, wenn ich will, dachte sie finster, schaltete das Handy aus und ließ es in ihre Schürzentasche gleiten.

Flower hatte nur auf dem Bett gelegen, ohne sich zuzudecken. Betty strich die Decke glatt und schüttelte das Kopfkissen auf. Im Badezimmer warf sie Flowers Toilettenartikel in den Rucksack, wischte das Waschbecken mit einem Handtuch trocken und ging zurück ins Schlafzimmer. Sie sah sich schnell um, um festzustellen, ob sie irgendetwas übersehen hatte, dann nahm sie Flowers Mantel von der Stuhllehne.

Zurück im Flur warf sie das Handtuch zur schmutzigen Wäsche und stopfte Flowers Sachen vorläufig in den Wäscheschrank.

Um sicher zu gehen, dass niemand ins Haus zurückgekehrt war, während sie im Schuppen gewesen waren, klopfte sie an allen fünf Türen der Gästezimmer, und als niemand antwortete, öffnete sie die Türen mit dem Hauptschlüssel, um nachzusehen.

Zufrieden stellte sie fest, dass das gesamte Stockwerk leer war, dann schnappte sie sich Flowers Rucksack und Mantel, eilte die Treppe hinunter und schloss die Eingangstür von innen ab. Jetzt würde jeder, der ins Haus wollte, klingeln müssen. Das sollte ihr nicht noch einmal passieren, dass jemand etwas hörte, was ihn nichts anging. Das Problem mit Flower reichte ihr vollkommen.

In der Küche schlürften Edmund und Woodrow ihre Gemüsesuppe. Flowers noch fast volle Schale stand auf dem Tisch. Ich hätte ihr einfach sagen sollen, dass wir kein Mittagessen servieren, dachte Betty wütend. Das hat man davon, wenn man zu nett ist.

Sie setzte sich auf den Stuhl, auf dem Flower gesessen hatte, warf den Mantel auf einen anderen Stuhl und durchwühlte den Rucksack. »Nichts«, sagte sie wegwerfend. Dann zog sie aus einem Reißverschlussfach Flowers Geldbeutel hervor. Als sie ihn öffnete, fiel ihr Blick als Erstes auf ein Foto von Flower und Duncan, die selig lächelten und die Köpfe zusammensteckten. »Muss Liebe schön sein!« Sie hielt das Foto hoch.

»Romeo und Julia«, brummte Woodrow und kratzte seine Schüssel aus.

»Was für ein schönes Paar«, kommentierte Edmund. »Aber am Ende waren sie beide tot.«

»Das wissen wir alle, Edmund«, fuhr ihm Woodrow ungeduldig über den Mund. »Immer tust du so, als wärst du schlauer als ich.«

»Was heißt, ich tue so?«, schoss Edmund zurück. »Wer hat denn das Los in den Gefrierschrank gepackt? Ich wusste gleich, dass das eine Schnapsidee ist. Wenn wir das Los mitgenommen hätten, könnten wir jetzt in Boston ein saftiges Steak genießen.«

»Aufhören!«, grollte Jed. »Für Betty und mich ist das eine ganz böse Geschichte. Wir steigen aus.«

Für einen Moment herrschte tiefes Schweigen in der Küche, während die beiden Winthrop-Cousins begriffen, was das zu bedeuten hatte.

»Ich mag unser Leben hier in Branscombe«, fuhr Jed aufgeregt fort. »Ich will hier nicht weg.« Dann wandte er sich an Betty. »Du etwa?«

»Nein, wirklich nicht«, stimmte Betty ihm zu. »Das viele Reisen ist so anstrengend, und ständig auf der Flucht vor der Polizei zu sein, macht die Sache nicht besser. Jed ist auch nicht mehr der Jüngste und nicht mehr so gesund wie früher. Er sitzt ganz gern zu Hause und sieht fern. Ja, wir sind richtige Stubenhocker geworden, und ehrlich gesagt, das ist gar nicht so schlecht. Ich kann dieses ständige Davonrennen wirklich nicht mehr brauchen.«

Jed nickte. »Wenn wir jetzt in so eine Entführungsgeschichte hineingezogen werden und für das Mädchen ein Lösegeld erpressen, dann können wir nicht hierbleiben. Betty und ich mögen Branscombe, und wir mögen New Hampshire. Wir mögen den Schnee, und Betty ist inzwischen eine richtig gute Bäckerin geworden, wie ihr vielleicht schon festgestellt habt.«

»Hör dir das an«, sagte Woodrow zu Edmund. »Man könnte meinen, man hätte es mit zwei netten alten Rentnern zu tun.« Er wandte sich an Jed. »Und was ist mit deinen Internet-Betrügereien und mit den Einbrüchen bei deinen ehemaligen Gästen, Monate nachdem sie bei euch waren?«

»Na, mit irgendwas muss man sich doch beschäftigen! Das ist vielleicht nicht ganz legal, aber Kleinkram verglichen mit einer Entführung. Und selbst wenn ihr euer Los im Austausch gegen das Mädchen wiederkriegt, ist noch lange nicht gesagt, dass ihr das Geld bekommt. Sobald jemand versucht, das Los einzureichen, ist doch sofort das FBI da. Und der Himmel weiß, ob wir euch beiden so weit trauen können, dass ihr Betty und mir unseren Anteil auszahlt, wenn ihr wirklich etwas kriegt. Ihr habt uns ja nicht mal angerufen, um uns die freudige Mitteilung zu machen, dass ihr gewonnen habt.«

»Wir hätten schon noch …«, begann Woodrow.

»Ehrlich, wir wollten …«, fuhr Edmund fort. »Wir haben bloß in der Aufregung …«

»Ja, sicher, ist schon klar. Jetzt will ich euch mal was sagen. Wenn wir das Mädchen jetzt laufen lassen, haben wir zehn Minuten später die gesamte Polizei von New Hampshire hier auf der Matte stehen.«

»Was schlägst du also vor?«

»Ich schlage vor, dass ihr kein Wort über das Mädchen verliert, wenn ihr wirklich das Los von Duncan wiederhaben wollt. Ihr droht ihm einfach so, wenn es sein muss.

Schließlich kriegt er seinen Anteil von dem anderen Los. Vielleicht gibt er euch euer Los auch gutwillig zurück. Aber ich warne euch, macht ihm keine Vorschläge über einen Austausch mit Flower.« Mit kaltem Blick starrte Jed die beiden Cousins an.

»Aber was sollen wir denn dann mit ihr machen?«, fragte Edmund. »Wir können sie ja nicht einfach da liegen lassen.«

»Natürlich nicht! Meinst du, *wir* wollen sie hier haben?«, rief Jed laut. »Es gibt nur eine Lösung.« Er senkte die Stimme. »Wenn es dunkel wird, packen wir sie in euren Kofferraum und fahren zu dem See am Devil's Pass. Dort binden wir ihr einen Betonklotz an die Füße. Der See ist groß, kalt und tief, da taucht sie nie mehr auf.«

Schockiert starrten Edmund und Woodrow ihn an. »Kidnapping ist dir unheimlich, aber so ein Mord macht dir nichts aus?«, fragte Edmund mit kaum hörbarer Stimme.

Jed zuckte mit den Schultern.

»Ah ja«, murmelte Edmund schwach.

»Was mir wirklich unheimlich ist, ist die Aussicht, wieder ins Gefängnis zu gehen«, erklärte Jed. »Wenn wir sie hier festhalten und ein Lösegeld verlangen, ist das Risiko viel höher, dass sie uns kriegen. Wenn wir es so machen, wie ich vorgeschlagen habe, wird sie einfach spurlos verschwinden.«

»Lass mich doch einfach mal ausprobieren, was passiert, wenn ich Flower gegen das Los eintausche«, bat Woodrow. »Wir versprechen auch, euch sofort euren Anteil auszuzahlen, sobald wir das Geld bekommen. Denkt doch an all die hübschen Orte, an die ihr reisen könntet …«

»Unser Entschluss steht fest«, sagte Betty endgültig. »Wir wollen nicht mehr weglaufen.«

Jed blickte aus dem Fenster. »Um fünf Uhr ist es dunkel genug, und dann versammelt sich die ganze Stadt für die Eröffnungsfeier mit den Kerzen. Dann ziehen wir los und bringen es hinter uns. Und danach würden Betty und ich es sehr zu schätzen wissen, wenn ihr euch verdünnisiert. Wir wollen keine Schwierigkeiten.«

»Uns verdünnisieren?« Edmund schnappte mühsam nach Luft. »Wir wissen doch nicht, wohin, und ohne das Los können wir Branscombe nicht verlassen. Euer Keller – das war doch ein sehr schöner Vorschlag. Könnten wir nicht wenigstens für eine Nacht dort bleiben?«

23

Das feierliche Mittagessen im Branscombe Inn zog sich in die Länge.

Tommys Eltern saßen mit entschieden beschützender Haltung links und rechts neben ihrem Sohn, als könnte jeden Moment eine gefährliche Frau auftauchen und ihren soeben reich gewordenen Sohn bezirzen. »Ich weiß, Tommy würde gern die richtige Frau finden, aber nun wird die Sache eher noch schwieriger«, sagte seine Mutter Ruth. »Wir werden sie erst gründlich auf die Probe stellen, und glauben Sie mir, das wird kein Zuckerschlecken, nicht wahr, Burt?«, fragte sie ihren Mann.

Wie immer, wenn seine Frau seine Zustimmung verlangte, nickte Burt bestätigend. »Tommy ist ein guter Junge«, erklärte er. »Das Beste ist gerade gut genug für ihn, und das war auch schon so, als er noch kein Geld in der Tasche hatte. Es ist doch wirklich erschreckend, wenn man bedenkt, dass selbst ein kluger Mann wie Sam Conklin den Kopf verliert und geradewegs in eine Katastrophe hineinrennt. Stellen Sie sich vor, Sam war so viele Jahre mit Maybelle verheiratet, einer der nettesten, freundlichsten Frauen, die jemals auf Erden wandelten. Und dann heiratet er diese vollkommen unbekannte Frau.« Burt ließ den Blick über die Tischrunde schweifen. »Wie wird sie genannt? Waschbär?«

»Stinktier, Dad«, korrigierte Tommy seinen Vater leise. Man sah ihm ganz deutlich an, dass ihm der Verlauf des Gesprächs zunehmend peinlich war. »Macht euch nur keine unnötigen Sorgen um mich, ich komme schon zurecht, das könnt ihr mir glauben.«

»Dieses Stinktier!«, rief Ralphs Frau Judy. »Sie hat wirklich genau den falschen Zeitpunkt erwischt. Es heißt, bei Conklin's geht es drunter und drüber, und ehrlich gesagt, das gönne ich ihnen.«

»Ist das tatsächlich so?«, fragte Muffy besorgt. »Ich hoffe, es gibt keine Probleme mit dem Catering für das Festival.«

»Keine Sorge, Muffy«, winkte Ralph ab. »Wir haben das Festival so gut vorbereitet, dass sie es auch ohne uns ganz gut hinbekommen müssten.«

»Das will ich doch schwer hoffen. Schließlich ist es das erste *Festival der Freude* hier in Branscombe, und wir wollen doch einen guten Eindruck bei unseren Besuchern hinterlassen. Und bei den Fernsehzuschauern.«

Marion schob ihren Stuhl zurück. »Festival oder nicht, wir müssen jetzt zur Bank. Ich habe keine Ruhe, bis das Los dort sicher in einem Schließfach im tiefsten Kellergewölbe liegt.« Sie wandte sich Nora zu. »Es war wirklich eine Freude, mit Ihnen zu plaudern. Ich hoffe, wir sehen uns später noch mal.«

»Wir sehen uns alle später«, sagte Muffy mit Begeisterung in der Stimme. »Die ganze Stadt wird zur Eröffnung des Festivals kommen. Ich hoffe, Duncan kann bei uns sein. Wie wunderbar, dass er es geschafft hat, einigermaßen heil zurückzukommen, wo immer er gewesen sein mag. Es wäre wirklich ein schwerer Dämpfer für unsere Festfreude, wenn er immer noch vermisst würde.«

So kann man das auch sehen, dachte Luke. Seit Willy das Zimmer ohne Alvirah betreten hatte, war ihm klar, dass Nora an nichts anderes dachte als an den wirklichen Grund, warum Alvirah mit Regan und Jack mitgegangen war. Es war offensichtlich, dass sie die Geschichte nicht glaubte, Alvirah wolle so schrecklich gern die Stadt ansehen. Luke glaubte sie ja auch nicht.

»O ja, Duncan ist natürlich wieder da«, sagte Tommys Mutter zu Muffy, und der leicht abfällige Unterton in ihrer Stimme war nicht zu überhören. »Und er hat es auch nicht abgelehnt, an dem Gewinn beteiligt zu werden, wie ich gehört habe.«

»Mom«, unterbrach Tommy sie eilig. »Denk bitte an die Nummer 32. Das war Duncans Zusatzzahl, und wir würden allesamt nicht hier sitzen, wenn er diese Zahl nicht ausgesucht hätte.«

»Mag sein«, gab sie zurück. »Wie auch immer, wir gehen jetzt mit euch zur Bank, mein Sohn. Keine Widerrede, selbstverständlich begleiten wir euch«

Muffy wandte sich Nora zu. »Ich würde Sie heute Nachmittag nur zu gern ein wenig durch unsere reizende kleine Stadt kutschieren. Wir könnten beim Kirchenbasar haltmachen und einen heimlichen Blick auf all die schönen Dinge werfen, die ab heute Abend verkauft werden. Jetzt sind sie dort bei den letzten Vorbereitungen, und ich kann Ihnen bei der Gelegenheit auch gleich zeigen, wo Sie morgen Ihre Geschichten vorlesen werden. Ist das eine gute Idee?« Wie es ihre Gewohnheit war, beantwortete sie die Frage gleich selbst. »Ich finde, das ist eine großartige Idee. Schade, dass Regan nicht hier ist. Vielleicht kommt sie später nach. Willy, Luke, hätten Sie Lust auf eine Runde durch unser Städtchen?«

»Aber ja«, antworteten beide schnell, um ihren Redefluss zu stoppen.

»Muffy«, sagte Nora, »Luke, Willy und ich sind noch gar nicht in unseren Zimmern gewesen. Wollen wir uns vielleicht in zwanzig Minuten in der Hotelhalle treffen?«

»Wunderbar!«

Die Reillys und die Meehans hatten einander gegenüberliegende Zimmer im zweiten Stock. Als sie aus dem Aufzug stiegen, sagte Nora: »Willy, würdest du wohl einen Moment mit in unser Zimmer kommen?« Es klang wie eine Frage, aber es war ganz eindeutig anders gemeint.

Los geht's, dachte Luke. »Mach dich auf ein Verhör gefasst, Willy«, warnte er.

Willy verdrehte die Augen. »Regan hat mich zum Schweigen verdonnert.«

»Aber das betrifft uns doch wohl nicht«, versicherte Nora ihm eilig.

»Doch, da bin ich mir ehrlich gesagt ziemlich sicher«, erklärte Luke.

»Ach, Luke, jetzt hör aber auf«, lachte Nora. »Beeil dich, schließ die Tür auf.« Sie hatten das Zimmer kaum betreten, als sie sich auch schon mit einer schnellen Bewegung umdrehte. »Also, Willy, was ist los? Warum ist Alvirah mitgefahren?«

Selbst Lukes normalerweise ungerührte Miene zeigte ungläubigen Schrecken, als Willy ihnen Bericht erstattete. »Das heißt, sie fahren da draußen mit einem Los herum, das 180 Millionen Dollar wert ist und zwei Kriminellen gehört?«, fragte er.

»So könnte man es wohl ungefähr zusammenfassen«, antwortete Willy und hatte die Hand schon wieder am Türgriff. »Und jetzt würde ich mich wirklich gern ein bisschen frisch machen, bevor wir uns in einer Viertelstunde unten sehen.«

24

Im Krankenhaus von Branscombe blickte die Frau am Empfangsschalter der Notaufnahme, eine Schwester in den Sechzigern, auf, als die Gruppe vor ihr stand. Als sie Glenda erkannte, lächelte sie. »Ich habe Sie im Fernsehen gesehen, Sie sind eine von den Lottogewinnern, oder?«

»Ja, das stimmt«, erwiderte Glenda. »Und glauben Sie mir, ich kann es selbst noch nicht wirklich fassen. Wir würden gern meinen Mitgewinner Duncan Graham besuchen.«

»Ich habe gerade versucht, seine Freundin anzurufen, aber die Mailbox ist voll. Was für ein Glückspilz, dieses Mädchen! Meine Großmutter hätte gesagt, die ist geradewegs im Butterfass gelandet.«

»Ja, so etwas in der Art pflegte meine Mutter auch zu sagen«, lächelte Alvirah und dachte daran, dass die Formulierung ihrer Mutter noch etwas drastischer gewesen war.

»Granny hatte für jede Gelegenheit ein Sprichwort parat«, lachte die Empfangsdame. Dann deutete sie auf eine Tür. »Da vorn finden Sie ihn, im dritten Abteil. Ich dürfte Sie eigentlich gar nicht da reinlassen, aber wir haben im Moment keine schweren Fälle hier, nur ein paar Knochenbrüche.«

»Na, wenn das alles ist«, murmelte Jack, als sie die Notaufnahme betraten.

Am Vorhang des dritten Abteils rief Glenda: »Duncan?« – »Hier bin ich!« Duncans Stimme klang schwach.

Glenda zog den Vorhang zurück, und Alvirah konnte einen ersten Blick auf die unrasierte, bleiche, besorgt dreinblickende Gestalt auf dem Bett werfen. Er sieht nicht so aus, als könnte er jetzt gerade noch mehr schlechte Nachrichten gebrauchen, dachte sie.

»Glenda!«, sagte Duncan und versuchte, sich aufzusetzen. »Hast du mein Handy mitgebracht?«

»Hier ist es.« Sie reichte es ihm schnell. »Ich glaube, Jack Reilly kennst du schon.« Sie wollte ihm Regan und Alvirah vorstellen, aber er unterbrach sie.

»Es tut mir leid, wenn ich unhöflich bin, aber ich mache mir solche Sorgen um meine Freundin. Vielleicht hatte sie einen Unfall ...« Er hörte seine Mailbox ab. »Immer noch keine Nachricht von ihr.«

Eine Schwester näherte sich. »Mr Graham, wir müssen Ihnen jetzt den Gips anlegen. Und Sie müssen das Telefon ausschalten, Sie dürfen hier drin nicht telefonieren.« Sie wandte sich den anderen zu. »Es dauert nicht lange, Sie können draußen warten.«

»Glenda«, sagte Duncan schnell, »würdest du wohl versuchen, Flower zu erreichen? Ihre Nummer müsste noch in deinem Telefon gespeichert sein. Und wenn du sie nicht erreichen kannst, versuch es doch bitte bei ihrer Arbeitsstelle. Die Nummer müsstest du auch haben, ich habe ja vorhin versucht ... Sei doch so gut und frag dort nach, ob sie wissen, wo sie ist.«

Er sah ganz krank aus vor lauter Sorge.

»Aber klar, Duncan. Ich rufe sie an, und wir warten draußen, bis du fertig bist.« Sie wandte sich an die Schwester. »Kann er uns begleiten, wenn er den Gips dran hat?«

»Ganz bestimmt. Wir rüsten ihn noch mit Krücken aus, und dann können Sie ihn mitnehmen.«

So zogen sich die vier Besucher ins Wartezimmer zurück. Glenda versuchte, Flower anzurufen, aber die Mailbox war immer noch voll. Dann versuchte sie es bei Flowers Arbeitsstelle. Eine Frau mit freundlicher Stimme nahm das Gespräch entgegen. »Kindertagesstätte *Kleiner Liebling*, was kann ich für Sie tun?«

Was für ein Name, dachte Glenda und sagte dann laut: »Hallo, könnte ich wohl bitte mit der Leitung sprechen?«

»Wir sind die nächsten vier Jahre voll belegt«, sagte die Frau mit Stolz in der Stimme.

»Nein, deshalb rufe ich nicht an«, erklärte Glenda. »Es wäre ziemlich wichtig, dass ich mit jemandem über eine Ihrer Mitarbeiterinnen sprechen könnte, nämlich über Flower ...« Glenda fiel in diesem Moment ein, dass sie Flowers Familiennamen nicht kannte. Aber es würde dort wohl nicht so viele junge Frauen mit diesem Namen geben. »Ich rufe im Auftrag ihres Freundes an, der sich das Bein gebrochen hat und die ganze Zeit versucht, sie zu erreichen.«

»Oh, Duncan hat sich das Bein gebrochen?«

»Ja, kennen Sie ihn?«

»Nein, nicht persönlich, aber Flower redet ja den ganzen Tag von nichts anderem. Er hat schon mal angerufen, glaube ich.«

»Ja. Er macht sich Sorgen, weil er sie nicht erreicht hat und auch nicht wusste, dass sie sich einen Tag freigenommen hat.«

»Moment mal. Bei Ihnen ist doch jetzt schon Nachmittag, oder?«

»Ja.«

»Na, das ist ja seltsam.«

Glenda hörte die Sorge in der Stimme ihrer Gesprächspartnerin. »Was ist denn?«

»Nun, die Sache ist die, Flower ist zu Ihnen rübergeflogen, um Duncan zu überraschen. Sie hat die Nachtmaschine nach Boston genommen und wollte dann mit dem ersten Bus nach Branscombe fahren. Sie müsste schon seit Stunden dort sein. Und es ist wirklich sehr seltsam, dass sie nicht ans Telefon geht.«

»Wissen Sie zufällig, welchen Flug sie genommen hat?«

»Nein, das tut mir leid, keine Ahnung.«

»Gut«, sagte Glenda. »Wenn sie sich bei Ihnen meldet, könnten Sie ihr ausrichten, dass sie unbedingt Duncan anrufen soll?« Sie gab die Nummern an.

»Und wenn sie sich bei Ihnen meldet, rufen Sie uns doch bitte kurz an«, bat die Frau. »Wissen Sie, wir mögen Flower alle sehr, und wir sind jetzt schon alle ganz unglücklich, weil sie uns vielleicht bald verlässt.«

25

Stinktier!, dachte Rhoda, als sie den Schlüssel im Türschloss des Hauses herumdrehte, in dem Sam seit seiner Hochzeit mit Maybelle vor fünfzig Jahren lebte. Sie schlug die Tür so fest hinter sich zu, dass einige von Maybelles Figürchen auf dem Tisch in der Diele hin und her tanzten. Schade nur, dass sie nicht runtergefallen sind, dachte Rhoda. Sam hatte ihr zögernd gestattet, das Haus neu einzurichten, aber er hatte darauf bestanden, Maybelles Figürchen an ihrem Platz stehen zu lassen, was Rhoda unendlich ärgerte. Das Wohnzimmer des Hauses im Kolonialstil war mit schwarzen Ledersesseln und einem weißen Flauschteppich neu ausgestattet worden. An den Wänden hingen moderne Kunstwerke, über die sich Sam beklagte, weil er sie nicht verstand. Die Bilder mit Bergen, Seen, Blumen und Tieren darauf waren auf den Dachboden verbannt worden.

Maybelles Esszimmereinrichtung mit dem Tisch aus Ahornholz, den Eckschränken und den Polsterstühlen war durch einen Glastisch mit Beinen aus massivem Edelstahl und dreieckige Stühle ersetzt worden. Richards altes Kinderzimmer im ersten Stock diente jetzt als Arbeitszimmer für Rhoda, und das frühere Gästezimmer war ihr Gymnastikraum geworden.

Von wegen »blöde Wohnung«, dachte sie, zog sich den Mantel aus und warf ihn über das Treppengeländer. Ich kann es kaum erwarten, zu packen und von hier zu verschwinden. Dieser undankbare Kerl! Da tut man wirklich alles für ihn, und er betrachtet das einfach als selbstverständlich!

Durchs Fenster konnte sie sehen, dass es inzwischen heftiger schneite. O nein, dachte sie, bei dem Wetter kann ich nicht fahren! Bis ich meine Sachen zusammengepackt habe, sind die Straßen glatt, und bei dem Verkehr Richtung Boston komme ich bestimmt in einen Stau, erst recht an einem Freitag vor den Feiertagen. Je eher ich aus diesem Nest wegkomme, desto besser – aber nicht vor morgen früh.

Die Sache mit dem Landleben war einen Versuch wert gewesen, aber sie hatte festgestellt, dass es doch nichts für sie war. Rhoda dachte an ihre früheren Ehemänner, von denen sie Samuel zwei elegant verschwiegen hatte. An zwei Scheidungen war nichts auszusetzen, aber vier … das hätte den Eindruck erweckt, als könnte es niemand lange mit ihr aushalten. Und sie wollte doch einen möglichen Verehrer nicht gleich verschrecken.

Samuel hatte zunächst einen recht entspannten Eindruck gemacht, aber bald hatte sie festgestellt, dass er stur wie ein Maultier war. Es war ein harter Kampf gewesen, ihn davon zu überzeugen, dass das Weihnachtsgeld seiner Angestellten in dem gemeinsamen Pensionsfonds besser aufgehoben war. Dabei hatte sie doch nur vorsorgen wollen, weiter nichts. Nun gut, der Ehevertrag sicherte ihr für den Fall der Scheidung zweihunderttausend Dollar zu. Mit diesem glücklichen Gedanken konnte sie gut ins neue Jahr gehen. Wenn sie vor der Heirat gewusst hätte, wie viel der alte Geizhals tatsächlich auf dem Konto hatte, hätte sie noch mehr rausgeholt.

In den sechs Monaten, die sie jetzt in Branscombe lebte, hatte Rhoda genau eine Freundin gefunden: Tishie Thornton, die an niemandem ein gutes Haar ließ und der einzige Mensch in der Stadt war, der Maybelle nicht hatte leiden können.

»Seit wir beide sechs Jahre alt waren, war sie so widerwärtig nett«, hatte Tishie Rhoda anvertraut, die ihr natürlich voller Entzücken lauschte. »Ich habe eine wunderschöne Stimme, aber natürlich bekam *sie* immer die Solos, erst in der Schule und später auch im Kirchenchor. Es war einfach unerträglich, wie unschuldig sie immer schaute, die Noten in der Hand, den Blick zum Himmel gerichtet wie ein Engel. Irgendwann bin ich aus dem Chor ausgetreten und nie wieder hingegangen, nicht einmal, als Maybelle dann starb. Ich wollte mir einfach nicht das Gerede darüber anhören, was für eine Heilige sie gewesen ist.«

Einen Augenblick blieb Rhoda in dem stillen Haus stehen. Sie hatte überhaupt keine Lust, den ganzen Tag hier herumzuhängen. Sie eilte in die Küche zum Telefon und wählte Tishies Nummer. Schon beim ersten Klingeln ging ihre Freundin an den Apparat. »Hallo, Rhoda, ich habe schon gehört, dass du einen harten Tag hattest«, sagte sie und versuchte, nicht zu erfreut zu klingen.

»Es ist wirklich nicht zu fassen.«

»Kein Weihnachtsgeld, hm?«

»Die Leute kriegen doch das ganze Jahr über ein fürstliches Gehalt!«

»Da bin ich sicher. Und nun sieh sie dir an: Die haben

dein Weihnachtsgeld doch gar nicht nötig! Hast du von dem Ring gehört, den Duncan für seine Freundin gekauft hat?«

»Ich habe überhaupt noch nichts gehört, ich war voll und ganz damit beschäftigt, Äpfel vom Boden aufzuklauben.«

»Duncan hat eine Anzahlung auf einen Ring in Blütenform geleistet. Bei Pettie. Und jetzt ist er sauer, weil Pettie den Ring ins Schaufenster gelegt hat, gleich neben diese Festival-Anhänger, von denen Luella mir schon mindestens hundert Mal erzählt hat.«

»Einen Ring in Blütenform?«, echote Rhoda.

»Ja. Ein kleiner Diamant, umgeben von farbigen Steinen in Form von Blütenblättern.«

»Und wer ist diese Freundin?«

»Die kennt hier keiner. Wer sollte sich schon dafür interessieren?«

»Da hast du auch wieder recht«, sagte Rhoda, während sie sich blitzartig an die junge Frau erinnerte, die am Vormittag im Laden nach Duncan gefragt hatte. »Mich interessiert es jedenfalls nicht.«

»Also, was gibt's? Du rufst doch nicht an, um einfach ein bisschen zu plaudern.«

»Sam und ich haben uns getrennt. Die Sache hat sich erledigt, Feierabend, Ende, schönes Leben noch.«

»Das ging aber schnell. Ich wusste ja, dass du dich mit ihm zu Tode langweilst, aber hättest du nicht warten können, bis du dein Weihnachtsgeschenk hast?«

»Das habe ich schon. Ein tolles Armband, das er mir in Boston gekauft hat, als wir dort waren, um seinem Sohn im Theater zuzusehen. Sam hat fast einen Herzanfall bekommen, als er den Kreditkartenbeleg unterschrieben hat. Das

Armband liegt hier im Safe, hübsch als Geschenk verpackt. Kein Sorge, das nehme ich schon mit.«

»Ich bin stolz auf dich, Rhoda. Schließlich hast du ihm die besten sechs Monate deines Lebens geopfert.«

Rhoda lachte. »Anfühlen tut es sich allerdings wie sechs Jahre. Tishie, das Wetter ist nicht so toll, deshalb muss ich noch eine Nacht hierbleiben. Ich habe gedacht, wir könnten vielleicht heute Nachmittag zu dieser Betty gehen und Tee trinken. Sie ist zwar immer ein bisschen arg zuckersüß …«

»Genau wie Maybelle«, unterbrach Tishie sie.

»Erinnere mich nicht an sie! Ich habe keine Ahnung, ob Betty singen kann, aber auf jeden Fall kann sie backen. Wir können ein bisschen zusammensitzen und tratschen, möglichst weit weg von diesem fürchterlichen Festival. Ich kann es schon nicht mehr hören!«

»Geht mir genauso. In einer halben Stunde?«

»Könntest du mich hier abholen? Ich bin ein Stadtkind, ich kann bei diesem Schnee so schlecht fahren.«

»Kein Problem.«

»Ach, vielen Dank! Wenn ich dich nicht getroffen hätte, wäre ich vermutlich schon vor Monaten von hier abgehauen.«

»Du tust mir wirklich leid, Rhoda. Ich bin gleich bei dir. In einer halben Stunde.«

Rhoda legte den Hörer auf. Obwohl sie wirklich nichts für Sam empfand, spürte sie doch ein wenig Enttäuschung tief in ihrem Innern. Aber dann munterte sie ein plötzlicher Gedanke auf: Irgendwo in Boston würde es morgen Abend sicher einen Ball der einsamen Herzen für Senioren geben.

Im letzten Dezember war sie zu sechs solcher Veranstaltungen gegangen und hatte niemand Besonderen getroffen, aber wer konnte das schon wissen? Vielleicht gab es ja ein paar frische Witwer oder Geschiedene, die im letzten halben Jahr dazugekommen waren, während sie hier lebendig begraben gewesen war. Vielleicht würde sie ja eine neue Liebe finden, während Sam hier damit beschäftigt war, auf dem Kirchenbasar Hühnersuppe zu verteilen. Sie summte ein fröhliches, kleines Liedchen, als sie die Treppe hinauflief, um im Internet nachzusehen, was sich in Boston tat.

26

Als Duncan ins Wartezimmer geschoben wurde, das rechte Bein vom Knie abwärts eingegipst, hatte Jack schon erfahren, dass Flower die Nachtmaschine von Pacific Airways nach Boston genommen hatte. Dort hatte sie ein Busticket nach Branscombe gekauft. »Aber sonst gibt es keine Bewegungen auf ihrer Kreditkarte«, hatte Detective Joe Azzolino seinem Chef berichtet. »Ach ja, und diese Ölaktie ist ungefähr so viel wert wie eine Drei-Dollar-Note.«

Wie erwartet, fragte Duncan als Erstes, ob sie Flower erreicht hatten.

»Nein, noch nicht«, antwortete Jack. »Jetzt bringen wir Sie erst mal zum Auto.«

Alvirah litt sichtbar mit Duncan, als der Krankenpfleger der Notaufnahme ihm hochhalf und ihm die Krücken reichte. Ich konnte die Notaufnahme in New York wenigstens auf meinen eigenen zwei Füßen verlassen, dachte sie und betastete unwillkürlich das große Pflaster über ihrem Auge.

Draußen schneite es inzwischen heftig. Sie saßen kaum im Auto, als Duncan besorgt fragte: »Glenda, hast du in der Kindertagesstätte angerufen?«

»Duncan, ich bin sicher, es kommt alles in Ordnung …«

»Was soll das heißen?«, fragte er mit besorgtem Blick.

»Flower hat sich einen Tag freigenommen. Sie ist mit einer Nachtmaschine nach Boston geflogen, weil sie dich mit ihrem Besuch überraschen wollte. Wir wissen auch schon, dass sie eine Fahrkarte für den Bus gekauft hat, der um zehn Uhr heute Vormittag in Branscombe angekommen ist.«

»Aber wo ist sie dann? Und warum geht sie nicht ans Telefon?«

»Wir wissen es nicht, Duncan«, erwiderte Regan leise. »Wir dachten, wir könnten vielleicht zum Busbahnhof fahren und ein bisschen herumfragen, ob sie dort gesehen worden ist. Glenda hat ein paar Sachen für Sie eingepackt, weil wir finden, Sie sollten die nächste Nacht im Hotel verbringen. Sie hat auch das Foto einer jungen Frau eingepackt, das auf dem Kaminsims stand. Das ist doch sicher Flower, oder?«

»Natürlich, wer denn sonst? Kann ich es haben?«, fragte Duncan heiser.

Glenda zog das Foto aus der Reisetasche und reichte es ihm.

Als Duncan das Bild in den Händen hielt, wurden ihm die Augen feucht. »Da ist etwas passiert«, sagte er mit zitternder Stimme und starrte auf das Foto. »Ich bin sicher, dass ihr etwas zugestoßen ist. Selbst wenn sie mich überraschen wollte, würde sie doch ans Telefon gehen. Diese Winthrop-Gauner wollten nach Boston fahren. Ich habe ihnen von Flower erzählt, als es in unserem Seminar um Lebensziele ging. Und wenn sie ihr begegnet sind …«

»Haben die beiden Winthrops irgendwann mal das Foto gesehen?«, fragte Jack.

»Nein.«

»Dann halte ich das für ziemlich unwahrscheinlich, Duncan. Aber wir haben inzwischen herausgefunden, dass die Ölaktie, die man Ihnen verkauft hat, gefälscht ist. Wir sollten zur Staatsanwaltschaft fahren, damit Sie die beiden anzeigen können. Dann haben wir immerhin schon mal einen Haftbefehl gegen sie.«

»Aber … das ist mir doch jetzt vollkommen egal! Wenn sie Flower in ihre Gewalt gebracht haben, ist das ein viel schlimmeres Verbrechen als dieser Aktienbetrug. Der Haftbefehl bringt mir jetzt gar nichts, wir müssen Flower finden!«

»Unbedingt«, stimmte Jack ihm zu.

»Ich würde sagen, wir gehen erst mal zu Conklin's«, schlug Alvirah vor. »Wenn Flower heute früh in Branscombe angekommen ist und noch nicht wusste, dass Sie in der Lotterie gewonnen haben, dann ist sie doch sicher zu Ihrer Arbeitsstelle gegangen. Einen Schlüssel für Ihr Haus hat sie ja nicht, oder?«

»Sie war ja noch nie dort«, sagte Duncan traurig.

»Aber bald«, versuchte Glenda ihn aufzumuntern. »Alvirah, ich finde, das ist eine gute Idee mit Conklin's. Allerdings vermute ich, Mr Conklin wird nicht gerade erfreut sein, mich zu sehen, nachdem wir heute früh diese elenden Hochzeitsbilder bei ihm vor die Tür gelegt haben. Na, auch egal, was er denkt …« Sie drehte sich wieder zu Duncan um. »Bleib du lieber im Auto, es ist glatt auf der Straße, und das Letzte, was du jetzt brauchen kannst, ist, noch mal zu fallen. Ich rede mit allen, die heute früh da waren.«

Sie kamen zur Ausfahrt des Krankenhausparkplatzes.

»Wohin, Glenda?«, fragte Jack.

»Rechts und dann immer geradeaus.«

Als sie vor dem Lebensmittelladen ankamen, wandte sich Regan an Glenda. »Ich komme mit rein. Duncan, wie groß ist Flower, und wie alt?«

»Sie ist vierundzwanzig Jahre alt, sieht aber jünger aus. Und sie ist sehr zierlich, kleiner als eins sechzig.«

»Dürfen wir das Foto mitnehmen?«

Zögernd reichte Duncan ihr das Bild.

Im Laden hörte Glenda eine vertraute Stimme. »Na, wen haben wir denn da?«, rief Paige, eine junge Kassiererin. »Erzähl mir jetzt bloß nicht, das mit dem Lottogewinn war alles ein Irrtum, und du willst deinen Job wiederhaben.«

Glenda und Regan gingen eilig hinüber zu Paige' Kasse, wo eine Frau gerade einen Einkaufswagen voller Papiertüten hinausschob. »Paige, kann ich dich einen Augenblick sprechen?«

»Klar.« Paige schaltete das Licht an ihrer Kasse aus. »Worum geht's? Brauchst du Geldsäcke?«

Glenda stellte ihr Regan vor, und Regan zeigte ihr Flowers Foto und erklärte die Situation. »Sie wollte Duncan besuchen und ist verschwunden.«

»Na, die beiden scheinen ja gut zusammenzupassen«, bemerkte Paige und ließ ihren Kaugummi knallen. »War er es nicht, der letzte Nacht vermisst wurde? Unglaublich, dass ihr ihn an eurem Gewinn beteiligen wollt, Leute. Da hättet ihr ja auch mal mich fragen können, ich hätte den Dollar Einsatz gern beigesteuert.«

»Paige, wir machen keine Witze, es ist wirklich ernst.«

»Oh, 'tschuldigung.«

»Haben Sie die Frau zufällig hier im Laden gesehen?«

Paige sah sich das Foto noch einmal genau an. »Nein, habe ich nicht. Wenn sie hier war und irgendwas gekauft hat, dann ist sie jedenfalls nicht bei mir durch die Kasse gegangen.«

»Okay. Wir gehen jetzt rum und fragen die anderen.«

Paige senkte die Stimme. »Übrigens, Glenda, heute Morgen hast du hier ein Feuerwerk verpasst. *Das Stinktier* und Mr Conklin haben sich angeschrien, und dann ist sie rausgestürmt. Er hat ihr gesagt, sie solle ihre alte Wohnung in Boston bloß nicht verkaufen. Wir sind alle total high! Für uns ist jetzt schon das *Festival der Freude*.«

»Das ist nicht wahr, oder?«, rief Glenda.

»Ehrlich, kein Witz.«

»Na, unter den Umständen würde ich mir meinen alten Job ja wirklich fast zurückwünschen.«

»Das kann ich mir vorstellen.«

»Ist Mr Conklin im Büro?«

»Er hat die Ärmel aufgekrempelt und steht in der Küche. Er hat sich sogar eine Schürze umgebunden. Sie müssen die Tabletts mit der Verpflegung für das Festival fertig machen und rüberbringen.«

»Da krieg ich ja gleich ein schlechtes Gewissen«, murmelte Glenda.

»Würde ich nicht«, antwortete Paige und schaltete das Licht wieder ein, damit der nächste Kunde ihre Kasse ansteuern konnte. »Schließlich gehört der Laden ihm, da kann er wohl auch mal mit anpacken. Im Übrigen habe ich ihn, glaube ich, noch nie so gut gelaunt gesehen wie heute.«

Glenda und Regan zeigten Flowers Foto den anderen Angestellten. Alle waren seit dem frühen Morgen hier, aber niemand konnte sich an die junge Frau erinnern.

»Ich glaube, wir müssen mit Mr Conklin reden«, sagte Glenda schließlich.

Regan folgte ihr in eine große Küche, in der sechs Leute herumwirbelten und große Platten mit Aufschnitt und Salatschüsseln vorbereiteten.

»Gute Arbeit!«, rief Sam gerade. »Langsam kriegen wir den alten Teamgeist wieder in den Laden.« Als er sich umdrehte, entdeckte er Glenda. Für einen Augenblick sahen sie sich unsicher an, dann strahlte Sam übers ganze Gesicht, breitete die Arme aus und eilte auf sie zu. »Glückwunsch, Glenda! Ich freue mich so für euch!«, rief er und schloss sie in die Arme.

»Es tut mir leid, dass wir Ihnen die Bilder vor die Tür gelegt haben«, sagte Glenda reuevoll. »Das war eine Gemeinheit von uns.«

»Machen Sie sich darüber keine Gedanken. Ich werde ein schönes kleines Freudenfeuer machen, um sie loszuwerden. Ich weiß ja nicht, ob Sie schon gehört haben ...«

»Doch, doch«, gab Glenda zurück.

»Wissen Sie, ich schäme mich wirklich. Sie hat so lange herumgenörgelt, bis ich eingewilligt habe, Ihnen allen das Weihnachtsgeld zu streichen. Kommen Sie doch gleich mal mit in mein Büro. Ich weiß, Sie brauchen das Geld eigentlich nicht mehr, aber gestern Abend habe ich die Schecks ausgestellt, die ich Ihnen hätte geben sollen. Glenda, Sie waren in den letzten achtzehn Jahren eine so wunderbare Mitarbeiterin, es ist fast, als wären Sie meine Tochter.« Er umarmte sie wieder. »Ich werde mir im Spiegel nicht in die Augen sehen können, solange diese Schecks nicht eingelöst sind.«

»Mr Conklin, das ist natürlich schrecklich nett von Ihnen, aber wir haben jetzt überhaupt keine Zeit dafür.« Glenda stellte ihm Regan vor und zeigte ihm das Foto von Flower. »Duncan ist sicher, dass ihr etwas zugestoßen ist. Sie haben sie hier auch nicht gesehen, oder?«

Sam sah sich das Foto gründlich an. »Nein, habe ich nicht. Haben Sie schon die anderen gefragt?« Er nickte Richtung Laden.

»Ja, aber niemand hat sie gesehen, und niemand erinnert sich, dass nach Duncan gefragt worden wäre.«

Sam zeigte das Foto noch schnell den anderen, die in der Küche arbeiteten, aber auch hier konnte sich niemand an Flower erinnern. »Wann soll das denn gewesen sein?«, fragte er, als er Glenda das Foto zurückgab.

»Wir vermuten, irgendwann kurz nach zehn Uhr heute Vormittag. Um zehn ist der Bus angekommen.«

»Da war *das Stinktier* noch hier«, sagte Sam. »Vielleicht hat sie das Mädchen ja gesehen.«

»Das Stinktier?«, fragte Glenda.

»Stellen Sie sich bloß nicht so dumm.«

»Na gut.«

»Ich kann sie anrufen und fragen, ob sie vielleicht mit Duncans Freundin gesprochen hat. Das wäre aber auch schon so ziemlich der einzige Grund, warum ich sie noch mal anrufen würde.«

»Ja, wenn es Ihnen nichts ausmacht … es ist ziemlich wichtig.«

Aber Rhoda ging nicht ans Telefon, was keinen von ihnen überraschte. »Vermutlich sieht sie meinen Namen auf dem Display und schmeißt mich gleich aus der Leitung«, sagte Sam. »Wollen Sie es nicht mal von Ihrem Handy aus versuchen? Kann ja sein, dass Sie mehr Glück haben als ich.«

Aber Rhoda Conklin ging auch nicht ans Telefon, als Regan es versuchte. Sie sprach ihr eine Nachricht auf die Mailbox und erklärte, warum sie anrief. »Bitte rufen Sie mich so bald wie möglich zurück.«

Sam klopfte nachdenklich mit einem Fingernagel auf die Arbeitsfläche. »Moment mal, einer von unseren jungen Leuten war heute früh in der Gemüseabteilung zugange, und Rhoda hat versucht, ihn rauszuschmeißen. Er ist jetzt draußen und belädt den Lieferwagen.« Die Hintertür ging auf. »Da kommt er ja schon. Zach, schau doch mal ...« Zach kam herbeigeeilt.

»Nein«, sagte er und schüttelte den Kopf, als er das Foto ansah. »Die habe ich nicht gesehen. Aber ich muss dazu sagen, dass ich sie wahrscheinlich auch nicht erkennen würde, wenn sie direkt vor mir gestanden hätte. *Das Stinktier* hat mich den ganzen Morgen angeschrien. Wissen Sie, Mr Conklin, ich bin wirklich froh, dass Sie sie los sind«, sagte er voller Begeisterung. »Geben Sie mir fünf!«

»Okay, Zach«, sagte Sam und hob ein wenig ungeschickt die Hand. »Mach nur weiter mit dem Wagen, sonst wird die Frau unseres Bürgermeisters nervös. Wir müssen schließlich eine ganze Stadt satt kriegen.«

»Geht klar.« Zach hob einen Container auf und ging zur Hintertür.

Glenda seufzte. »Vielen Dank, Mr Conklin, aber wir müssen jetzt leider weiter. Duncan macht sich jetzt schon große Sorgen.«

»Eine Schande, dass er sich an einem solchen Tag Sorgen um seine Freundin machen muss, gerade wenn er die Nachricht bekommt, dass ihm seine Kollegen zwölf Millionen Dollar schenken. Ich hoffe, es kommt alles wieder ins Lot. Duncan ist so ein netter Kerl.«

»Vielleicht ist Flower ganz in der Nähe und überrascht uns alle«, meinte Glenda. »Ich hoffe, wir sehen uns am Wochenende noch, Mr Conklin.«

Draußen im Auto mussten sie dem schrecklich aufgeregten Duncan berichten, dass niemand Flower gesehen hatte.

»Aber da drin haben auch alle sehr viel zu tun«, sagte Regan und versuchte, optimistisch zu klingen. »Dann fahren wir mal zum Busbahnhof.«

»Alles geht schief!«, rief Duncan. »Gerade hat mir Alvirah von dem Ring erzählt.« Er starrte aus dem Fenster auf die schweren Wolken und den Schnee. »Und wenn Flower nun ihr Gedächtnis verloren hat und irgendwo da draußen in diesem Wetter herumirrt?«

Beim Busbahnhof angekommen, bestand Duncan darauf, mit hineinzukommen. Regan zeigte das Foto einer Putzfrau, die den Boden beim Eingang wischte, und erklärte ihr, weshalb sie nach Flower suchten. Die Frau warf nur einen kurzen Blick auf das Bild. »Ja, die habe ich heute früh hier gesehen. Sie war in der Damentoilette und machte sich frisch, als ich dort reinkam, um die Papierkörbe zu leeren. Hübsches kleines Ding.«

»Und Sie sind sicher, dass sie es war?«, fragte Duncan noch einmal nach.

Die Frau verzog das Gesicht. »Entweder war sie es, oder sie hat eine Doppelgängerin.«

»Können Sie sich erinnern, was sie anhatte?«, fragte Regan weiter.

»Nichts Besonderes, Jeans, einen Skianorak, ich glaube, der war grau. Sie hatte einen roten Rucksack mit einem Slogan, den ich seit Jahren nicht mehr gesehen habe: Flower Power.«

»Das ist sie, kein Zweifel«, stöhnte Duncan.

»Und wann war das?«, fragte Regan.

»Na, ich würde sagen, so gegen halb elf, kurz vor meiner Pause.«

Der einsame Mann am Fahrkartenschalter hatte Flower ebenfalls bemerkt. »Ich habe gesehen, wie sie aus dem Bus gestiegen ist, und dann habe ich gesehen, wie sie rausgegangen ist. Zurückgekommen ist sie jedenfalls nicht«, berichtete er.

Duncan sah Glenda und Regan an. »Dann muss sie noch in der Stadt sein. Ich werde an jeder einzelnen Tür klingeln, wenn es sein muss.« Er drehte sich auf seinen Krücken um und humpelte, so schnell es ihm sein Gipsbein erlaubte, zurück zum Auto.

27

Vor dem einzigen Fenster in Jeds Büro, ganz oben in der Wand des Schuppens, war die Jalousie fast ganz heruntergezogen. Wenn sie hochsah, konnte Flower erkennen, dass es heftig schneite. Betty hatte alle Lichter ausgedreht, als sie gegangen waren, und Jed hatte seine drei Computer ebenfalls abgeschaltet. Es war kalt hier, obwohl sie einen einzelnen Heizlüfter angelassen hatten. Sonst würde ich wohl glatt erfrieren, dachte Flower und schauderte.

Trotz des Halbdunkels hatte sie sich mit ihrer Umgebung vertraut gemacht. Unglaublich, dachte sie, niemand würde vermuten, dass es hier so etwas gibt. Und niemand, der den jovialen Jed sah, würde auf die Idee kommen, dass er ein solches Unternehmen führte. Über der Werkbank hingen Schlüssel, Akten waren im Regal aufgereiht. Von ihrem Platz aus konnte Flower einen Bildschirm sehen, über den die Bilder von acht Überwachungskameras überall im Haus flimmerten.

Kein Fernsehen, kein Radio, kein Internet, haben sie beim Einchecken gesagt, dachte sie bitter, während sie verzweifelt versuchte, die Knoten zu lösen, die ihre Handgelenke hinter ihrem Rücken fesselten. Aber sie kam mit den Fingern gar nicht an die Schnur heran. Und der Knebel in ihrem Mund war nahe daran, sie zu ersticken. Sie versuchte, ihren Unterkiefer zu bewegen, aber auf diese Weise fiel ihr das Atmen nur noch schwerer. Beruhige dich!, ermahnte sie sich. Aber wie sollte sie ruhig bleiben? Selbst wenn Duncan ihnen das Los gab, das er ihnen gestohlen hatte, würden diese Leute sie niemals freilassen. Sie hatte sie alle gesehen, kannte ihre Namen, konnte jeden Einzelnen von ihnen identifizieren. Ihre einzige Chance war, dass sie das Los bekamen, einlösten und so schnell wie möglich das Land verließen. Dann würden sie vielleicht jemandem mitteilen, wo sie zu finden war. Aber dieser Fall war mehr als unwahrscheinlich.

Es ist alles meine eigene Schuld, dachte sie. Als sie nichts von Duncan gehört hatte, war sie gar nicht auf die Idee gekommen, ihm könnte etwas zugestoßen sein. Was er jetzt wohl von ihr dachte? Ob er wohl glaubte, sie hätte ihn verlassen? Wohl kaum, dachte sie, und Tränen schossen ihr in die Augen. Er war ein so guter Mensch. Selbst wenn sie hier heil herauskam, könnte sie ihm keinen Vorwurf machen, wenn er nichts mehr von ihr wissen wollte.

Auf dem Bildschirm sah sie ein Auto, dass die Auffahrt hinaufkam und in die erste Parkbucht fuhr. Drei Frauen stiegen aus und gingen zur Eingangstür. Jetzt kommen die Gäste zum Tee, dachte Flower. Einige von ihnen parken vielleicht hier hinten beim Schuppen. Wenn ich den Liegestuhl ein Stück bewege und gegen die Wand trete, sobald ein Wagen in der Nähe parkt, dann hört mich vielleicht jemand und wird aufmerksam auf mich.

Langsam und vorsichtig begann sie, sich selbst und den Liegestuhl vom Boden hochzuziehen und sich zentimeterweise der Wand zu nähern. Sie würde es nicht schaffen, wieder aufzustehen, wenn sie den Liegestuhl versehentlich zum Kippen brachte. Außerdem würden ihre Entführer dann merken, dass sie versucht hatte, zu fliehen. Aber was machte das schon aus? Wenn sie ihren Körper ein wenig anhob, konnte sie sich langsam über den Zementboden bewegen, auch wenn es wehtat. Draußen kamen mehr Autos an. Sie erreichte die Wand, gerade als ein Wagen vor dem Schuppen einparkte. Es klang so nah, sie konnte hören, wie die Türen geöffnet und wieder zugeschlagen wurden.

»Das kann ich dir sagen, Tishie«, hörte sie eine scharfe Frauenstimme. »Sam Conklin vermisst mich jetzt schon. Ich wusste, dass es so kommen würde, aber ich gehe jetzt auf keinen Fall ans Telefon. Nicht mit Rhoda, das kann ich dir sagen.«

»Richtig so«, antwortete Tishie.

Flower versuchte zu schreien, aber durch ihren Knebel drang nur ein leises Wimmern. Das muss die Frau aus dem Lebensmittelladen sein, dachte sie hektisch. Diese Stimme würde ich überall wiedererkennen. Aber vielleicht kann sie mich retten. Mit aller Kraft warf sie sich mitsamt dem Liegestuhl an die Wand.

»Was war das denn für ein Geräusch, Rhoda?«

»Ich hab' nichts gehört. Komm rein, wir werden ja ganz nass.«

Flower lag auf dem Zementboden und versuchte, den Liegestuhl wieder zum Stehen zu bringen, als sie hörte, wie die Tür zu Jeds Büro leise aufgeschoben wurde.

28

Ehe Duncan Flowers Mutter anrief, durchstöberten sie die Läden an der Hauptstraße. Es konnte ja sein, dass Flower irgendwo etwas eingekauft oder gefragt hatte. Sie gingen sogar zum Kino, in der Hoffnung, sie könnte sich dort die Zeit vertrieben haben, bevor sie Duncan ihren Überraschungsbesuch abstattete.

Aber niemand hatte sie gesehen.

Sie fragten im Hotel und in den zwei Bed-and-Breakfast-Pensionen nach, bei Betty und Jed und auch bei Knolls. Aber sie war nirgendwo aufgetaucht. Endlich rief Duncan zögernd Flowers Eltern an. Ihre Mutter, Margo Bradley, die er noch nicht persönlich kennengelernt hatte, war überrascht, von ihm zu hören.

»Hallo, Duncan. Ich habe versucht, Flower zu erreichen, aber sie hat ihr Telefon ausgeschaltet, und ihre Mailbox ist voll. Stimmt irgendetwas nicht?«, fragte sie schnell.

Schweren Herzens erzählte Duncan ihr, was geschehen war.

»Ich habe immer befürchtet, dass so etwas passieren würde!«, rief Margo.

»Warum?«

»Flower ist die Erbin eines großen Vermögens. Es stammt

aus der Cornflakes-Firma, die ihr Urgroßvater gegründet hat. Schon seit ihrer Geburt habe ich Angst, dass sie irgendwann entführt wird.«

»Sie erbt *was?*«, fragte Duncan fassungslos. »Im Leben wäre ich auf so etwas nicht gekommen.«

»Sie wollte nicht, dass irgendjemand davon erfuhr«, erklärte Margo ihm, deutlich hörbar in größter Sorge. »Sie wollte immer jemanden kennenlernen, der sie so liebt, wie sie ist.«

»Aber das *tue* ich«, erwiderte Duncan mit Nachdruck. »Ich wundere mich nur, denn als wir darüber gesprochen haben, wie sie aufgewachsen ist, klang das ziemlich genau wie meine eigene Kindheit.«

»Wir pflegen keinen sehr aufwendigen Lebensstil«, erklärte Margo. »Flowers Vater und ich haben uns nie viel aus dem Geld gemacht. Ich bekam die Verfügungsgewalt über meinen Treuhandfonds, als ich achtzehn wurde, und in den folgenden fünf Jahren habe ich das meiste davon an Organisationen gespendet, die ich unterstützen wollte, und dann haben wir noch einigen Leuten etwas geliehen, und danach war das meiste weg. Gerade weil ich das so erlebt habe, wurde entschieden, dass Flower erst mit fünfundzwanzig an ihren Fonds herankommt. Unsere Familie hat immer sehr zurückgezogen gelebt, aber natürlich wissen manche Leute, dass wir Geld haben. Und jetzt habe ich solche Angst, dass jemand sie verfolgt hat, jetzt, wo der Termin sozusagen vor der Tür steht.«

»Mrs Bradley, ich könnte mir vorstellen, dass die ganze Sache gar nichts mit Ihrem Familienvermögen zu tun hat. Ich habe gestern Abend zwölf Millionen Dollar im Lotto gewonnen, und das ist derzeit in aller Munde. Wenn sie tatsächlich entführt worden ist, dann könnte es etwas damit zu tun haben«, gestand Duncan.

»Aber Duncan«, erwiderte Margo ein wenig ungeduldig, »Flowers Vermögen beläuft sich auf über hundert Millionen Dollar! Ich habe immer gesagt, sie soll nicht durchs ganze Land fliegen, um ihre Zeit mit einem Mann zu verbringen, über den sie rein gar nichts weiß.«

»Aber ich *liebe* Flower!«, protestierte Duncan. »Und ich werde nicht zulassen, dass ihr etwas zustößt. Das verspreche ich Ihnen. Ich werde sie finden!«

»Bitte, erwähnen Sie Flowers Vermögen nicht in der Öffentlichkeit. Wenn es ihr gut geht und sie irgendwo da draußen herumläuft, sollte niemand auf die verrückte Idee kommen, auf eigene Faust nach ihr zu suchen.«

Duncan beendete das Gespräch und war vollkommen verwirrt. Er fand kaum die richtigen Worte, als er den anderen erzählte, was Flowers Mutter ihm gerade berichtet hatte.

»Duncan«, sagte Jack, »wir informieren jetzt Steve darüber, dass Flower vermisst wird und dass die Polizei dringend nach ihr suchen muss. Wir werden ihm sagen müssen, dass wir ernsthafte Probleme befürchten, sonst fragt er sich womöglich, warum er nach einer Vierundzwanzigjährigen suchen lassen soll, die sich nur seit ein paar Stunden nicht gemeldet hat.«

Während Jack mit Steve telefonierte, dachte Alvirah daran zurück, wie Willy entführt worden war, um ein Lösegeld zu erpressen. Sie hatte sich damals in der Absteige beworben, wo sie ihn vermutete, und war als Zimmermädchen eingestellt worden. Die Gangster, die ihn gefangen hielten, hatten vorgehabt, ihn umzubringen, sobald das Lösegeld bezahlt worden war. Aber sie hatte ihn befreien können. Wo konnte Flower versteckt sein?

Ihr Verlobungsring steckte in Alvirahs Geldbörse. Alvirah spürte eine ihrer seltsamen Eingebungen. Vielleicht konnte der Ring sie auf Flowers Spur führen?

Sie musste unbedingt mit dem Mann sprechen, der den Ring damals gefunden und bei Pettie in Kommission gegeben hatte.

29

Glendas Exehemann Harvey hatte sich mit einem Reporter und einem Kamerateam von BUZ vor dem Haus getroffen, in dem er zwölf Jahre lang mit Glenda gelebt hatte. Er hatte sich freudig bereit erklärt, das Szenario nachzuspielen, wie seine Kleider in Müllsäcken in der Auffahrt gelegen hatten und der Lieferwagen darübergefahren war. Glenda war von dieser Filmaktion nicht informiert worden.

Da ihm der Sender versprochen hatte, ihn komplett neu und besser einzukleiden, hatte Harvey die Sachen mitgebracht, die er bekommen hatte, nachdem Glendas Handeln vom Richter als böswillige Absicht verurteilt worden war. Er hatte alles in zwei Müllsäcke gestopft, wie ihn die Fernsehleute angewiesen hatten.

»Das soll schlechtes Wetter sein?«, fragte er, als er aus seinem Wagen stieg und die Säcke herauszerrte. »Kein Vergleich mit dem Tag, als es wirklich passiert ist, da hat es nämlich in Strömen gegossen. Grauenhaft! Heftige Windböen! Später vor Gericht hat Glenda behauptet, es hätte nicht geregnet, als sie die Säcke in die Auffahrt stellte, aber ich bitte Sie! Selbst ein Blinder hätte gesehen, dass es einen Wolkenbruch geben würde.«

Idiot, dachte Ben Moscarello, der Reporter von BUZ, während er Harvey die Hand schüttelte. »Hallo, Harvey. Das muss für Sie ein furchtbarer Tag gewesen sein, damals. Lassen Sie die Säcke doch einfach hier in der Auffahrt stehen. Dann können wir Sie gleich hier aufnehmen, mit den Kleidern, die aus den Säcken herausschauen.«

»Es war so demütigend! Glenda hätte meine Sachen nicht so behandeln dürfen«, sagte Harvey. Er stellte die Säcke ab, band sie auf und durchwühlte den Inhalt. Mit größter Sorgfalt zog er die Ärmel einiger Lieblingssweatshirts heraus.

»Großartig, Harvey, das sieht toll aus«, feuerte Ben ihn an.

»Ich habe Glenda vor vier Jahren einen Koffer zum Geburtstag geschenkt. Es hätte sie doch wohl nicht umgebracht, mir die Sachen da reinzupacken, ein bisschen sauber und ordentlich. Ich hätte den Koffer ja zurückgegeben.«

Natürlich, das glaube ich dir aufs Wort, dachte Ben sarkastisch. »Also, Harvey, stellen Sie sich doch bitte an die Haustür und erzählen Sie uns von dem Schrecken und dem peinlichen Moment, als Sie mit Ihrem Wagen hier ankamen und Ihre gesamte Garderobe, auf die Sie so stolz waren, über die Straße verteilt vorfanden: nass, schmutzig und überall mit Reifenabdrücken übersät.«

»Das werde ich niemals vergessen, so lange ich lebe«, sagte Harvey. »*Niemals!* Ich habe heute noch Albträume davon.«

»Warten Sie, bis die Kamera läuft«, sagte Ben, während sie den Weg zum Haus hinaufgingen. »Und erwähnen Sie bitte nicht, dass Sie um Einiges zu spät kamen, um Ihre Sachen zu holen, das würde nämlich kein gutes Licht auf Sie werfen.«

»Fünf Minuten!«, protestierte Harvey und stellte sich vor der Haustür in Positur.

»Ich weiß, aber lassen Sie es einfach weg. Es war ja schließlich auch nicht Ihre Schuld. Die Sache ist einfach die, unsere Zuschauer sehen gern unschuldige Opfer. Sie mögen sie nicht nur, sie suchen förmlich danach. Und es gibt kaum ein besseres Opfer als einen Mann, dessen Exfrau im Lotto gewinnt.«

Harvey verzog das Gesicht. »Ich werde nie darüber wegkommen.«

»Also, Kamera läuft«, unterbrach ihn Ben schnell. »Harvey, Sie sagten gerade, dass Sie niemals darüber wegkommen werden?«

»Niemals!«

»Würden Sie sagen, die entsetzliche Demütigung, all Ihre guten Kleider über die Straße verstreut zu sehen, hat sie deprimiert?«

»Ich war stinkwütend und deprimiert, und außerdem hatte ich ja überhaupt kein Geld, um mir was Neues zu kaufen. Aber dann hat der Richter Glenda zum Glück dazu verdonnert, mir die neuen Sachen zu bezahlen. Ungefähr ein Jahr hatte ich ja keine Arbeit mehr, bevor wir uns dann trennten. Ich hab nach Arbeit gesucht, und dann bin ich eines Tages in eine Go-Go-Bar gegangen und habe Penelope dort getroffen und …«

»Harvey, bitte!«, unterbrach Ben ihn. »Wir wollen nicht hören, dass Sie keine Arbeit gefunden haben, weil Sie zu beschäftigt mit Ihrer Freundin waren. Das wollen unsere Zuschauer nicht wissen!«

»Und wissen Sie, was das Schlimmste war?«, fragte Harvey. »Gleich nach der Scheidung hat Penelope mir den Laufpass gegeben.«

Der Kameramann tippte Ben auf die Schulter. »Wir müssen uns ein bisschen beeilen. Wir sollten jetzt eigentlich beim Kirchenbasar sein und das Hintergrundmaterial aufnehmen, und dann müssen wir rechtzeitig da sein, damit wir den Weihnachtsmann erwischen, wenn er in seinen Schlitten steigt.«

»Gut«, sagte Ben ungeduldig und wandte sich wieder Harvey zu. »Wir machen weiter, indem Sie uns von den zwölf wunderbaren Jahren erzählen, die Sie und Glenda miteinander verbracht haben, bevor sie sich von Ihnen trennte, und wie schockiert Sie waren, eine gemeine und bösartige Seite an ihr kennenzulernen.«

»Bösartig?«

»Sie war doch wohl nicht besonders nett zu Ihnen, oder habe ich da was falsch verstanden?«

Harvey räusperte sich. »Glenda und ich haben geheiratet, als sie zwanzig und ich vierundzwanzig war«, setzte er an. »Sie sah nicht gerade aus wie Marilyn Monroe, doch ich fand sie nett. Aber da habe ich mich geirrt.«

»Schnitt!«, stöhnte Ben erschöpft. »Harvey, geht das auch ein bisschen zügiger? Wenn Sie sich allzu lange mit dem Aussehen Ihrer Exfrau aufhalten, werden unsere Zuschauerinnen Sie hassen! Bleiben Sie einfach dabei, wie sehr Sie Ihre Frau geliebt haben.«

»Ja, ich habe sie geliebt«, sagte Harvey pflichtschuldig.

»Und ich liebe sie noch immer. Glenda ist immer noch die Nummer eins bei mir.«

Mach weiter!, flehte Ben im Stillen.

»Ich habe sie gebeten, die Sache mit mir durchzustehen«, fuhr Harvey fort, der sich allmählich in Fahrt redete. »Aber sie hat mich eiskalt abblitzen lassen, und so kam es dann zur Scheidung. Glenda hat das Haus bekommen, was ich für sehr unfair hielt, aber nachdem wir noch eine Hypothek drauf aufgenommen hatten, war es ohnehin nicht mehr viel wert, wenn Sie mich fragen.«

»Harvey«, unterbrach Ben ihn, »könnten Sie uns jetzt von den Kleidern erzählen und dabei ein Stück die Auffahrt entlanggehen?«

Harvey nickte. Mit dramatischer Geste deutete er auf die Haustür.

»Es war übrigens auch sehr unfreundlich von Glenda, so schnell die Schlösser auszuwechseln. Ich hatte gar keine Chance, all meine Sachen rauszuholen. Dann haben wir uns darauf geeinigt, dass sie meine Kleider in die Auffahrt stellt.« Er ging ein paar Schritte und zeigte auf die Müllsäcke. »Sie können nicht länger als zwei Minuten hier gestanden haben, da kam das Unwetter«, sagte er und blinzelte, weil ihm der Schnee ins Gesicht fiel.

»Gut, Harvey«, sagte Ben. »Und jetzt verteilen wir die Kleider überall auf der Straße und fahren mit unserem Wagen darüber.«

Fünf Minuten später stand Harvey auf der Straße und sah mit tränenblinden Augen seine Kleider an. »Ich konnte einfach nicht glauben, dass diese Frau, mit der ich zwölf Jahre meines Lebens verbracht hatte, mir so etwas antut«, sagte er und deutete auf seine klatschnassen Hemden und Hosen, Pullover, Socken und Wäschestücke. »Ich war vollkommen am Boden zerstört, als ich das sah. Schlimmer zerstört als meine Sachen.«

Ben winkte mit beiden Armen. Auf dieses Zeichen hin kam der Lieferwagen die Straße hinuntergefahren und überfuhr Harveys neue Kleider.

»Schnitt!«, rief Ben. »Wunderbar!«

Schon wieder hatte er ein Stück für seine Sondersendung über das *Festival der Freude* im Kasten.

30

Und das sind die Topfhandschuhe und Topflappen mit dem Festival-Logo, die wir ab heute Abend verkaufen werden«, erklärte Muffy Nora, Luke und Willy, während sie durch den voll bestückten Verkaufsbereich im Untergeschoss der Kirche spazierten. »Außerdem gibt es Aquarelle mit Szenen aus unserer Stadt, gemalt von unseren Künstlern aus der Roten Scheune. Die Rote Scheune, müssen Sie wissen, ist ein Treffpunkt für Senioren, die gern malen, und wir haben zwei professionelle Künstler, die dort ehrenamtlich Kurse leiten.«

Nora betrachtete die Bilder eingehend. »Wirklich hübsch«, sagte sie. »Einige sind wirklich hübsch. Die Leute haben echtes Talent!«

Luke, dessen Kunstgeschmack eher Richtung Georgia O'Keefe tendierte, tat so, als würde er die Bilder betrachten.

Willy erinnerte sich an Schwester Jane, seine Kunstlehrerin in der sechsten Klasse. Sie hatte einmal eines seiner schrecklich patriotischen Flugzeugposter angesehen und behauptet, es sehe aus wie »ein fliegender Fisch, den man in einen Teppich eingewickelt hat«. Gute alte Jane, dachte er. Sie hätte auch an der Mona Lisa noch was auszusetzen gehabt. Aber er würde eines der Aquarelle für Alvirah kaufen, beschloss er. Sie freute sich immer über Andenken von den Orten, wo sie gewesen waren.

Überhaupt, wo steckte eigentlich Alvirah? Wollte sie denn gar nichts zu Mittag essen? Schon während des Fluges war sie so hungrig gewesen, dass sie uralte Salzbrezeln geknabbert hatte, und dann hatte sie sich über diese Schokoladendinger aus dem kleinen Laden an der Landstraße hergemacht. Gestern Abend war sie am Ende in der Notaufnahme gelandet, bloß weil sie Hunger hatte. Was wohl passieren würde, wenn sie heute wieder so ausgehungert war? Er war in Versuchung, sie auf ihrem Handy anzurufen, aber er wusste, sie würde sich auf jeden Fall melden, sobald sie so weit war.

»Haben unsere Damen das nicht wunderbar hinbekommen? Sie haben aus diesem Keller ein richtiges Winter-Wunderland gemacht«, sagte Muffy gerade. »Das war unglaublich viel Arbeit, können Sie mir glauben.«

»Wunderhübsch«, stimmte Nora ihr zu. »Ich bin in einer Kleinstadt in New Jersey aufgewachsen, und das hat sich genauso angefühlt wie jetzt hier. Alle haben irgendwie zusammengearbeitet und sich daran gefreut. Als eine neue Kirchengemeinde gegründet wurde, haben sich tatsächlich die Männer zusammengetan und aus einer alten Scheune eine wunderschöne Kirche gemacht. O ja, das war noch echtes Gemeinschaftsgefühl. Wie schön, dass es das heute …«

»Und eins und zwei und drei«, tönte eine Stimme aus einem Nebenzimmer. Wie Donnerhall begann ein Klavier zu spielen, und dann hörte man einige Stimmen das Lied *Deck the Hall* singen.

»Das ist unser Kirchenchor, der sich für heute Abend einsingt«, erklärte Muffy. »Ach, und da ist ja auch mein lieber Steve.«

Sie drehten sich um und sahen, wie der Bürgermeister von Branscombe die Treppen hinunterkam. Irgendetwas ist passiert, dachte Luke, als er das gezwungene Lächeln auf Steves Gesicht sah und ihn dabei beobachtete, wie er eilig durch den Raum ging und die ehrenamtlichen Helfer kurz begrüßte.

»Ich habe gerade mit Jack gesprochen. Es sieht ganz so aus, als müssten wir noch mal eine Suchmannschaft losschicken«, sagte er mit angespannter Stimme. »Duncan Grahams Freundin Flower Bradley ist von Kalifornien hierhergekommen, um ihn zu überraschen. Sie ist heute früh hier eingetroffen, und dann ist sie verschwunden. Wir haben Kopien von ihrem Foto gemacht, die wir in der ganzen Stadt aufhängen können. Und dann sollten wir nicht nur den Wald absuchen, sondern auch überall klingeln und nach ihr fragen. Irgendwer muss das Mädchen doch gesehen haben.«

Nora sah den tief besorgten Ausdruck auf Steves Gesicht. »Das war aber noch nicht alles, Steve, oder? Sie haben doch noch mehr auf dem Herzen, das sehe ich Ihnen an der Nasenspitze an.«

Er blickte sich schnell um, um sicherzugehen, dass ihn niemand hören konnte.

»Duncan hat Flowers Mutter angerufen und etwas herausgefunden, was bisher niemand wusste. Wenn Flower fünfundzwanzig wird, also nächsten Monat, bekommt sie die Verfügungsgewalt über ein Treuhandvermögen. Und wenn ich Vermögen sage, dann meine ich Vermögen. Ihr

Urgroßvater hat eine der größten Cornflakes-Firmen in unserem Land gegründet«, Steve machte eine kurze Pause. »Ja, und nun befürchtet ihre Mutter, dass irgendwer Wind davon bekommen hat und Flower verfolgt hat, um sie zu entführen und ein Lösegeld zu erpressen. Aber sie will natürlich auf keinen Fall, dass das an die große Glocke gehängt wird.«

»Um wie viel Geld geht es da?«, fragte Luke.

»Mindestens hundert Millionen.«

»Jingle Bells, Jingle Bells«, sang der Chor in diesem Moment. »Jingle all the way.«

31

Im Keller von Bettys und Jeds Haus saßen Woodrow und Edmund auf einem unbequemen, staubigen alten Sofa, das nach Schimmel roch. Eine einsame Glühbirne baumelte über ihren Köpfen. Betty hatte ihnen ein paar Wolldecken gegeben, die sie sich über die Knie legen konnten, aber sie froren trotzdem und machten sich große Sorgen wegen Bettys und Jeds Plänen, Flower einfach so zu beseitigen.

Edmund hatte den Kopf in beide Hände gestützt. »Woodrow, ich hab' solche Angst!«, stöhnte er.

»Sei doch ruhig, Edmund, ich bin auch so schon nervös genug. Mein Magen macht das nicht mehr lange mit, ich hätte nicht so viele Süßigkeiten essen sollen.«

»Weißt du was, deine Magenschmerzen sind mir wirklich egal. Wir können uns doch nicht in einen Mord verstricken lassen! Hast du den Gesichtsausdruck von dem Mädchen gesehen, als wir sie gefesselt und dann dort in dem Schuppen gelassen haben? Sie hat solche Angst! Sie ist doch noch fast ein Kind!«

»Aber was sollen wir machen?«, fragte Woodrow. Er war so ärgerlich, dass er die Worte fast ausspuckte. »Wir haben keine Wahl! Wir können höchstens das Los in den Wind schreiben und machen, dass wir wegkommen, wie wir es ohnehin geplant hatten, sobald dieses Seminar zu Ende ist. Dann kriegen wir zwar das Geld nicht, aber wir werden auch nicht wegen Mordes eingebuchtet.«

»Aber genau das wird passieren, wenn wir zulassen, dass Betty und Jed das Mädchen umbringen und wir nichts dagegen unternehmen.« Edmund schluckte schwer und fuhr sich mit den Fingern durch das schüttere Haar. »Wenn wir wenigstens ein bisschen Geld geerbt hätten! Wir waren ja nie gierig im großen Stil. Ich glaube nicht, dass wir jemals Leuten was weggenommen haben, die nicht auf ein paar Dollar verzichten konnten.«

»Jetzt hör aber auf, Edmund. Denk doch mal an Duncan! Den haben wir ausgenommen wie einen Truthahn zu Weihnachten.«

Über ihren Köpfen konnten sie die Dielenbretter knarren hören. Betty eilte ständig von der Küche ins Wohnzimmer und zurück. Sie hatte offenbar viel mit ihren Gästen zu tun. »Jed«, hörte man sie ihren Mann anschnauzen, »du hast die Konfitüre für Tisch vier vergessen!«

»Ein *böses* Weib«, sagte Edmund mit zitternder Stimme. »Woodrow, sag mir doch bloß, was wir machen sollen? Ich kann das nicht. Ich kann dieses Mädchen nicht einfach hopsgehen lassen. Wir sind wirklich keine Chorknaben, aber Mörder sind wir nicht. Diese zwei da oben ...«, er deutete an die Decke, »haben offenbar überhaupt kein Problem damit. Im Gefängnis war immer davon die Rede, dass Jed noch so einiges auf dem Kerbholz hatte, für das er nie verurteilt worden ist. Er war nur blöd genug, sich bei einem Bankraub erwischen zu lassen. Mit geladener Waffe.«

»Also, was schlägst du vor?«, fragte Woodrow sarkastisch.

»Wir holen das Mädchen da raus, und dann melden wir uns bei Duncan. Sie wird bezeugen, dass wir ihr das Leben gerettet haben. Und wenn er uns das Los nicht gibt, dann machen wir, dass wir hier wegkommen.«

Woodrow sagte einen Moment lang gar nichts. Dann seufzte er: »Sag mal Edmund, wie blöd bist du eigentlich? Betty und Jed würden es niemals zulassen, dass wir lebend mit dem Mädchen dieses Haus verlassen. Vermutlich haben sie hinter Bettys Backblechen Waffen versteckt. Und wenn sie befürchten müssen, dass ihre gesamte Lebensplanung bedroht ist, dann werden sie auch nicht zögern, sie zu benutzen.«

»Dann sollten wir uns umso mehr beeilen, solange sie noch mit ihren Teegästen beschäftigt sind.«

»Und du glaubst, das Mädchen geht freiwillig mit? Nie im Leben!«

»Glaub mir, Woodrow, sie vertraut uns immer noch mehr als Betty. Ganz ehrlich, wenn ich die Wahl hätte, mit uns zu fliehen oder bei Betty und Jed zu bleiben, würde ich mitgehen.«

»Und wir retten ihr schließlich das Leben, da kann Duncan uns doch wirklich das Los zurückgeben«, stimmte Woodrow ihm jetzt zu. »Eine Hand wäscht die andere, hat Tante Millie immer gesagt.«

Edmund schnippte mit den Fingern. »Ich hab's! Wir weihen Tante Millie in unsere Pläne ein.«

»Wie soll das denn gehen?«

»Sie soll das Los bei Duncan holen. Wenn sie erfährt, dass wir 180 Millionen Dollar haben sausen lassen, wird sie sich furchtbar aufregen. Dann erklären wir ihr, dass es ein Fehler war, die Leute mit der Ölquelle übers Ohr zu hauen, dass wir aber planen, ihnen ihr Geld zurückzuerstatten. Von Flower muss sie gar nichts erfahren. Wir sagen ihr nur, sie soll Duncan anrufen und ihm sagen, dass es ihr sehr wehtäte, wenn er ihr das Los nicht zurückgäbe, das sie im Laden hier gekauft hat, als sie das letzte Mal bei uns zu Besuch war. Und ihre Neffen wollen nicht, dass man ihr oder irgendjemand anderem wehtut. Wenn er diese verschlüsselte Botschaft nicht kapiert, ist er wirklich ein Vollidiot.«

»Aber er *ist* ein Vollidiot!«

»Macht doch nichts. Ich glaube, das wird funktionieren. Tante Millie muss überhaupt nichts von Flower erfahren. Und wir hauen in Jeds Wagen mit Flower von hier ab und schlagen uns nach Kanada durch. Ich habe Jeds Autoschlüssel an einem Haken im Schuppen gesehen. Kein Mensch kommt darauf, nach diesem Wagen zu fahnden, und er wird sich hüten, ihn als gestohlen zu melden. Wir sagen Millie, sie soll sich ein Taxi nehmen und nach Branscombe fahren. Um zehn Uhr kann sie hier sein. Und sobald wir hören, dass sie das Los in ihren kleinen, warmen Händen hält, lassen wir Flower frei.«

»Und wenn wir doch erwischt werden, können wir uns immer noch damit trösten, dass es ein bisschen Geld in der Familie geben wird, wenn wir wieder aus dem Knast kommen«, sagte Woodrow düster.

»Wenn sie es bis dahin nicht verzockt hat.«

Woodrow zog ergeben die Schultern hoch. »Und wir wissen auf jeden Fall, dass wir etwas Gutes und Richtiges getan haben, indem wir Flower das Leben gerettet haben.«

»Also, dann lass uns Tante Millie anrufen, aber schnell«,

sagte Edmund. »Ich will das Mädchen möglichst bald hier draußen haben.«

Tante Millie war auf einer Schnellwahltaste von Woodrows Handy eingespeichert, und er war alles andere als überrascht, sie schon nach dem ersten Klingeln zu hören.

»Ja, Woodrow, welchem glücklichen Umstand verdanke ich denn diese Ehre?«, fragte sie ein wenig spitz. »Es ist immer schön, deine Stimme zu hören, aber normalerweise führst du etwas im Schilde, wenn du mich anrufst.«

»Edmund und ich wollten nur mal hören, wie es dir geht«, sagte Woodrow unschuldig.

»Das kann ich dir sagen: Ich langweile mich zu Tode. Ins Casino kann ich erst wieder, wenn meine nächste Rente da ist. Das Leben ist grauenhaft, so ganz ohne Geld. Also, was gibt's?«

»Nun, wir haben eine gute und eine schlechte Nachricht.«

»Schieß schon los, erst die gute.«

»Wir haben Lotto gespielt und 180 Millionen Dollar gewonnen.«

»Wie bitte? Das ist ja unglaublich! Und was kann dann wohl die schlechte Nachricht sein?«

»Wir waren da gerade mitten in einer kleinen Betrügerei und …«

»Ihr zwei lernt es wohl nie, oder?«

»Also, jetzt hör mal, wir waren immerhin schlau genug, im Lotto zu gewinnen.«

»Stimmt auch wieder.«

»Ja, nun hat uns aber jemand das Los aus dem Gefrierschrank gestohlen, und wir möchten, dass du es zurückholst. Wir wissen ganz genau, wer es hat. Sein Name ist Duncan

Graham, und wie du dir vielleicht denken kannst, haben wir ihm Aktien von unserer guten alten Ölquelle verkauft.«

»Du bringst mich ja ganz durcheinander! Warum um Himmels willen sollte der mir wohl das Los zurückgeben?«

Woodrow zögerte einen Moment. »Er hat schon einen Anteil an dem zweiten Gewinnlos, das heißt, er kriegt sowieso zwölf Millionen Dollar auf die Hand. Aber er hat unser Los gestohlen, und das weiß er ganz genau. Wir wollen ihm weismachen, dass das Los dir gehört. Und wir wollen ihm damit Angst einjagen, dass es ihm sehr, sehr leidtun wird, wenn er dir das Los nicht zurückgibt. Schließlich bist du die rechtmäßige Besitzerin, denn du hast es gekauft, als du deine beiden lieben Neffen vor ein paar Tagen besucht hast. Verstehst du?«

»Ja, das ist wirklich eine großartige Idee! Vertraut mir nur, ich weiß genau, was zu tun ist. Ein Drittel für mich, abgemacht?«

Woodrow schluckte schwer. »Aber klar, Tante Millie. Und wir bezahlen dir sogar noch das Taxi nach Branscombe.«

»Dann brauche ich jetzt die Telefonnummer von diesem Duncan.«

Als Woodrow einige Minuten später das Handy zuklappte, sah er seinen Cousin an. »Was für ein Glück, dass wir sie haben«, sagte er. »Auch wenn sie ein bisschen gierig ist. Sie will ein Drittel.«

»Zwei Drittel vom Kuchen sind besser als nichts«, erwiderte Edmund. »Und jetzt nichts wie raus hier.«

32

Was soll das denn werden?«, fragte Betty wütend und stellte Flowers Liegestuhl wieder hin. »Du versuchst doch nicht etwa, Hilfe herbeizurufen? Keine gute Idee. Vielleicht interessiert es dich, zu erfahren, dass jemand hier war und nach dir gefragt hat. Vielleicht wollte dich dein Freund ja doch nicht loswerden.«

Sie zog die Schublade am Computertisch auf und holte eine dicke Rolle mit schwarzem Klebeband heraus. Dann zerrte sie den Liegestuhl bis an den Computertisch und band mit schnellen Bewegungen Stuhl und Tisch zusammen. Mit einem Blick in Flowers erschrockene Augen sagte sie: »Wenn du weißt, was gut für dich ist, dann machst du so was nicht noch mal.« Dann zog sie ein Geschirrtuch aus ihrer Schürzentasche und verband Flower die Augen. »Besser, du siehst nicht so viel«, murmelte sie gereizt. »So, und jetzt muss ich zurück zu meinen Gästen.«

Sie bringt mich um, dachte Flower, als die Tür wieder zugeschoben wurde. Das ist das Ende. Sie strampelte verzweifelt, um sich zu befreien.

Ein paar Minuten später ging die Tür wieder auf. O Gott, dachte Flower, jetzt ist es so weit, jetzt bringt sie mich wirklich um.

Aber dann hörte sie die Stimme von einem der beiden Finanzberater, die mitgeholfen hatten, sie zu fesseln. Er sprach sehr leise. »Keine Angst, Flower, wir holen dich hier raus. Wir wollen nur unser Los wiederhaben, das dein Freund geklaut hat. Die beiden da drinnen wollen dich umbringen, aber das lassen wir nicht zu.«

»Ach, so ist das also?«, rief Betty, die hinter ihnen stand.

Flower hörte den Mann nur erschrocken aufschreien, dann gab es einen dumpfen Aufprall, und er fiel neben ihr auf den Zementboden.

33

Steve braucht das Foto von Flower drüben beim Kirchenbasar«, sagte Jack. »Da können wir Kopien machen. Er sagt, es sind so viele Leute unterwegs. Wir können allen das Foto zeigen. Ein guter Ort, um mit der Suche anzufangen.«

Die Straßen werden glatt, dachte Duncan besorgt, und mit jeder Minute wird es dunkler. Was kann ihr nur zugestoßen sein? Wie kann das nur passiert sein? Wäre ich gestern Abend doch nur zu Hause geblieben!

Es ist wie mit der Ruhe vor dem Sturm, dachte Alvirah. Die Straßen sind ganz verlassen, wahrscheinlich bereiten sich alle auf die Eröffnungsfeier mit den Kerzen vor und warten auf die Schlittenfahrt des Weihnachtsmannes durch den Schnee. Aber dann sah sie, dass der Parkplatz vor der Kirche fast voll war. Jack hielt direkt vor der Kirchentür, Glenda und Regan sprangen aus dem Wagen, um Duncan zu helfen, der auf seinen Krücken noch sehr unsicher ging.

»Ich leiste dir beim Einparken Gesellschaft, Jack«, sagte Alvirah.

»Das ist doch albern, Alvirah.«

»Nein nein, mach du nur, ich muss noch mal kurz telefonieren.«

Als Regan die Autotür geschlossen hatte, sagte Alvirah:

»Ich wollte das nicht erwähnen, solange Duncan im Wagen ist, weißt du. Ich muss unbedingt mit diesem Mann sprechen, der den Ring gefunden hat. Ich halte es nämlich für sehr wahrscheinlich, dass die Frau, die möglicherweise Mrs O'Keefes Freundin Kitty umgebracht hat, sich hier irgendwo aufhält. Und ich halte es für möglich, dass sie Flower getroffen hat. Wenn sie tatsächlich hier im Ort wohnt, dann hat sie die Geschichte mit dem Lottogewinn sicher mitbekommen.«

»Es ist auf jeden Fall einen Versuch wert«, stimmte Jack ihr zu. »Der Ring ist ja nicht vom Himmel auf die Straße in Branscombe gefallen.«

Aber Rufus Blackstone ging immer noch nicht ans Telefon. »Warum hat der Kerl keinen Anrufbeantworter?«, schimpfte Alvirah. »Heutzutage … Ich versuche es mal bei Mrs O'Keefe, vielleicht erinnert sie sich ja noch an diese Frau. Kann allerdings sein, dass sie mir böse ist, weil ich mich so lange nicht mehr gemeldet habe.«

»Wer kann dir schon lange böse sein, Alvirah«, sagte Jack liebenswürdig und fuhr in eine Parklücke.

Alvirah begann, die Nummer einzugeben. »Ich vergesse nie eine Telefonnummer«, sagte sie. »Schon gar nicht die von Mrs O'Keefe. Sie hat ständig bei mir angerufen und mir auf den Anrufbeantworter gesprochen. Ob ich ihre Brille gesehen hätte, ihre Schlüssel, ihr Adressbuch … Hallo, Bridget? Ja, hier ist Alvirah Meehan …« Sie lachte. »Nein, ich bin nicht vornehm geworden, und ja, ich würde gern demnächst mit dir Mittagessen gehen. Aber weißt du was, mir ist heute etwas ganz Seltsames passiert. Ich bin gerade in einer kleinen Stadt in New Hampshire, und da habe ich im Schaufenster des Juwelierladens Kittys Ring entdeckt. Ich bin absolut sicher, dass er es ist.«

Am anderen Ende der Leitung schnappte Alvirahs frühere Arbeitgeberin, die vor dem Fernseher saß und eine Soap ansah, heftig nach Luft. »Erst letztens habe ich an den Ring gedacht. Wie ist er denn um Himmels willen bei diesem Juwelier gelandet?«

»Ein Mann hier aus dem Ort hat ihn gefunden. Ich versuche gerade, ihn zu erreichen, und in der Zwischenzeit dachte ich, vielleicht erinnerst du dich noch an die Frau, die damals bei Kitty gearbeitet hat. Ich habe sie nur einmal von Weitem gesehen.«

Mrs O'Keefe stellte ihren Fernseher leiser. »Die Sache mit Kitty geht mir immer noch nah. Diese Frau ... später hat sich ja herausgestellt, dass sie einen falschen Namen benutzt hatte ... also, diese Frau jedenfalls war am Anfang richtig zuckersüß, aber dann fing sie an, Kitty herumzukommandieren.«

»Ja, ich kann mich erinnern, dass du dir deshalb Gedanken gemacht hast. Aber wie sah sie aus?«

»Sie hatte ein rundes Gesicht mit so einem Dauerlächeln, das einem schon fast unheimlich werden konnte. Braune Haare. Mittelgroß, aber ziemlich kräftig gebaut. Sie tat immer so, als mache sie sich Sorgen um Kitty, und sagte, sie wolle sie ›aufpäppeln‹. Kitty war schon ganz genervt, weil sie ständig am Backofen stand und Kuchen und Plätzchen backte, die sie dann allerdings zum größten Teil selbst aufaß. Wenn man sich das vorstellt ... da raubt sie die arme Kitty aus und schubst sie die Treppe runter. Denn so ist es doch gewesen, nicht wahr? Wenn du sie findest, Alvirah, dann hätte ich liebend gern Gelegenheit, ihr ins Gesicht zu spucken.«

»Ach, Bridget, du kannst dir gar nicht vorstellen, wie gern ich sie finden würde. Kitty war eine so reizende Person. Ich rufe dich an, sobald ich wieder in New York bin. Den Ring habe ich schon, und wenn Kittys Neffe sein Okay gibt, dann bringe ich ihn dir mit. Kitty hat so oft gesagt, dass sie ihn dir vermachen will.«

»Ach, Alvirah, du bist einfach unglaublich lieb. Der Ring macht uns Kitty nicht wieder lebendig, aber so fühle ich mich doch noch enger mit ihr verbunden.«

Alvirah verabschiedete sich und klappte ihr Handy zu. »Das war jetzt nicht besonders hilfreich«, gab sie zu. »Die Verdächtige ist eine leidenschaftliche Bäckerin. Wobei mir gerade einfällt, ich habe Hunger.« Sie griff in ihre Handtasche und holte eins von den Schokoladenbonbons heraus. »Willst du auch eins, Jack?«

»Unbedingt«, antwortete er. Während er es aus der rotgrünen Folie wickelte, fragte er: »Wie geht es eigentlich deinem Kopf?«

Alvirah öffnete die Autotür. »Darüber denke ich nach, wenn Flower wieder wohlbehalten bei uns ist.«

Jack stützte sie, als sie vorsichtig über den Parkplatz gingen. In der Kirche angekommen, begaben sie sich ins Untergeschoss, das festlich geschmückt war und in dem es förmlich von lächelnden Ehrenamtlichen wimmelte. Der Chor probte in einem Nebenraum.

Alvirah wandte sich Jack zu und sang ein wenig mit, aber sie traf den Ton nicht ganz.

»Jack!«

Sie drehten sich beide um und sahen Regan, die auf sie zugeeilt kam. »Duncan hat gerade einen Anruf von einer alten Tante der Winthrops bekommen. Sie wissen, dass er das Los hat. Und sie hat gesagt, er solle es lieber nicht einlösen, denn es gehöre ihr, und es würde ihr sehr wehtun, wenn sie es nicht wiederbekäme.«

»Wehtun?«, wiederholte Jack.

»Das hat sie gesagt. Duncan ist sicher, dass das eine versteckte Drohung ist und dass die Kerle Flower in ihrer Gewalt haben, aber die Tante hat aufgelegt, bevor er nachfragen konnte.«

»Und wie soll er ihr das Los zukommen lassen?«, fragte Alvirah.

»Sie hat gesagt, sie rufe später wieder an. Duncan weiß, dass sie das Los nicht gekauft haben kann, aber das ist ihm gleichgültig. Er gibt es ihr auf jeden Fall, sagt er.«

Alvirah war der Verzweiflung nahe. Sie hatte immer noch ein bisschen gehofft, dass Flower vielleicht zum Skifahren gegangen war und Duncan erst heute Abend besuchen wollte. Solche Entführungen sind eine schlimme Sache, dachte sie. Es bestand immer das Risiko, dass die Entführer in Panik gerieten, und dann …

Sie wusste, dass Jack und Regan genau dasselbe dachten wie sie.

34

Du elender Verräter!«, schrie Betty, die über dem benommenen Edmund stand. Sie hatte ihm einen kräftigen Karateschlag ins Genick verpasst, von dem er sich erst langsam erholte.

»Keine Sorge«, sagte Jed leise von der Tür aus. Er zielte mit einer Pistole auf Edmund. »Wir müssen ihn fesseln, Betty.«

»Was glaubst du wohl, was ich hier gerade mache?«, fragte sie gereizt und griff nach dem Klebeband. »Ich muss wieder da rein, die Leute verschlingen meine Scones wirklich massenweise.«

Mit raschen Bewegungen band sie Edmund die Hände hinter dem Rücken zusammen und wickelte ihm das Band um die Fußgelenke.

In diesem Augenblick hörten sie, wie die Tür des Schuppens sich öffnete und wieder schloss.

»Der Nächste bitte«, brummte Jed leise und hob die Waffe wieder, die er noch in der Hand hatte.

Betty war gerade dabei, Edmund einen Knebel in den Mund zu schieben; er konnte gerade noch schreien: »Lauf weg, Woodrow!«

Aber es war zu spät.

Sekunden später zerrte Jed Woodrow in sein Büro, die Pistole die ganze Zeit auf seine Schläfe gerichtet. »Also wirklich, Betty, es sieht ganz so aus, als müsstest du mir heute Abend am Devil's Pass behilflich sein. Jetzt haben wir schon drei Badegäste.«

»Was redest du denn da, Jed?«, fragte Woodrow mit zitternder Stimme.

»Dein Cousin hat gerade gesagt, ihr wolltet die Kleine laufen lassen. Das wäre aber ganz schlecht für Betty und mich, meinst du nicht?«

»Wir wollten sie nicht laufen lassen!«

»Sondern?«, fragte Betty knapp, drehte ihm die Arme auf den Rücken und fesselte ihn mit Klebeband.

»Lass uns doch darüber reden«, flehte Woodrow. »Wenn wir das Los einlösen, wollen wir nur zehn Prozent vom Gewinn, den Rest könnt ihr haben.«

»Nur, wenn ihr noch ein paar Ölaktien obendrauf legt«, schnauzte Betty ihn an. »Ich kann eure ewigen Lügen nicht mehr hören.«

Sie schob ihm einen Knebel in den Mund.

Fünf Minuten später, nachdem alle drei Gefangenen sicher gefesselt und geknebelt waren, ging Betty schon wieder durch ihren Teesalon, wo Rhoda Conklin und Tishie Thornton sich angeregt mit den zwei Frauen vom Nachbartisch unterhielten.

»Und dann hat Pettie doch tatsächlich Duncans Verlobungsring in sein Schaufenster gelegt«, berichtete Tishie ihren Zuhörerinnen gerade. »Duncan war natürlich furchtbar wütend.«

»Heute Morgen ist ein Mädchen im Laden gewesen und hat nach ihm gefragt«, fügte Rhoda hinzu. »Aber das kann wohl kaum seine Freundin gewesen sein, sie war vollkommen verblüfft, als ich ihr gesagt habe, er hätte gekündigt, weil er im Lotto gewonnen hat.«

Eine der anderen Frauen machte eine wegwerfende Handbewegung. »Vielleicht ein Mädchen, das mitgekriegt hat, dass er was gewonnen hat, und jetzt versucht, sich an ihn ranzumachen.«

»Tja, wer würde schon zur Arbeit gehen, wenn er gerade zwölf Millionen Dollar gewonnen hat?«, lachte die andere. »Nicht wahr, Rhoda?«

»Ist nicht mehr mein Problem, wer zur Arbeit geht oder nicht«, zischte Rhoda. »Und auch Duncans Freundinnen sind nicht mehr mein Problem.«

Sie wissen noch nicht, dass sie vermisst wird, dachte Betty erleichtert, während sie einen frei gewordenen Tisch abräumte. Wir müssen Flower und die anderen zwei hier rausbringen, sobald es dunkel wird.

Rhoda sah sie und beugte sich zu ihr hinüber. »Könnten wir dann die Rechnung haben? Ich habe mich schon gefragt, wo Sie sind. Wir hätten eigentlich gern noch eine Tasse Tee getrunken, aber jetzt ist es zu spät. Ich habe sogar in der Küche nach Ihnen geschaut.«

Hoffentlich hat sie nicht auch noch im Hauswirtschaftsraum nachgesehen, dachte Betty unsicher. Sie hatte Flowers Mantel in den Waschkorb geworfen und ihren Rucksack dahinter geschoben. Ob Rhoda etwas mitbekommen hatte? »Tut mir leid«, sagte sie lächelnd. »Ich habe so viel um die Ohren wegen des Festivals, ich komme kaum noch nach.«

»Das Festival geht uns zum Glück nichts an«, sagte Tishie obenhin. »Ich halte das ganze Getue ohnehin für ziemlichen Blödsinn.«

»Wirklich, vollkommener Blödsinn«, bestätigte Rhoda und griff nach ihrer Handtasche. »Diesmal bin ich dran mit Zahlen, Tishie. Vielen Dank fürs Abholen, bei dem Wetter kann ich einfach nicht fahren. Die Straßen werden ja wirklich spiegelglatt bei dem vielen Schnee. Gott sei Dank ziehe ich morgen zurück nach Boston.«

Gott sei Dank, aber wirklich, dachte Betty.

35

Nachdem sie das Los sicher in den Gewölben der Bank von Branscombe verstaut hatten, beschlossen Ralph, Tommy und Marion, sich erst zu Beginn der Eröffnungsfeier wieder zu treffen. Ralph und Judy waren Hand in Hand zu ihrem Auto gegangen, Tommy blieb unter ständiger Beobachtung durch seine Eltern und steuerte ihren zehn Jahre alten Variant durch die verschneiten Straßen. Marion war mit dem eigenen Wagen nach Hause gefahren.

In ihrem Haus angekommen, legte Marion die Schlüssel auf den Küchenschrank und ging in ihr Schlafzimmer. Jetzt ziehe ich mir erst einmal etwas Bequemes an, dachte sie, dann mache ich mir eine Tasse Tee und ruhe mich ein paar Stunden aus. Die ganze letzte Nacht habe ich kaum ein Auge zugetan.

Unwillkürlich kamen ihr die Tränen. Sie zog ein Taschentuch aus der Schublade und wischte sich die Augen trocken. Ich fühle mich so einsam, dachte sie. Die Sache mit dem Geld ist natürlich ganz wunderbar, aber ich werde meine Freunde so vermissen! Bis jetzt habe ich sie jeden Tag gesehen – meine Kollegen und unsere Stammkunden. Was soll ich denn nur den ganzen Tag machen, wenn ich nicht mehr in der Bäckerei stehe?

Sie zog sich den Bademantel an, band ihn zu und rief sich zur Ordnung. Millionen von Menschen würden sonst was dafür geben, an meiner Stelle zu sein, sagte sie sich. Ach, wenn wenigstens Gus noch leben würde! Wir hätten so viel Spaß damit, unsere Reisen zu planen. Sie erinnerte sich an die vielen Fotos von Pinguinen, die ihr eine Kundin nach einer Kreuzfahrt in die Antarktis gezeigt hatte.

Gus und ich hätten vermutlich auf die Pinguine verzichtet und uns ein wärmeres Reiseziel ausgesucht, dachte sie wehmütig.

In der Küche schaltete sie den Wasserkocher ein, öffnete den Hängeschrank und nahm eine Tasse und einen Teebeutel heraus. Ich werde Glenda anrufen, dachte sie, griff nach dem Hörer und suchte die Nummer aus der Liste heraus, die an ihrem Kühlschrank hing. Als Glenda ans Telefon ging, konnte Marion das Summen der Stimmen im Hintergrund hören. »So, Glenda, das Los ist in Sicherheit«, sagte sie fröhlich. »Wie geht es Duncan?«

»Nicht besonders gut«, antwortete Glenda schnell. »Seine Freundin ist verschwunden.«

»Was?«

Glenda brachte sie auf den neuesten Stand. »Ich bin auf dem Kirchenbasar, und wir zeigen überall ihr Foto herum. Ja, und dann haben wir auch noch den Blumen-Ring aus dem Juwelierladen geholt, und es hat sich herausgestellt, dass er vor acht Jahren gestohlen wurde.«

»Der Blumen-Ring?«

»Ja, Duncans Verlobungsring. Er hat die Form einer Blüte. Und er wurde … Marion, es ist jetzt gerade schlecht, ich kann nicht lange telefonieren.«

»Kann ich denn nicht irgendwie helfen?«, rief Marion ein wenig verzweifelt.

»Du kannst bei dem Schnee doch nicht draußen rumlaufen und an Haustüren klingeln!«

»Also, Glenda, jetzt tu aber mal nicht so, als wäre ich reif fürs Altersheim. Vergiss bitte nicht, dass ich bis gestern jeden Tag in der Bäckerei gestanden habe.«

»Nein, aber ich wüsste wirklich etwas, das du tun kannst. Ich lasse dir das Foto von Flower rübermailen. Und dann könntest du es ausdrucken, zu Conklin's gehen, dich dort an die Tür stellen und jedem Kunden das Foto zeigen. Vielleicht hat sie ja doch jemand gesehen.«

»Zu Conklin's?«, fragte Marion zögernd.

»Ach, das habe ich dir ja noch gar nicht erzählt! *Das Stinktier* ist weg, endgültig! Sie und Sam haben sich heute Morgen so sehr gestritten, dass sie sich getrennt haben. Er ist ganz außer sich vor Freude.«

»Großartig, dann schick mir die E-Mail so schnell wie möglich, ich mache mich sofort auf den Weg.« Marion legte den Hörer auf. Ein Ring in Blütenform, dachte sie, als sie zurück in ihr Schlafzimmer eilte. Ich bin sicher, so einen Ring habe ich bei irgendwem schon mal gesehen.

Aber bei wem?

Und wann?

36

Betty trug das letzte Tablett mit Teetassen und Kuchentellern in die Küche. Sie stellte es neben dem Spülbecken ab und betrat mit schweren Schritten den Hauswirtschaftsraum.

»Was machst du denn da?«, fragte Jed.

»Ich will bloß überprüfen, ob man diesen Rucksack sehen kann. Rhoda Conklin war in der Küche, als wir im Schuppen waren. Sie hat Flower heute früh im Lebensmittelladen gesehen, und es könnte ja sein, dass sie ihren Rucksack wiedererkannt hat.« Betty starrte das rote Gepäckstück an, das hinter dem Waschkorb hervorlugte. »Ein kleines Stück kann man sehen, aber nicht so viel, dass es großartig auffällt. Wenn dieses Flower-Power-Logo zu sehen gewesen wäre, könnten wir Schwierigkeiten bekommen.« Sie griff nach dem Rucksack und Flowers Mantel und warf beides Jed zu. »Fahr den Wagen direkt neben den Schuppen und versteck die Sachen schon mal darin. Wir müssen die drei so schnell wie möglich von hier wegschaffen.«

»Aber Betty, es ist noch nicht mal dunkel! Wir sollten noch warten«

»Jetzt stell dich doch nicht so dämlich an! Rhoda Conklin, das alte Tratschmaul Tishie Thornton und noch zwei

Frauen haben sich gerade da drin über Flower unterhalten. Sie wissen noch nicht, dass sie verschwunden ist, aber ich bin sicher, inzwischen spricht sich das herum. Wir können nicht riskieren, dass die Polizei hier auftaucht und herumschnüffelt. Die brauchen nämlich keinen Durchsuchungsbefehl, um rund ums Haus zu spazieren und das Auto von den Winthrops hinter dem Schuppen zu sehen. Wie du dich möglicherweise erinnerst, haben sie uns erzählt, dass die Polizei vielleicht schon hinter ihnen her ist.«

»Nicht so laut!«, zischte Jed sie an. »Könnte doch sein, dass jemand oben ist.«

»Da oben ist jetzt niemand. Was sollen denn die Fernsehleute hier, die müssen doch das Festival filmen«, zischte sie zurück.

»Trotzdem, wir müssen warten, bis es dunkel wird«, sagte er bestimmt. »Das dauert doch nur noch eine halbe Stunde.«

»Dann fahr schon mal den Wagen nach hinten und bleib bei ihnen im Schuppen, bis wir losfahren. Das Mädchen ist ganz schön clever, sie hat schon eine Möglichkeit gefunden, Krach zu schlagen. Hätte gut sein können, dass sie jemand gehört hätte, wie sie gegen die Wand getreten hat. Aber ich habe sie ja noch rechtzeitig erwischt.«

»Jaja, du hast sie rechtzeitig erwischt, ich hab's gehört. Du bist überhaupt das ganz große Genie des Tages. Darf ich dich daran erinnern, dass das hier alles deine Schuld ist? Du hättest ganz anders reagieren müssen, als die Winthrops an unserer Hintertür auftauchten.«

»Und du hättest dich im Knast niemals mit ihnen anfreunden dürfen!« Betty begann vor lauter Nervosität, die

Tassen zu spülen. »Ich sag dir was, Jed, wenn wir die drei los sind, sollten wir ernsthaft darüber nachdenken, möglichst bald von hier zu verschwinden. Wenn Flower nicht wieder auftaucht, wird man hier eine ganze Reihe von unangenehmen Fragen stellen. Die anderen zwei sind nicht so wichtig. Aber wenn die Polizei mal richtig nachgräbt, findet sie ziemlich schnell heraus, dass die echte Betty und der echte Jed Elkins in Wirklichkeit vor sechs Jahren bei einem Busunfall in Deutschland ums Leben gekommen sind.«

37

Also, Duncan, wenn Sie aus dem Anruf dieser Frau eine Drohung herausgehört haben, dann könnte das bedeuten, dass die beiden Kerle Flower in ihrer Gewalt haben«, sagte Jack geradeheraus.

»Das sollten wir wohl lieber im Büro besprechen«, schlug Steve vor. »Gleich da hinten, die letzte Tür, da können wir in Ruhe alles bereden.«

Steve und Muffy, die Reillys, Alvirah und Willy sowie Glenda und Duncan folgten ihm in das Büro. Jack schloss als Letzter die Tür hinter ihnen.

»Sie müssen Flower bei sich haben«, platzte Duncan heraus. »Deshalb soll ich das Los an ihre Tante übergeben. Warum hat sie bloß aufgelegt? Ich habe doch gar nicht abgelehnt, das Los herauszugeben!«

»Sie spielt mit Ihnen, Duncan«, erklärte Regan. »Sie weiß ganz genau, was sie tut.«

Duncan zeigte aufs Fenster. »Bald wird es dunkel. Ich kann doch hier nicht bloß rumsitzen und warten, dass sie wieder anruft! Wir müssen da raus und nach Flower suchen. Kann sein, dass ihr das komisch findet, aber ich habe die ganze Zeit das Gefühl, sie bittet mich, sie zu finden, bevor es zu spät ist.«

»Wir werden nach ihr suchen, Duncan, ganz bestimmt«, beeilte sich Jack zu sagen. »Aber so wie die Dinge liegen, können wir ihr Verschwinden noch nicht offiziell als einen Entführungsfall behandeln. Sie haben den beiden Kerlen ein Los weggenommen, und jetzt wollen die es wieder haben. Es könnte einfach ein zufälliges Zusammentreffen sein, dass Flower verschwunden ist. Außerdem könnte ihr Verschwinden auch etwas ganz anderes bedeuten, nachdem wir jetzt wissen, dass sie ein Vermögen erbt. Und die Polizei muss im Moment noch berücksichtigen, dass sie erwachsen und noch nicht sehr lange verschwunden ist. Sie hat heute früh ein paar Mal versucht, Sie zu erreichen, da könnte es doch gut sein, dass sie in den nächsten paar Minuten in die Kirche spaziert kommt.«

»Nein, das kann nicht sein«, erklärte Duncan. »Ich weiß, dass sie irgendwo da draußen ist, und ich weiß, dass sie meine Hilfe braucht.«

»Dann sollten wir jetzt endlich anfangen«, sagte Regan. »Steve, können wir den Kopierer benutzen, um noch ein paar Kopien von dem Foto zu machen?«

»Ja.«

»Hier haben wir auch die Einladungen zum Festival kopiert«, berichtete Muffy. »Ich kann das Foto einscannen und ausdrucken, und wir können auch gleich eine E-Mail an möglichst viele Leute rausschicken. Wir haben nämlich so ziemlich alle E-Mail-Adressen hier in der Stadt in unserer Datei. Ich schicke einen Notruf mit Personenbeschreibung raus und hänge das Foto an.«

»Großartig«, erwiderte Regan.

»Ich habe Marion versprochen, dass ich ihr das Foto schicken lasse«, sagte Glenda. »Sie wollte damit zu Conklin's gehen und es allen Kunden zeigen.«

»Und ich rufe unseren Polizeichef an«, erklärte Steve. »Der kann uns ein paar Notrufnummern für eingehende Informationen freihalten. Eine davon schreiben wir mit in die E-Mail, damit die Leute wissen, wo sie anrufen sollen.«

Duncan hatte das Foto nicht mehr losgelassen, seit Glenda es ihm auf der Hauptstraße zurückgegeben hatte. Jetzt nahm er es vorsichtig aus dem Rahmen und reichte es Muffy, die sich sofort an den Computer setzte und das Einscannen übernahm. All die Aktivitäten um ihn herum schienen ihm wieder etwas Hoffnung zu geben.

»Kommen Sie, Duncan, wir zeigen das Foto jetzt allen ehrenamtlichen Helfern, die hier versammelt sind«, sagte Alvirah tröstend zu ihm. »Und dann machen wir auf der Straße weiter. Innerhalb der nächsten Stunde haben wir jeden einzelnen Bürger dieser Stadt irgendwie erreicht.«

»Steve und ich müssen in ein paar Minuten rüber in den Park«, sagte Muffy, während der Drucker die Kopien des Fotos ausspuckte. »Wir müssen dort sein, wenn der Weihnachtsmann ankommt. Wir schicken euch ein paar Helfer, die das Foto überall verteilen.«

»Es werden doch sicher viele Leute an der Strecke stehen, die der Weihnachtsmann entlangfährt, oder?«, fragte Nora.

»Auf jeden Fall«, erwiderte Steve. »Sie versammeln sich jetzt schon dort. Manche Leute scheren sich nicht um die Kälte und den Schnee, wenn sie nur einen guten Platz bekommen.«

»Luke und ich können die Strecke abgehen und den Zuschauern das Foto zeigen.«

»Genau«, bestätigte Luke. Er legte Duncan die Hand auf die Schulter, wusste aber nicht, was er sagen sollte. Nur zu gut konnte er sich noch erinnern, wie viel Angst er und sein Fahrer gehabt hatten, als sie entführt und in einem leckgeschlagenen Boot sich selbst überlassen worden waren. »Beeilt euch«, drängte er.

»Ich gehe mit euch«, bot Willy an. »Es sieht vielleicht nicht so aus, aber ich bin immer noch ganz schön gut zu Fuß. Alvirah will sicher in der Nähe von Jack, Regan und Duncan bleiben. Es ist ohnehin am besten, wenn wir uns gut verteilen und so viel wie möglich abdecken.«

»Aber bevor wir uns trennen, hätte ich noch eine Frage, Muffy«, unterbrach ihn Alvirah. »Kennen Sie Rufus Blackstone?«

»Rufus Blackstone? Ja, natürlich. Er spielt den Scrooge in der Weihnachtsgeschichte von Charles Dickens. Sie haben noch im Rathaus geprobt, aber jetzt sollten sie eigentlich beim Umziehen sein. Wieso fragen Sie?«

»Ich versuche schon seit Stunden, ihn zu erreichen. Er hat seinerzeit den Ring gefunden, den Duncan als Verlobungsring für Flower gekauft hat, und ich wollte ihm dazu ein paar Fragen stellen. Es scheint nämlich, als wäre dieser Ring vor einigen Jahren gestohlen worden. Und wir sollten keine Möglichkeit außer Acht lassen.«

Regan sah Alvirah an. »Ich gehe gleich mit dir rüber«, sagte sie.

Dann wandte sie sich an Jack. »Wir brauchen nur ein paar Minuten. Willst du mit Glenda schon mal anfangen, das Bild bei den Helfern rumzuzeigen?«

»Gute Idee.«

Gemeinsam verließen sie das Büro des Bürgermeisters, Stapel mit Kopien in den Händen. Steve winkte einen Helfer heran. »Sei so gut und setz diese Leute …«, er zeigte auf Luke und Nora, »… an der Strecke des Weihnachtsmannes ab.«

»Geht klar, Herr Bürgermeister.«

»Und diesen Herrn …«, er zeigte auf Willy, »… bitte auf halbem Weg zum Park.«

Regan und Alvirah verließen eilig die Kirche und überquerten die Straße.

Die letzte Probe war gerade zu Ende gegangen. Schnell zeigten sie das Foto herum, aber keiner der Schauspieler hatte Flower gesehen.

»Und dann würde ich gern kurz mit Rufus Blackstone sprechen«, sagte Alvirah. »Ist er noch hier?«

»Der Große da drüben mit dem weißen Haar und dem Bart, der seiner Frau in den Mantel hilft. Sie sprechen gerade mit dem Regisseur. Rufus hat nach jeder Probe noch ein paar Verbesserungsvorschläge.«

»Mr Blackstone!«, rief Alvirah laut zu ihm hinüber. »Ich muss mit Ihnen sprechen!«

Als sie seinen grimmigen Gesichtsausdruck sahen, liefen sie hinüber und stellten sich vor. »Wir sind Freundinnen des jungen Mannes, der den Ring gekauft hat. Den Ring, den Sie gefunden haben.«

»Sie meinen Duncan Graham? Ja, der ist ja im Moment in aller Munde. Er war die ganze Nacht verschwunden und hat im Lotto gewonnen, den meinen Sie doch, oder? Jetzt ist er aber wieder aufgetaucht.«

»Ja, genau«, bestätigte Alvirah schnell. »Mr Pettie sagte

uns, Sie hätten den Ring vor einiger Zeit auf der Straße gefunden.«

»So ist es.«

»Können Sie uns sagen, wo das war?«

Er sah sie misstrauisch an. »Warum wollen Sie das denn wissen?«

»Weil ihn dort vielleicht genau die Person verloren hat, die ihn vor acht Jahren gestohlen hat.«

»Du lieber Himmel!«, staunte Agatha, Rufus' Frau. »Der Ring ist gestohlen?«

»Ja«, antwortete Alvirah. »Und zwar von jemandem, der möglicherweise für den Tod der rechtmäßigen Besitzerin verantwortlich ist.«

»Na, kein Wunder, dass sich niemand auf meine Anzeige in der Zeitung gemeldet hat«, bemerkte Rufus. »Wochenlang stand sie da drin. Ich habe dann gedacht, wahrscheinlich hat ihn irgendeine Touristin verloren, die längst wieder abgereist ist.«

»Und wo war das?«, fragte Regan.

»Direkt vor Sam Conklins Lebensmittelgeschäft.«

»Conklin's«, wiederholte Alvirah. »Ein Ort von Bedeutung in dieser Stadt.«

»Der Ring selbst war alt und nicht mehr geschlossen«, erinnerte sich Rufus. »Vielleicht ist er gerissen und der Trägerin vom Finger gerutscht.«

»Und zwar einer Trägerin, die ihn nicht hätte tragen sollen«, sagte Alvirah und dachte an die Frau, die für Kitty gearbeitet hatte.

Agatha stand mit weit offenem Mund da. »Ich habe letztens noch Witze gemacht und zu Rufus gesagt, dass der

Scrooge genau die richtige Rolle für ihn ist. Er wollte nämlich partout nicht, dass ich den Ring behalte, sondern er wollte ihn unbedingt verkaufen. Jetzt bin ich aber richtig froh darüber. Wer will schon einen Ring tragen, den eine Mörderin am Finger gehabt hat? Ich jedenfalls nicht, nicht wahr, Rufus?«

»Wohl wahr. Los jetzt, wir müssen zur Eröffnungsfeier. Obwohl … eigentlich müssten wir noch mal proben. So ganz reif fürs Publikum ist das Stück noch nicht.«

»Ich weiß, Sie haben es eilig«, sagte Regan schnell. »Aber werfen Sie doch bitte noch kurz einen Blick auf dieses Foto. Das ist Duncans Freundin, die seit heute früh verschwunden ist. Haben Sie sie zufällig gesehen?«

»Nein«, sagte Rufus schroff, nachdem er flüchtig auf das Bild geblickt hatte.

Aber Agatha riss die Augen auf und studierte das Foto eingehend.

Dann wurden ihre Augen noch größer. »Oooh. Oooh, warten Sie mal. O ja, die habe ich gesehen. Ja.«

»Wo war das?«, riefen Regan und Alvirah wie aus einem Mund.

»Das arme Ding. Sie hat so geweint! Sie ist mir auf der Hauptstraße entgegengekommen. Ich kam gerade von der Kosmetikerin.«

»Haben Sie gesehen, wohin sie ging?«, fragte Alvirah aufgeregt.

»Ich habe mich noch umgedreht, weil ich nicht sicher war, ob sie vielleicht Hilfe braucht. Sie sah wirklich sehr aufgeregt aus. Aber dann ist sie in die Gasse abgebogen, und sie ging so schnell, dass ich sie gar nicht mehr hätte einholen können, selbst wenn ich es versucht hätte. Außerdem sagt Rufus ja immer, ich soll mich um meine eigenen Angelegenheiten kümmern.«

»Wo ist diese Gasse genau?«, fragte Regan.

»Zwischen Conklin's und der Kosmetikerin, Sie können sie gar nicht verfehlen. Es gibt nur diese eine Möglichkeit, abzubiegen.«

»Wir können Ihnen gar nicht sagen, wie dankbar wir sind«, rief Regan noch zum Abschied, aber Alvirah rannte schon zur Tür hinaus.

38

Dick eingepackt in Pullover, warme Hose, Snow Boots und Anorak öffnete Marion die Tür zum Lebensmittelgeschäft und hielt nach Sam Ausschau. Der Markt war voll mit letzten Kunden, und von allen Seiten begrüßte man sie mit einem Lächeln und freundlichen Gratulationen.

»Wenn du Mr Conklin suchst, der ist hinten in der Küche«, rief ihr die Kassiererin Paige zu. »Glenda war vorhin kurz hier. Hast du schon von Duncans Freundin gehört?«

»Deswegen bin ich hier. Ich will ihr Foto den Kunden zeigen, aber erst wollte ich mich bei Mr Conklin melden und ihm Bescheid sagen.«

Marion ging an der Bäckerei vorbei und sah mit Schrecken, dass die Auslagen fast leer waren. Lisa, die ihr bisher beim Verkauf zur Hand gegangen war, sah vollkommen erschöpft aus. Gerade hatte sie die beiden letzten Maismuffins und ein Stück Apfelkuchen verkauft.

Die Kundin, die die verpackte Ware entgegennahm, war eine junge Frau um die zwanzig, die einen breiten goldenen Ehering an der Hand trug. Marion starrte den Ring an. Bei einer solchen Gelegenheit hatte sie den Blüten-Ring gesehen, erinnerte sie sich aufgeregt. Als sie irgendwann jemandem die Tüte mit den Einkäufen hinübergereicht hatte.

Aber wer konnte das gewesen sein? Vielleicht würde die Erinnerung ja irgendwann doch wiederkommen.

In der Küche sah sie mit Erstaunen Sams Sohn Richard, der gerade Schinken aufschnitt. Sie kannte Richard schon seit seiner Kindheit. »Marion«, freute er sich. »Hast du das ganze Geld schon ausgegeben?« Freudestrahlend kam er auf sie zu.

»Ach, Richard«, erwiderte sie seinen Gruß und schloss ihn in die Arme. »Du siehst ja blendend aus. Ich hatte wirklich vor, nach Boston zu fahren und mir dein Stück anzusehen, aber …«

»Macht nichts. Du kannst ja Dad begleiten und dir das nächste ansehen. Vermutlich hast du schon gehört, dass er gerade wieder solo ist.«

»Ja, das habe ich gehört«, entgegnete Marion und wurde ein klein wenig rot, als Sam sich umdrehte und sie entdeckte. Er sah müde, aber glücklich aus, als er ihr die Hand gab.

»Ach, Marion, Sie fehlen uns so«, sagte er voller Wärme. »Ich habe es Glenda schon gesagt, im Büro liegen Ihre Schecks mit dem Weihnachtsgeld.«

»Machen Sie sich darüber jetzt keine unnötigen Gedanken, Sam«, sagte Marion. »Ich wollte nur wissen, ob es in Ordnung ist, wenn ich mich an die Tür stelle und den Leuten das Foto von Duncans Freundin zeige. Sie ist immer noch nicht wieder aufgetaucht, und er macht sich schreckliche Sorgen.«

»Aber ich bitte Sie«, gab er zurück und hielt ihre Hand immer noch fest. »Sie können bleiben, solange Sie wollen, das wissen Sie doch.«

Also bezog Marion Posten am Eingang und verteilte Kopien des Fotos. Währenddessen dachte sie unablässig an den Blüten-Ring. Sie hatte ihn an der Hand einer Kundin gesehen, als sie in ihrer Bäckerei gestanden hatte. Denk nach, Marion, drängte sie sich selbst. Es könnte furchtbar wichtig sein. Sie erinnerte sich, wie schüchtern sie als junges Mädchen gewesen war. Noch in der siebten Klasse war sie immer vollkommen verwirrt gewesen, wenn sie aufgerufen wurde, und dann hatte sie alles vergessen. Ihre Englischlehrerin, Mrs Griner, war so verständnisvoll gewesen. Sie hatte immer gesagt: »Marion, du kennst die Antwort, denk mal eine Minute darüber nach, dann fällt es dir bestimmt wieder ein.«

Und es war ihr tatsächlich immer eingefallen. Aber ausgerechnet jetzt war ihr Hirn wie leer gefegt. Wahrscheinlich lag es am Alter. Dabei habe ich so viele Kreuzworträtsel gelöst, um mein Gedächtnis auf Trab zu halten, dachte sie frustriert.

Sie musste sich einfach erinnern, wer diesen Ring getragen hatte!

39

Wir verfolgen jeden ihrer Schritte«, sagte Jack schnell. »Ich fahre nur schnell das Auto vor.«

»Sie hat geweint! O Gott!«, stöhnte Duncan, der sich auf seinen Krücken mühsam aus dem Untergeschoss der Kirche nach oben quälte.

»Die Hauptstraße ist jetzt sicher schon gesperrt«, vermutete Glenda, als sie einstiegen. »Diese Gasse, von der Mrs Blackstone gesprochen hat, führt auf eine kleine Straße, und da liegt die Pension, bei der ich angerufen habe. Aber die Besitzerin hat doch gemeint, Flower hätte sich dort nicht gemeldet.«

Regan und Alvirah sahen sich an. »Wir fahren sofort dorthin«, sagte Regan. »Vielleicht hat sie unter einem falschen Namen eingecheckt.«

»Glauben Sie?«, fragte Duncan hoffnungsvoll. »Die Besitzer dieser Pension, Betty und Jed Elkins, sind Stammkunden bei Conklin's.«

»Einen Versuch ist es allemal wert«, meinte Regan. »Wir fangen dort an.«

Jack fuhr langsam die verschneite Straße entlang, die Glenda ihm zeigte.

»Die Pension ist auch ein sehr beliebter Ort für den Nachmittagstee«, sagte sie. »Wir sind schon fast da, die nächste Möglichkeit rechts.«

Sie bogen in eine schmale Straße ein. Auf der linken Seite waren hohe Hecken zu sehen. »Dahinter sind die Parkplätze der Läden in der Hauptstraße. Und hier links ist die Gasse, von der die Rede war«, erklärte Glenda. »Sie mündet genau gegenüber der Pension in die Straße hier.«

Jack parkte vor der Pension. »So, Glenda, das hier ist Ihr Revier. Wir sehen uns mal gemeinsam die Gasse an, würde ich sagen.«

»Und ich gehe mit Alvirah in die Bed-and-Breakfast-Pension und sehe, ob wir doch noch etwas in Erfahrung bringen können«, sagte Regan.

»Ich komme mit«, drängte Duncan.

»Wir sind schneller, wenn Sie kurz hier warten, Duncan. Sehen Sie sich doch nur die Stufen zum Eingang hinauf an. Bleiben Sie im Wagen, achten Sie auf Ihr Handy und warten Sie, ob die Tante der Winthrops wieder anruft«, riet Regan ihm.

»Na gut«, stimmte er zögernd zu und ließ sich erschöpft in den Sitz sinken.

40

Flower saß eingequetscht zwischen Edmund und Woodrow hinten in Jeds Wagen. Jed und Betty hatten sie alle drei aus dem Schuppen getragen und mit Wolldecken zugedeckt. Flowers Knebel saß so fest, dass sie keinen Ton herausbekam, aber die beiden Männer versuchten verzweifelt, durch das Klebeband über ihren Mündern um Hilfe zu rufen. Das einzige Geräusch war jedoch ein gedämpftes Wimmern, das niemand außerhalb des Autos hören konnte.

Nie mehr, dachte Flower. Ich werde Duncan nie mehr wiedersehen.

»Jetzt komm endlich, Betty«, sagte Jed ungeduldig.

»Ich muss noch das Schild an der Tür raushängen, dass wir zur Eröffnungsfeier des Festivals gegangen sind und später wiederkommen.«

»Hast du das noch nicht gemacht?«

»Nein, Jed, ich war zu beschäftigt mit meinen Fingernägeln«, gab Betty ironisch zurück. »Jetzt steig schon mal ins Auto, ich bin gleich da.«

Gerade als sie durch die Küchentür ins Haus ging, hörte sie, dass jemand an der Haustür klingelte und sie aufdrückte. O nein!, dachte sie. Na, wenigstens habe ich das Schild noch nicht rausgehängt. Das fehlte noch, dass uns jemand beim Wegfahren zusieht.

»Sieht ziemlich verlassen aus«, sagte Regan, als sie an der Rezeption standen und warteten. Aber dann hörten sie schwere Schritte, die den Flur entlangkamen. Eine kräftig gebaute Frau kam ihnen mit ausgesprochen freundlichem Lächeln entgegen.

»Hallo und guten Abend. Was kann ich für Sie tun, meine Damen?«

»Sind Sie Betty Elkins?«, fragte Regan.

»Die bin ich.«

Regan zeigte ihr das Foto. »Wir haben vorhin schon mal angerufen«, erklärte sie. »Diese junge Frau, Flower Bradley, wird immer noch vermisst. Und wir dachten, vielleicht hat sie sich unter falschem Namen bei Ihnen angemeldet.«

Betty tat so, als sähe sie sich das Foto gründlich an. »Es tut mir so leid, dass ich Ihnen nicht behilflich sein kann«, sagte sie dann. »Aber ich habe sie wirklich noch nie gesehen. Und wie ich Glenda vorhin schon gesagt habe, als sie anrief, wir sind auf Wochen hinaus ausgebucht. Es wäre gar nicht möglich gewesen, dass jemand einfach so hereinschneit und ein Zimmer mietet.« Mit mitleidigem Lächeln gab sie Regan den Ausdruck zurück. »Wie schade. Es tut mir wirklich leid. So ein nettes Mädchen. Ich hoffe, sie taucht wieder auf.«

Regan bemerkte, dass Betty Elkins schwitzte und ein wenig außer Atem war. »Würde es Ihnen etwas ausmachen, das Foto dazubehalten und Ihren Gästen zu zeigen?«, fragte sie.

»Nein, das ist überhaupt kein Problem.«

Weder Regan noch Alvirah machten Anstalten, gleich wieder zu gehen. Beide spürten instinktiv, dass Betty Elkins ihnen etwas verheimlichte. Noch nie im Leben habe ich ein falscheres Lächeln gesehen, dachte Alvirah.

»Ich habe gehört, dass man bei Ihnen wunderbar Tee trinken kann«, sagte Regan, um irgendwie noch ein wenig Zeit zu schinden.

»Ja, Sie müssen unbedingt mal herkommen. Ich kann wohl mit Stolz behaupten, dass meine Scones ganz köstlich sind, und mein Schokoladenkuchen wird allgemein gelobt. Aber jetzt müssen Sie mich entschuldigen, ich habe noch etwas im Backofen.«

Alvirah hatte die Stimme von Bridget O'Keefe förmlich im Ohr: »… ein rundes Gesicht mit so einem Dauerlächeln, das einem schon fast unheimlich werden konnte. … Kitty war schon ganz genervt, weil sie ständig am Backofen stand und Kuchen und Plätzchen backte, die sie allerdings zum größten Teil selbst aufaß.« Sie blickte unruhig zwischen Bettys rundem Gesicht und dem elektrischen Weihnachtsmann hin und her, der auf der Rezeption stand, winkte und sich verbeugte. Bridget O'Keefe hat immer behauptet, ich hätte ihren Weihnachtsmann aus Versehen weggeworfen, dachte sie. Und ich habe ihr immer gesagt, irgendwann zieht sie eine Schublade auf und er kommt ihr entgegen. »Was für ein hübscher Weihnachtsmann«, bemerkte sie. »Ich hatte mal eine Freundin … Kitty Whelan …«

Als Betty sie unterbrach, war das Zucken in ihrer Wange deutlich zu sehen. »Es tut mir wirklich leid«, sagte sie, »aber wenn ich jetzt nicht in die Küche gehe … Und ich würde auch gern pünktlich zu der Eröffnungsfeier im Park kommen.«

»Vielen Dank, dass Sie uns Ihre Zeit geopfert haben«, sagte Regan. Dann drehten sie sich langsam um und wandten sich der Haustür zu.

In diesem Moment wurde die Tür aufgestoßen, und Glenda kam hereingestürmt, die Augen vor Aufregung weit aufgerissen.

»Gerade eben hat Marion angerufen. Betty, vielleicht können Sie uns doch helfen. Marion erinnert sich, dass sie bei Ihnen mal einen Ring in Blütenform gesehen hat. Sie konnten ja nicht ahnen, dass er gestohlen war! Ich meine, wenn es derselbe ist wie der, den Duncan gekauft hat ...«

Alvirah fuhr herum und sah Betty an. Ihre Blicke trafen sich, und nun war die lächelnde Maske einem Ausdruck grausamer Wut gewichen. Mit einer blitzschnellen Bewegung warf Betty den Tisch um und schob ihn auf die drei Frauen zu. Als sie zurücksprangen, rannte sie mit erstaunlicher Geschwindigkeit den Flur hinunter.

»Sie waren es! Sie haben Kitty Whelan umgebracht!«, schrie Alvirah hinter ihr her.

Regan stieg über den Tisch und rannte Betty nach, Alvirah war nur wenige Schritte hinter ihr.

Als sie in die Küche kamen, war sie leer, aber die Hintertür stand offen. Sie konnten hören, wie ein Auto die Auffahrt hinunterraste.

Auf dem Küchentisch sah Alvirah ein zusammengeknülltes Stück rot-grünes Einwickelpapier liegen – dasselbe, das sie von den Schokoladenbonbons kannte, die sie in dem kleinen Laden an der Landstraße gekauft hatte. Und in diesem Laden war das zweite Los gekauft worden, von diesen beiden Investmentbetrügern. Der Mann im Laden hatte ihr erzählt, dass er bisher kaum etwas von den Bonbons verkauft hatte. »Regan!«, rief sie laut. »Diese beiden angeblichen Finanzberater, die Flower vielleicht entführt haben, die könnten hier gewesen sein. Vielleicht stecken sie mit Betty Elkins unter einer Decke!«

Sie eilten zurück zur Haustür. Glenda war schon vorausgelaufen und suchte in der kleinen Gasse nach Jack. »Ins Auto!«, rief sie ihm zu. »Wir müssen sie aufhalten!«

41

»Was ist denn jetzt schon wieder los, Betty?«, schrie Jed, während er bereits das Gaspedal bis zum Boden durchdrückte und an Jacks Auto vorbei aus der Auffahrt schoss. »Ich hatte fast den Eindruck, ich habe jemanden Flowers Namen brüllen hören.«

»O'Keefes Putzfrau hat mich wiedererkannt.«

»Was?!« Jed fuhr wie der Teufel und bog am Ende der Straße links ab.

»Wohin fährst du eigentlich?«, fragte Betty mit Panik in der Stimme.

Der Wagen geriet auf der glatten Straße schon ins Schlingern. »Wir werden verfolgt!«

»Ruhig Blut! Ich weiß, welche Straßen wegen des Festivals gesperrt sind, und habe den besten Weg Richtung Devil's Pass ausgetüftelt.«

Halb erstickt unter der dicken Decke, verspürte Flower zum ersten Mal so etwas wie Hoffnung. Sie hatte Duncans Stimme gehört, als er ihren Namen gerufen hatte. Er musste in dem Auto sein, das ihnen folgte.

Komm näher, bitte, hol mich hier raus, flehte sie lautlos. Duncan, bitte komm.

Edmund hätte nichts lieber getan, als Flower zu trösten.

Unglaublich, dass alles damit angefangen hat, dass Woodrow und ich im Lotto gewonnen haben, dachte er.

Jed bog scharf links ab. Die Hinterreifen rutschten weg, aber er hielt den Wagen gerade noch unter Kontrolle.

»Wir fahren hier geradeaus, raus aus der Stadt«, sagte er zu Betty und warf einen Blick in den Rückspiegel. »Ich glaube, jetzt sind sie nicht mehr hinter uns. Wir haben sie abgehängt.«

»Vorsicht, Jed!«, schrie Betty, als die Straße eine Rechtskurve machte. Das Licht ihrer Scheinwerfer spiegelte sich auf einem unerwarteten Hindernis. Überall waren jetzt Weihnachtsmann-Schlitten aufgebaut, und als besondere Überraschung zum Festival waren Weihnachtsmänner aus ganz New Hampshire nach Branscombe gekommen und bereiteten sich am Stadtrand auf die große, festliche Eröffnungsfeier vor.

Jed stieg aufs Bremspedal. Das Auto drehte sich drei Mal um die eigene Achse und rutschte dann von der Straße. Die Polizisten an der Straßensperre kamen herbeigeeilt, als der Wagen der Reillys hinter dem Auto der Elkins zum Stehen kam.

»Vorsicht, er hat vielleicht eine Waffe!«, brüllte Jack im Herausspringen.

Mit gezogenen Pistolen umringten die Beamten den Wagen von Jed und Betty. Die Fahrertür ging auf, und Jed stieg, die Hände über den Kopf erhoben, hinaus auf die verschneite Straße.

Betty stieg auf der Beifahrerseite aus. »Die Waffe ist im Handschuhfach, und auf dem Rücksitz sitzt noch wer«, sagte sie verbittert.

Jack öffnete die hintere Tür und zog gemeinsam mit Regan die Decken von den Gestalten auf dem Rücksitz weg. Drei Personen strampelten sich frei, mit verbundenen Augen, gefesselt und geknebelt.

»Hier ist sie, Duncan!«, rief Regan, während sie noch dabei war, Flower die Augenbinde und den Knebel abzunehmen.

»Flower!«, rief Duncan und humpelte auf seinen Krücken auf sie zu.

Jack hob Flower aus dem Wagen, stellte sie auf die Füße und hielt sie noch so lange fest, bis einer der Beamten endlich die Fesseln um ihre Hand- und Fußgelenke durchgeschnitten hatte.

»O, Duncan«, sagte Flower mit schwacher Stimme. »Ich wollte dich doch nur überraschen.«

»Na, ich muss sagen, das ist dir wirklich gelungen«, rief Duncan. Er ließ die Krücken fallen und schloss sie in die Arme.

»Ich habe gedacht, ich sehe dich nie wieder«, flüsterte Flower ihm ins Ohr.

Dann begann sie zu kichern, weil sie sah, wie die Polizisten die Winthrop-Cousins aus dem Auto zogen. »Schau mal, Duncan, da sind deine beiden Finanzberater. Vielleicht hast du ja ein paar Fragen an sie, jetzt, wo du im Lotto gewonnen hast?«

Duncan lachte. »Nein! Und ich werde auch nie mehr im Leben einen Tiefkühlbeutel zwei Mal benutzen.« Er strich Flower eine Haarsträhne aus der Stirn. »Von diesen Ratschlägen für mein Leben habe ich ein für alle Mal genug. Das Einzige, was ich noch planen möchte, ist unsere Hochzeit. Willst du mich denn nach all den Aufregungen überhaupt noch heiraten, Flower?«

»So bald wie möglich.«

Alvirah wischte sich eine Träne aus dem Augenwinkel. »Ist das nicht wunderbar?«, fragte sie Regan und Glenda. »Ich hoffe doch sehr, wir werden eingeladen, wenn die beiden Hochzeit feiern.«

Die Straßensperre wurde zur Seite geschoben. »Zeit für den Festumzug!«, rief einer der Polizisten. Und mit Pferdewiehern und Mähnenschütteln nahm das Festival seinen Anfang.

42

Sonntag, 14. Dezember

Am Sonntagmorgen war das Untergeschoss der Kirche vom verführerischen Duft der Blaubeerpfannkuchen erfüllt.

Das Wochenende war ein rauschender Erfolg gewesen, alle Einwohner von Branscombe hatten in irgendeiner Weise daran teilgenommen – wenn man von Betty und Jed einmal absah. Nachdem eine Anklage wegen Entführung und Mordversuch auf sie wartete, würden sie in den kommenden Jahren wohl nicht an vielen Kerzenfeiern oder Pfannkuchenfrühstücken teilnehmen.

Rufus Blackstone hatte am Ende der Aufführung von »Eine Weihnachtsgeschichte« drei Vorhänge eingeheimst. Noras Märchenstunde für die Kinder war bis auf den letzten Stehplatz ausgebucht gewesen, und es waren nicht nur junge, sondern auch jung gebliebene Zuhörer gekommen. Alle Lottogewinner hatten als ehrenamtliche Helfer bei Conklin's geholfen, die Festivalbesucher zu verköstigen. Sam und Marion hatten das ganze Wochenende dicht nebeneinander gearbeitet.

An dem Tisch, der für Alvirah und Willy, Regan und Jack, Nora und Luke, Muffy und Steve sowie Duncan, Flower und die anderen Lottogewinner reserviert war, herrschte überschäumende Freude.

»Ich hoffe, die Winthrops kommen nicht zu schlecht weg«, sagte Flower. »Sie haben tatsächlich versucht, mir das Leben zu retten, und haben dabei ihr eigenes Leben riskiert.«

»Die Einzige, die mir ein bisschen leidtut, ist ihre Tante Millie«, sagte Duncan. »Als sie gestern hier auftauchte, um mir das Los abzunehmen, hat man ihr als Erstes mitgeteilt, dass ihre Neffen im Gefängnis sitzen. Die arme Frau ist vor Schreck fast in Ohnmacht gefallen. Aber als sie dann versucht hat, den Laden zu beschreiben, in dem sie angeblich das Los gekauft hatte, das war filmreif. Schade, dass ich keine Kamera bei mir hatte.« Er lachte. »Sie hat gesagt, der Laden habe an einer viel befahrenen Straße gelegen, und sie konnte sich nicht erinnern, ob eine Tanksäule davor stand oder nicht. Als ich das Los den Polizisten gegeben habe, waren sie ziemlich verblüfft. Ich bin schon sehr gespannt, was die Behörden jetzt damit anfangen.«

»Darüber wird ein Gericht befinden«, erklärte Jack. »Die beiden Kerle waren auf Bewährung draußen und durften nicht an irgendwelchen Glücksspielen teilnehmen. Keine Ahnung, was das Gericht jetzt macht.«

»Unglaublich, dass ich Betty Elkins immer für eine vollkommen harmlose Person gehalten habe.« Glenda schüttelte den Kopf. »Mein Gott, war ich blöd!«

Regan beruhigte sie. »Ach, Glenda, wenn Sie nicht wie wild in die Pension reingerannt wären, hätten sich Betty und Jed in aller Ruhe mit ihren Gefangenen auf den Weg zum See gemacht, und möglicherweise hätten wir sie dann nicht mehr erwischt.«

Unter dem Tisch drückte Duncan verstohlen Flowers Hand und blickte in die Runde. »Ich kann Ihnen allen gar nicht sagen, wie dankbar Flower und ich sind.« Dann versagte ihm die Stimme.

Flower lächelte ihn an und schaute dann hinüber zu Alvirah. »Wie nett von Ihrer Freundin Mrs O'Keefe, uns den Ring anzubieten.«

»Sie hat das wirklich ernst gemeint, aber ich glaube, sie war schon ziemlich erleichtert, als Sie dankend abgelehnt haben«, lachte Alvirah.

»Mr Pettie macht uns eine Spezialanfertigung«, sagte Duncan. »Ich muss zugeben, dass ich wirklich wütend war, als ich den Ring im Schaufenster sah, aber wenn ich mir vorstelle, er hätte es nicht getan …«

Er brachte den Satz nicht zu Ende.

»Ende Januar werden wir auf St. John's Island heiraten«, sagte Flower. »Wir würden uns freuen, wenn Sie und Ihre Familien für ein langes Wochenende dort im Hotel unsere Gäste wären.«

»Das können wir sicher einrichten«, nahm Willy die Einladung an.

»Unbedingt«, bestätigte Tommy.

43

Freitag, 30. Januar

Sechs Wochen später bekam Duncan den Gips abgenommen, und danach lagen sie alle am Strand in der Sonne, um sich am Tag vor der Hochzeit noch ein wenig auszuruhen. Glendas Handy klingelte, und als sie aufs Display schaute, erkannte sie die Nummer sofort. »Das ist Harvey!«, stöhnte sie. »Warum kann der Kerl mich nicht endlich in Ruhe lassen?« Dann nahm sie das Gespräch an. »Was ist denn jetzt schon wieder los, Harvey?«

»Glenda, stell dir vor«, rief er aufgeregt, »gerade habe ich gehört, was das Gericht wegen dieses Loses entschieden hat. Das Los der Winthrops ist ungültig, weil die beiden Kerle kein Recht hatten, an einem Glücksspiel teilzunehmen. Es ist ungültig!«

»Wie schön«, sagte Glenda. »Aber ich habe jetzt überhaupt keine Zeit, ich bin auf dem Sprung.«

»Warte doch mal! Das Gericht hat darüber hinaus entschieden, dass euer Los das einzige Gewinnlos ist, ihr kriegt also die ganze Summe!«

»Die ganze Summe?« Jetzt schnappte Glenda doch ein wenig nach Luft.

»Vierundzwanzig Millionen für jeden von euch!« Harvey konnte vor Aufregung kaum noch weitersprechen. »Ach, Glenda, wir hatten doch gute Zeiten zusammen ... von ein paar Kleinigkeiten abgesehen ... Vielleicht könnten wir ja doch ... Willst du es dir nicht noch mal überlegen?«

»Sag mal, Harvey, willst du mich auf den Arm nehmen? Ich sag dir was: Ich werde in deinem Namen eine Spende an das Hilfswerk von BUZ machen, das ist doch sicher ganz in deinem Sinne, oder?«

Dann beendete sie das Gespräch und drehte sich mit dramatischer Geste zu den anderen um, die sie schon erwartungsvoll ansahen.

»Das Gericht hat entschieden, dass der gesamte Gewinn auf unser Los entfällt!«, schrie sie los. »Die gesamten 360 Millionen!«

Den ganzen Strand entlang konnte man ihren Jubel hören.

Tommys Mutter sprang aus dem Liegestuhl hoch, Ralphs und Judys Töchter rannten in die Brandung und bespritzten sich mit Wasser.

Marion und Sam sahen sich verblüfft an. »Das sind ganz schön viele Donuts mit Marmelade«, sagte Sam.

Duncan und Flower lächelten sich nur an. An einem Tag wie diesem brachten zwölf Millionen mehr oder weniger sie beide nicht mehr aus der Fassung.

Regan, Jack, Nora, Luke, Muffy und Steve sahen sich nur an.

»Und ich habe immer gedacht, ich verdiene ganz gut«, lachte Nora.

Alvirah beugte sich vor. »Wunderbar! Aber ihr dürft bei

all dem bitte nicht vergessen, dass von dem, dem viel gegeben wird, auch viel erwartet wird.«

»Keine Sorge, Alvirah, wir haben alle schon Pläne, wie wir mit dem Geld etwas Gutes tun können«, versicherte Ralph ihr.

»Gut, gut. Aber dann muss ich umso mehr darauf bestehen, dass ihr Mitglieder in meiner Selbsthilfegruppe für Lottogewinner werdet.«

Jack sah Regan an und hob eine Augenbraue. »So eine Einladung würde ich auch gern mal kriegen.«